ASPEN SKYE

DEEP DARK ACADEMIA

Impressum

FSC
www.fsc.org
MIX
Papier aus verantwortungsvollen Quellen
FSC® C083411

Bitte beachtet: Erfundene Figuren müssen sich nicht um Verhütung oder Krankheiten kümmern! Das sieht in der Realität allerdings anders aus, deshalb seht dieses Buch in diesem Thema nicht zu eng.

1. Edition, 2024

Aspen Skye
c/o Sabrina Cremer
Körfken 80
44227 Dortmund
Coverdesign: www.einzigartig-Buchdesign.de, Sandra Maier

Herstellung und Druck über tolino media GmbH & Co. KG, München.
Printed in Germany

Widmung

Wir haben uns alle getäuscht.
Die Welt braucht nicht immer einen weißen Ritter.
Manchmal braucht sie etwas Dunkleres.

Für alle Mädchen, die sich nach ihrem Teufel im
schwarzen Anzug sehnen.
Diese Geschichte ist für euch.

Vorwort

Bist du mutig genug, in diese Welt einzutauchen, Vögelchen?

Mutig genug, uns standzuhalten?

Wir wissen, was du liest. Auf was du stehst. Wir wissen, was für ein unartiges Mädchen du bist und dich nur danach sehnst, dass dich jemand dafür bestraft. Ist es nicht so, Baby?

Bevor wir mit unserem Spiel beginnen, lass uns dir eines sagen: Wir sind keine guten Menschen. Wir haben Dinge getan, die du dir nicht einmal in deinen schlimmsten Alpträumen vorstellen kannst.

Wir haben Herzen gebrochen und Seelen zerstört.

In unserer Geschichte geht es um Liebe und Leidenschaft, aber es geht auch um Schmerz und Verlust. Wir werden dich provozieren, herausfordern und dich dazu bringen, deine Grenzen zu überschreiten. Aber wir werden dich auch verführen und dir zeigen, wie erfüllend eine Welt voller Dunkelheit und Schmerz sein kann. Wie schön. Wie lustvoll. Wie befriedigend.

Das hier ist keine schnulzige Liebesgeschichte, aber sie hat dennoch ein Happy End. Zumindest auf ihre Art und Weise.

Wenn du bereit bist, dich auf dieses Abenteuer einzulassen, dann lass uns loslegen. Aber wenn du glaubst, dass Liebe nur aus Rosenblättern und Sonnenschein besteht, dann solltest du dieses Buch besser weglegen.

Dieses Buch beinhaltet Schmerz und potentiell triggernde Themen, die du, ohne dich zu spoilern, hier nachlesen kannst:

www.rose-bloom.de/trigger

Vertraust du uns, kleines Vögelchen?

Dann sei ein braves Mädchen und blättere diese Seite um. Du wirst es nicht bereuen.

Playlist

Klergy – And so it begins
Florence + the Maschine - Seven Devils
Ganyos, Bolshiee – Rivers Run Red
Jill Andrews – Lost in All
Sam Tinnesz – Sound off the Sirens
Society of the Villains – Evil is my Middle Name
Klergy – The Beginning of the End
Austin Giorgio – You Put A Spell On Me
Ruelle – Emerge Part I
Machineheart – Chained
SAYSH, Anderson Rocio – Know

Die ganze Playlist findest du unter »Deep Dark Academia« in Spotify
http://tinyurl.com/ywtwk5z9

Prolog

Ich hatte schon oft darüber nachgedacht, wie es sein würde, zu sterben. Heute war es so weit. Ich würde es wissen.

Warmes Blut strömte über meine Innenschenkel, fand sich zu zähen, dickflüssigen Tropfen zusammen, die sich auf den Fliesen als immer größer werdende Lache sammelten. Das Brennen jedes einzelnen Schnitts linderte den Schmerz in mir und ich legte den Kopf gegen den kühlenden Badewannenrand, schloss die Augen. Fühlte. Gab mich ganz dem Gefühl hin. Mein Herz schlug ruhig und beständig gegen meinen Brustkorb. Wie würde es sich anfühlen, wenn es immer langsamer würde? Wenn es stehenblieb? Ich empfand keine Angst. Nur Glück. Nur Erleichterung. Es war ein bisschen so, als wäre ich high, high von dem heranrauschenden Tod.

Meine Lider wurden schwerer, kämpften flatternd gegen das Brennen an, während Tränen der Erlösung meine Wangen hinunterliefen. Der Schmerz verblasste, lichtete sich wie ein schwerer Vorhang, dessen Gewicht mich mein gesamtes Leben nach unten gedrückt hatte. Meine Finger öffneten sich kraftlos und ich hörte das leise Klirren, als die Rasierklinge auf den blutigen Badezimmerboden fiel. Nur noch kurz, nur noch kurz und ich hätte es geschafft. Geschafft.

Mein Kopf kippte zur Seite. Meine Atmung wurde noch langsamer, setzte einige Züge aus. Plötzlich hörte ich einen Schlag. Einen weiteren. Jemand hämmerte gegen die Tür, bis es so klang, als würde das Holz zersplittern. Oder tat es das sogar wirklich? Ich vernahm eine verzerrte Stimme voller Schmerz. Schmerz? Das konnte nicht sein, niemand interessierte sich für mich. Doch jemand schrie meinen Namen. Ich versuchte, die Augen zu öffnen, Schwindel setzte ein, mein Sichtfeld verschwamm vor meinem Blick, das Leben wich aus meinem Körper. Alles wurde schwerer, verlangsamte sich. Die Tür flog auf, knallte gegen die geflieste Wand. Mein Bewusstsein fühlte sich an, als hätte es jemand in Watte gepackt. Wohltuenende Dunkelheit nahm mich an der Hand und zog mich lächelnd mit sich. Ich hatte gewusst, dass mich der Teufel mitnehmen würde, aber wieso sah ich jetzt, als ich starb, ihre Gesichter? Ich driftete weg. »Endlich«, war mein letzter Gedanke.

Plötzlich wurde ich hochgehoben. Starke Arme umfassten mich und ich hörte die letzten Worte, ehe die Schwärze mich umhüllte wie eine wärmende Decke.

»Bleib wach, Elodie! Fuck! Bleib wach!«

1

Elodie

Das Klackern meiner Pumps hallte auf dem Echtholzparkett durch die Flure der Ashford University. Die bleiverglasten Fenster tauchten das Innere selbst mitten am helllichten Tag in ein mysteriöses Zwielicht. Die Wände waren mit dunklen Holzpaneelen oder smaragdgrünen Tapeten verziert, in unregelmäßigen Abständen hingen dort alte Gemälde in schweren, goldenen Rahmen. Fratzen starrten mir aus ihnen entgegen, anklagende, ernste Porträts fremder Menschen, die irgendwann einmal hier gelebt hatten. Ich versuchte, sie nicht anzusehen, denn sie schickten jedes Mal eine Gänsehaut über meinen Körper.

Hier in diesem Gebäudeteil kamen mir kaum Menschen entgegen, zumindest keine Studenten, denn so weit ich wusste, befanden sich hier nur ein paar Forschungsräume und das Büro eines einzigen Dozenten, der kein Problem damit hatte, wenn er sich in einer der dunkelsten Ecken der gesamten Universität befand. Und das hieß nicht, dass die anderen Gebäude weniger düster und unheilvoll wirkten. Die Ashford University war eine beeindruckende Ansammlung von gotischen Strukturen, die sich aus dunklem, fast schwarzem Stein erhoben. Spitzbogenfenster, kunstvoll verziert mit filigranen Steinmetzarbeiten, durchzogen die Fassade, während hohe Türme und spitze Giebel sich dramatisch gegen den oft nebelverhangenen Himmel abzeichneten. Große, hölzerne Türen, beschlagen mit Eisen und gealtert durch die Jahrhunderte, wirkten alles andere als einladend. Umgeben von einem finsteren Wald mit alten Eichen und knorrigen Bäumen krochen fast jeden Tag selbst im Sommer Nebelschwaden über den Campus. Es hatte eine Zeit gegeben, in der ich mich hier zu Hause gefühlt hatte. Vielleicht weil die Dunkelheit mich mein gesamtes Leben begleitet hatte und man irgendwann unweigerlich selbst zu dieser wurde.

Ich lenkte meine Gedanken in eine andere Richtung und zog mein Smartphone aus der Tasche meiner Stoffhose. In zwei Minuten wäre mein Vorstellungsgespräch bei Dr. Caspian Vale für eine Stelle als Assistentin an seiner Seite, bei dem ich nicht zu spät kommen durfte. Denn der Literaturdozent war bekannt dafür, nicht gerade einfach im Umgang oder unnachgiebig als Boss zu sein, aber zum einen brachte es mir ein paar Bonuspunkte für mein Literaturstudium ein, nachdem ich mein Journalismusstudium vor einem Jahr abgebrochen hatte und zum anderen ... Erfuhr ich so mehr über ihn, außer die bekannten Details.

Caspian Vale, einunddreißig, Doktor der Philosophie, höllisch attraktiv, geheimnisvoll, intelligent, herrisch.

Die Spur, die ich verfolgte, führte mich immer wieder zu ihm, und auch wenn ich das Gefühl hatte, mich kopfüber in die Höhle eines gefährlichen Raubtiers zu stürzen, musste ich es tun. Das Schicksal ließ mir gar keine andere Wahl.

Ich blieb vor der massiven Eichenholztür stehen, an der sein silbernes Namensschild prangte, zog meinen dunkelbraunen Zopf straff, strich meine weiße Bluse glatt und öffnete einen Knopf meines Ausschnitts. Männer waren simpel gestrickt und Dr. Vale konnte noch so intelligent sein, sein Schwanz funktionierte wie der aller Kerle. Wieso also nicht diesen Bonus meiner üppigen Oberweite nutzen, wenn es mich meinem Ziel ein Stück näherbrachte? Mein Outfit bestehend aus hohen Schuhen, einer engen schwarzen Stoffhose und der Bluse schrie förmlich nach Aufmerksamkeit. Nicht mein übliches

Outfit, denn eigentlich bevorzugte ich legere Kleidung, doch ich musste diesen Job bekommen und würde so gut wie alle Register dafür ziehen.

Plötzlich öffnete sich ohne Vorwarnung die Tür und ich geriet für einen Moment ins Straucheln. Tannengrüne Augen schauten mich zuerst überrascht an, dann erschien ein interessiertes Funkeln in ihnen. »Hey«, raunte der Mann vor mir mit rauer, dunkler Stimme, die mir sofort eine Gänsehaut über den Körper schickte. Das war definitiv nicht Dr. Vale. Fast zwei Meter groß, breite Oberarme, die komplett tätowiert waren und ein schwarzes T-Shirt, das seinen trainierten Oberkörper ganz besonders gut betonte. Dunkelbraunes, zerzaustes Haar und verdammt ... sein Gesicht war die pure Sünde, auch wenn eine verblasste Narbe seine rechte Augenbraue teilte und sich bis über seine Schläfe zog und der Rest eines Veilchens das dunkle Grün seiner Augen betonte. Er versprühte diese animalische Anziehungskraft eines Bad Boys wie er im Buche stand. Er hatte definitiv kein Problem damit, mir direkt in meinen Ausschnitt zu schauen, was ihm ziemlich gut gelang, denn ich war mindestens anderthalb Köpfe trotz meiner hohen Schuhe kleiner. Ich brauchte einen Moment, ehe ich meine Überraschung verbergen konnte.

»Finden Sie, was Sie suchen, oder soll ich noch einen Augenblick warten?«, entwich mir und der

Blick des Fremden ruckte nach oben. Amüsiert grinste er mich an.

»Wenn du so fragst, könntest du gerne noch einen weiteren Knopf deiner Bluse ...«

»Nero!«, bellte jemand hinter ihm aus dem Raum, doch anstatt dass dieser Nero zusammenzuckte, wurde sein Grinsen nur noch größer. Er lehnte sich leicht zu mir herunter und leckte sich kurz über die Unterlippe, was Hitze in mir aufflammen ließ. »Spielverderber«, wisperte er und ich verkniff mir ein Lachen. Immer noch verdeckte er den ganzen Türrahmen und es gab kein Vorbeikommen für mich. Für einen Atemzug verlor ich mich in dem Sturm seiner Augen, die mich unaufhaltsam gefangen hielten, als hätte er rein gar kein Problem mit intensivem Augenkontakt. Mich machte er langsam aber sicher nervös. Irgendwas hatte er, dass nach Ärger schrie, laut und deutlich.

Ein Räuspern erklang hinter ihm.

Nero schmunzelte wölfisch. »Vielleicht bis bald.«

Er zwinkerte mir zu und trat einen Schritt zur Seite, wodurch er mir noch näher kam und ich den herben Duft seines Parfüms riechen konnte. Wir standen so dicht nebeneinander, dass wir uns fast streiften, und mein Herz schlug hart gegen meinen Brustkorb. »Dankeschön«, erwiderte ich reserviert.

»Immer gern«, sagte er und lief an mir vorbei. Als ich den Blick nach vorne richtete, musste ich das zweite Mal am heutigen Tag schlucken.

Dr. Vale saß hinter seinem massiven Eichenholzschreibtisch und hatte die Hände auf der Tischplatte verschränkt, als würde ihm das College gehören. Oder eher die gesamte, abgefuckte Welt. Das Büro war genau so, wie ich es mir vorgestellt hatte. Auf der rechten Seite gab es ein massives Bücherregal, das vom Boden bis zur Decke reichte. Schwere, dunkelgrüne Gardinen hingen neben den Rundbogenfenstern, durch deren verziertes Glas nur wenig Licht in den Raum eindrang. Auf der linken Seite befand sich eine weitere Tür, eine Sitzecke aus dunkelbraunem Leder und in der Mitte thronte er. Dr. Caspian Vale, der mich nun mit kühlem, anklagenden Blick musterte. Er trug ein weißes Hemd und eine schwarze Weste darüber, die seinen breiten Oberkörper betonte. Gott, ich konnte verstehen, wieso so viele, sogar einige Dozentinnen, auf ihn standen und ihn aus der Ferne anhimmelten. Sein rabenschwarzes Haar war perfekt gestylt, der komplette Kontrast zu der Frisur des Mannes gerade eben, die aussah, als wäre eine Frau mit ihren Händen hindurchgefahren. Bei Dr. Vale war kein Haar aus dem Takt geraten, als widersprach nichts und niemand seinem Befehl.

»Sind Sie nun fertig mit ihrem Flirt vor meinen Augen, Miss Thorn?«

Fuck. Auch wenn das neue Studienjahr erst vor zwei Wochen begonnen hatte, ich Dr. Vale erst zweimal in seinen Kursen begegnet war und mich online um die Stelle beworben hatte, kannte er mich natürlich. Allein schon aufgrund des Bildes auf meinen Bewerbungsunterlagen. Ich straffte die Schultern, das war ja ein großartiger Einstieg für das Gespräch. Allerdings wusste ich, dass sein Verschleiß von studentischen Assistentinnen so hoch war, dass diesen Job fast niemand mehr machen wollte. Nur Verrückte oder Leichtsinnige würden sich seinem offenen Messer liefern und ich war wahrscheinlich etwas von beidem. Vor allem aber hatte ich nichts zu verlieren.

»Wollen Sie noch etwas länger dort stehen und mein Büro betrachten, oder kommen Sie endlich herein?« Seine Stimme war dominant und herrisch, Ungeduld schwang darin mit.

»Natürlich ... entschuldigung«, erwiderte ich zurückhaltend, schloss die Tür hinter mir und lief auf ihn zu wie ein Lamm auf dem Weg zur Schlachtbank. Sein Blick hing fest auf mir und ließ mich keine Sekunde aus den Augen, als müsste er meine wahren Beweggründe abschätzen. Kurz hatte ich das Gefühl, er durchschaute mich wie dünnes

Glas und wollte die ganze Sache hier auf der Stelle abbrechen.

»Setzen Sie sich jetzt endlich«, sagte er ungehalten und nickte zu dem freien Stuhl. »Ich habe nicht den ganzen Tag Zeit.«

Normalerweise war ich ganz und gar niemand, der sich rumschubsen ließ, dafür hatte ich zu viel in meiner Vergangenheit erlebt, doch ich war abhängig von diesem Job und wenn das bedeutete, dass ich mich nur einige Minuten zusammenreißen musste, dann sollte es so sein.

Endlich wandte er den Blick ab und blätterte in meinen Bewerbungsunterlagen, die er sich offensichtlich ausgedruckt hatte. »Wieso haben Sie das Journalismusstudium abgebrochen?«, kam er direkt zum Punkt ohne große Floskeln.

Ich spürte, wie meine Kehle sich zuschnürte und der Drang in mir erwachte, die Fingernägel in meine Handflächen zu bohren. Wenigstens ein bisschen Schmerz, der mir Linderung versprach. Ich kämpfte dagegen an und gewann. Diesmal.

»Ich habe gemerkt, dass dieser Weg doch nichts für mich ist und ich mehr Interesse an Literatur habe.«

Er hob eine Augenbraue und sah auf. Gott, seine Hände waren so groß und kräftig, dass sie sich locker hätten um meine komplette Kehle legen können. Ich presste die Oberschenkel zusammen, um dem Gefühl entgegenzuwirken, spürte das leichte Ziepen auf meiner Haut, das mich zurück ins Hier und Jetzt brachte.

Er bedachte mich mit einem Blick, bei dem ich gleich wusste, dass er mir meine Lüge nicht abnahm. »Und wieso haben Sie Ihr Studium danach ein Jahr pausiert?«

»Persönliche Gründe«, erwiderte ich schnell und hörte selbst das Krächzen in meiner schwachen Stimme.

»Hm«, murmelte er und blätterte weiter. »Ihre Noten sind akzeptabel ...«, sagte er und ich musste fast auflachen. Ein Vorteil, wenig Freunde zu haben, war es, dass einem viel Zeit zum Lernen blieb. Meine Noten waren besser als nur akzeptabel. »Keine sportlichen Interessen?«, fragte er mich weiter aus.

»Ich wüsste nicht, was das mit einem Job in Ihrem Bereich zu tun hat.«

»Disziplin zieht sich durch viele Bereiche. Oder sehen Sie das anders?«, fragte er und ich wusste nicht, ob ich es mir einbildete, aber wurde seine Stimme ein wenig rauer? »Haben Sie Disziplin, Miss Thorn?«

Wieso hatte ich den Eindruck, er spielte nicht auf meine schulischen Leistungen an? Aber das musste ich mir einbilden, denn auch wenn viele auf ihn standen, hatte es noch nie einen Skandal um ihn und eine Studentin gegeben. Im Gegensatz zu einigen anderen Dozenten an diesem College. Aber eventuell konnte er diesen Part seines Lebens nur ziemlich gut verstecken. Er schien mir nicht wie der Typ Mann, der mit seinen Eroberungen prahlte. Vielleicht war er sogar verheiratet. Aber er trug keinen Ring.

»Selbstverständlich ...«, erwiderte ich schnell und leckte mir kurz über die Lippen. »Sir«, schob ich nach und sah, wie der Muskel an seinem Kiefer sich anspannte. Okay, das war ein billiger Trick, aber anscheinend funktionierte er. Zumindest hatte ich ihm eine Regung entlockt, besser als diese abweisende Kühle, die ihn sonst umgab.

Er atmete tief ein und aus, die Spannung im Raum war fast greifbar. Plötzlich klappte er meine Unterlagen zu und schmiss sie in den Papierkorb unter seinem Schreibtisch. Die Zeit schien stillzustehen und mit wildklopfendem Herzen beobachtete ich, wie er sich von mir abwandte, als wäre ich nicht mehr eine einzige Minute seiner Zeit wert.

»Danke für Ihr Kommen, aber ich denke nicht, dass das funktionieren wird. Wir sehen uns beim Unterricht, einen schönen Tag. Selbstverständlich wird dieses Gespräch keinen Einfluss auf Ihre Noten in meinem Kurs haben.«

Verblüfft saß ich immer noch an Ort und Stelle, meine Finger verkrampften sich. Nein, nein, neinneinneinnein!

»Aber ...«, begann ich, wusste jedoch nicht so recht, mit welchem Argument ich ihn umstimmen konnte. Mein Hirn war wie leergefegt.

Er drehte sich wieder mir zu, betrachtete mich einige endlose Sekunden und stand schließlich auf. Wie ein Raubtier umrundete er den Schreibtisch und kam auf mich zu. Verdammt. Mir entglitt die Situation und es fühlte sich so an, als hätte ich nie die Macht darüber besessen.

Langsam lehnte er sich zu mir herunter, drehte den massiven Stuhl mit Leichtigkeit zu sich und legte die Hände auf die Lehnen. Hatte ich gerade gedacht, die Spannung wäre greifbar, dann hatte ich mich sowas von getäuscht. Ich drückte mich gegen die Rückenlehne, um seiner intensiven Nähe zu entkommen. Was mehr als zwecklos war. Sie war überall.

»Ich habe nicht den Eindruck, dass Sie wirklich aufgrund eines Jobs hier bei mir sind, Miss Thorn«, wisperte er und ich musste schlucken. War das ein Test?

»Doch, natürlich!«, widersprach ich und seine Brauen zogen sich leicht zusammen, als könnte er so besser aus mir lesen. Jeder Zentimeter meines Körpers war überreizt und angespannt.

»Läuft da eine Wette zwischen Ihnen und einer anderen Studentin? Wollen Sie damit angeben, einen Dozenten um den Finger gewickelt zu haben?«

»Nein, Dr. Vale, das ... ist das Letzte was ich vorhabe«, flüsterte ich gleichzeitig voller Panik und ... erregt.

»Wieso dann die Zweideutigkeiten? Die halboffene Bluse? Ist das Ihre Art von professionellem Auftreten?«, tadelte er mich wie ein kleines Mädchen. Sein Blick hatte nicht einmal meine Augen verlassen, nicht wie bei dem Mann vorhin, trotzdem hatte er meinen Versuch mit meinem Aufzug bemerkt. Er kam noch näher, ich spürte die Wärme seines Atems auf meiner Haut. »Ich brauche jemand, der qualifiziert ist, diszipliniert, zielgerichtet und ...« Er hielt kurz inne. »Bereit, meinen Anweisungen ohne Nachfragen zu folgen.« Plötzlich war der Bann zwischen uns gebrochen. Er richtete sich auf und verschränkte die Arme vor der Brust. »Ich denke nicht, dass ich so jemanden vor mir sitzen habe.«

Meine Fingernägel bohrten sich jetzt doch tief in meine Handflächen, bis sich kleine rote Male bildeten. Er stand so mächtig über mir, dass ich das Gefühl hatte, keine Luft mehr zu bekommen. Dabei hatte ich mir einmal geschworen, mich niemals mehr so hilflos zu fühlen. Niemals mehr.

Ich stand auf, schob dabei den Stuhl schabend ein Stück zurück, hob trotzig das Kinn und hielt seinen festen Blick. »Meine Noten sind mehr als nur akzeptabel, vor meiner Auszeit habe ich mich an diversen außerschulischen Aktivitäten beteiligt, ich bin gewissenhaft, verantwortungsbewusst und lasse mich ganz bestimmt nicht auf so etwas Primitives wie eine Wette ein, wer einen Dozenten verführen kann! Das habe ich für meinen Abschluss überhaupt nicht nötig. Aber was ich sehr wohl nötig habe ist ein Job, der mich voranbringt und bei dem es eine ansprechende Bezahlung für meinen Lebensunterhalt gibt. Denn anders als andere der Studierenden hier habe ich keine Familie als Rückhalt. Ich musste mein gesamtes Leben für alles kämpfen, also sagen Sie mir nicht, ich wäre nicht diszipliniert! Und wenn das ein verdammter Test ist, wie sehr ich für diese Stelle kämpfe, stelle ich mich hier hin und sage, dass ich bereit bin, viel zu geben. Ich habe kein Problem damit, Abends oder an Wochenenden zu arbeiten und kann Ihnen mit reinem Gewissen sagen ...« Ich trat noch einen Schritt auf ihn zu. Auch wenn er kein winziges Bisschen zurückwich und sein Blick weiterhin eisern blieb, ließ ich mich nicht beirren. Ich musste den Kopf in den Nacken legen, denn er war fast genauso groß wie dieser Nero. »Dass ich die beste Kandidatin bin, die Sie für diesen Job finden können.«

Meine Brust bebte und ich hatte das Gefühl, einen Marathon hinter mir zu haben. Hatte meine kleine Rede etwas bewirkt? Sein Gesichtsausdruck war kalt wie unbezähmbares Eis, als er sich löste, hinter seinen Schreibtisch ging und sich setzte.

»Sie müssen unbedingt Ihre Emotionen in den Griff kriegen«, sagte er unbeeindruckt und missbilligend. »Diese haben hier keinen Platz.« Ich war kurz davor, ihm meinen Mittelfinger zu zeigen und ihm damit zu antworten, was ich von ihm und seiner Aussage hielt. Mit Autoritätspersonen hatte ich schon immer meine Probleme gehabt und er war das Paradebeispiel eines Arschlochs, dass seine Position ausnutzte.

»Seien Sie morgen nach Ihrer letzten Vorlesung pünktlich hier, damit ich sie anlernen kann.« Er wandte sich seinem Computer zu und begann, irgendetwas zu schreiben. Als ich mich immer noch nicht rührte, seufzte er. »Was ist denn noch?«

»Also hab ich den Job?«

»Ihre Noten deuteten darauf hin, intelligent zu sein.« Großer Gott, dieser Mann würde eine ziemliche Herausforderung für meine Beherrschung sein. »Auf Probe. Und jetzt wäre es mir sehr recht, wenn Sie mein Büro verlassen, damit ich mich auf meine nächste Vorlesung vorbereiten kann.«

Bevor das Glück mich doch noch verließ, riss ich mich aus meiner Starre. »Danke, Dr. Vale, Sie werden es nicht bereuen«, sagte ich mit einem angespannten Lächeln, wandte mich ab und stürmte aus dem Raum, ehe er es sich doch noch anders überlegte oder er dahinterkam, dass dies der Anfang von seinem Ende sein würde. Oh, er würde es bereuen. Und zwar so sehr, wie es mir möglich war.

2

Elodie

Tief durchatmend trat ich aus dem Gebäudeteil hinaus an die frische Luft und betrat den Campus. Das Einzige, das ich wollte, war nach Hause zu gehen, mir vielleicht ein Glas Wein zu gönnen und dann zu schlafen.

Die Begegnung mit Dr. Vale war unerwartet intensiv gewesen. Und irgendwie fiel es mir schwer, meine Gedanken auf etwas anderes umzulenken als auf das, was gerade passiert war. Aber ich hatte den Job, das war ein großer Schritt in die richtige Richtung.

Am Nachmittag tummelten sich nicht mehr viele Studenten und Studentinnen auf dem Campus, die meisten waren wohl in ihren Wohnheimen oder in den Häusern der Studentenverbindungen, um den Abend zu feiern. War man deshalb nicht auf dem College? Um Erfahrungen für den Rest seines Lebens zu sammeln? Das hatte schließlich auch einmal auf mich zugetroffen. Bevor einfach alles passiert war.

»Thorn! Hey!« Dylan erschien vor mir, schweratmend, als hätte er einen Marathon hinter sich, dabei sollte er als aktives Mitglied des Hockeyteams ziemlich gut trainiert sein. Es wunderte mich überhaupt, dass er alleine unterwegs war und mich so offensichtlich auf dem Campus ansprach. Denn den Jungs aus dem Team konnte ich nicht gerade viel abgewinnen und sie mir ebenfalls nicht, das war kein Geheimnis. Sie rissen geschmacklose, meist frauenfeindliche Witze und tarnten es als Spaß, dazu brüsteten sie sich, wer die meisten Mädchen an einem Abend abgeschleppt hatte. Wow. Ich wunderte mich nicht, wieso mich die meisten Jungs in meinem Alter rein gar nicht interessierten.

Es hatte eine Zeit gegeben, in der ich so getan hatte, als wäre ich eine ganz normale Studentin, die Freunde hatte, auf Partys ging und eben das machte, was ganz normale Studentinnen machten. Auch wenn ich mich in Wirklichkeit lieber zu Hause eingekugelt hätte. Alleine. Mit einem Buch, einer unanständig großen Menge von Eis die Welt ausschließend. Doch selbst in der Zeit, in der ich anderen diese Fassade vorgespielt hatte, hatten sie gespürt, dass etwas mit mir nicht stimmte. Irgendwann hatten vor allem die Jungs des Hockeyteams es furchtbar witzig gefunden, mich als das seltsame Mädchen abzustempeln, das keinen von ihnen an sich heranließ und sich eher zurückzog, als mit ihnen sturzbetrunken auf irgendeiner Party rumzumachen.

Dylan trat vor mich und versperrte mir den Weg. Genervt blickte ich zu ihm auf.

»Was ist?«

»Oliver ...er ....«, stotterte Dylan und zum ersten Mal wurde ich hellhörig. Selbstverständlich waren nicht alle aus ihrem Team hirnlose Idioten. Oliver war neben meiner Mitbewohnerin Cassia der Einzige, den ich annähernd als so etwas wie einen Freund bezeichnet hätte. Jemand, der mich vor seinen Teamkameraden verteidigte. Jemand, dem ich eine Chance gegeben hätte, wäre ich nicht tatsächlich das seltsame Mädchen, das alle in mir sahen.

»Du musst mitkommen!« Dylan zerrte an meinem Arm.

»Was, aber wieso? Was ist passiert?«, fragte ich und folgte ihm. Er wirkte ziemlich aufgebracht und mein Herz schlug schneller in meiner Brust. *Nicht schon wieder*, war das Erste, das durch meine

Gedanken schoss. Nicht schon wieder so einen Moment wie der vor etwas mehr als einem Jahr, der mir nicht nur den Boden unter den Füßen weggerissen, sondern meine Seele in tausend Stücke zerfetzt hatte.

Ich folgte Dylan, der vor mir her rannte. Er steuerte das Gebäude an, in dem sich die Schwimmhalle befand und für einen kurzen Augenblick zögerte ich. Wasser und ich waren nicht unbedingt die besten Freunde.

»Komm schon! Du musst dich beeilen, Thorn!«, rief er immer wieder und drückte die breite Flügeltür auf, die in das Innere führte. Sofort schlug mir der beißende Gestank des Chlors entgegen. Wir ließen die Umkleidekabinen hinter uns und betraten die Schwimmhalle. Ich musste mich zuerst an die Lichtverhältnisse gewöhnen, das Wasser im Pool plätscherte beständig durch die Filteranlage, die kleine Wellen auf der Oberfläche verursachte.

»Wo ist Oliver jetzt?«, fragte ich und meine Stimme hallte von den gefliesten Wänden wider. Gänsehaut zog sich über meinen Körper.

Dylan griff plötzlich nach meinem Oberarm und drehte mich grob zu ihm herum. Sein Gesicht war nur noch eine Fratze, die mich böse anlächelte. Und ich wusste, ich war mal wieder in die Falle getappt, die sie mir gestellt hatten.

Vier andere aus dem Team tauchten aus den Türen der Umkleidekabine auf, ich erkannte einige von ihnen und taumelte einen Schritt zurück, als Dylan mich losließ.

»Wir wollen gar nicht viel von dir, Freak«, sagte Dylan und lachte.

»Fickt euch, was soll die Scheiße!«, versuchte ich ihnen standzuhalten. Mein Blick ruckte zu der Tür direkt neben mir. Ich könnte es schaffen, wären diese verdammt rutschigen Pumps an meinen Füßen nicht. Mein Körper war gespannt wie eine Saite.

Sie liefen weiter auf mich zu, drängten mich ein Stück zurück, für einen Augenblick verlor ich den Halt und ruderte mit den Armen, damit ich nicht in das Wasser stürzte. Mit einem flüchtigen Blick schaute ich in den tiefen Pool, der alles andere als einladend war.

»Ich kann nicht schwimmen!«, sagte ich und die anderen lachten.

»Umso besser. Wir könnten wetten, wie lange du brauchst, um abzusaufen. Oder bist du doch die Hexe, die alle in dir vermuten?«, fragte Clive, der schräg hinter Dylan stand.

Ich könnte sterben. Ich könnte mich vielleicht bis an den Rand schaffen, aber dann würden sie mich zurückstoßen. Mich untergehen lassen. Mir dabei zusehen.

»Mal ehrlich, macht es euch erbärmlichen Wichsern Spaß, zu fünft auf eine Frau loszugehen? Verleiht euch das Macht? Bekommt ihr heute Abend, wenn ihr in euren Betten liegt einen Ständer, wenn ihr daran denkt!«, schrie ich. Ich hatte genug davon, mich herumschubsen zu lassen! Genug von den letzten Monaten! Genug von meinem Leben! Vielleicht sollte ich es hier und jetzt hinter mich bringen, ertrinken wäre nicht die schlimmste Art zu sterben.

»Macht es dir etwa keinen Spaß«?, fragte Dylan und kam auf mich zu, schubste mich so fest zurück, dass ich das Gefühl hatte, all die Luft entwich meinen Lungen. Ich stolperte, hörte ihr höhnisches Lachen, während ich auf den harten Fliesen aufkam. Sofort drehte ich mich herum, doch sie kamen immer näher. Die Feuchtigkeit des Bodens durchnässte den Stoff meiner Hose an meinen Knien, ließ mich zittern.

»Du denkst also, du bist etwas Besseres, oder was Thorn?«, sagte Dylan bedrohlich leise und legte die Hand an seinen Gürtel. Ich rutschte zurück, wollte aufstehen, doch meine Beine gaben unter mir nach. »Bist zu gut für uns ...«

Plötzlich ging die Tür auf und ich atmete erleichtert auf. »Was soll das?«, hörte ich die Stimme unseres Hausmeisters Mr. Grant, dessen grauer Schopf im Rahmen erschien. Die anderen wichen von mir zurück und mein Puls beruhigte sich ein bisschen, auch wenn die Furcht immer noch durch meine Venen peitschte. »Ihr wisst, dass ihr Herumtreiber hier nichts zu suchen habt! Los! Geht!«, meckerte Mr. Grant und deutete zu der Tür. Dylan und die anderen wirkten sichtlich wütend, als sie sich von mir abwanden. Wie ich sie verabscheute. Meine Finger ballten sich zu Fäusten.

»Alles okay?«, fragte Mr. Grant verständnisvoll und half mir aufzustehen. Ich richtete meine Kleidung und versuchte, mir den Schock von eben nicht anmerken zu lassen. Auf ein erneutes Gespräch mit unserer Schulpsychologin konnte ich definitiv verzichten. Auch wenn mein ganzes Leben ein einziges Durcheinander war, es mich aber nicht verwunderte, dass es täglich schlimmer wurde. »Komm, ich bring dich in dein Wohnheim«, sagte Mr. Grant, dessen Namen an dem kleinen silbernen Schildchen an seinem grauen Kittel im Licht der Lampen schimmerte. Er nickte zur Tür und ich setzte mich in Bewegung.

»Danke«, erwiderte ich leise.

»Hast du öfter Probleme mit diesen Typen?«, fragte er abschätzig, als wir raus in die Luft traten.

Ich wollte unter keinen Umständen auffallen, auch wenn ich wusste, würde ich sie jetzt anschwärzen, müssten sie definitiv bei unserem Direktor zu einem Gespräch antanzen. Aber ich ebenso.

»Ich habe kein Problem, ich bin ... ausgerutscht«, erwiderte ich und spähte kurz zu Grant, der ein brummendes Geräusch von sich gab, aber das Thema dennoch auf sich beruhen ließ. Ich wusste nicht viel von unserem Hausmeister, nur dass er ein ruhiger Mann war, der sich am liebsten in der kleinen Hütte am Rande des Campus verschanzte, in der er wohnte. Und ich war ihm mehr als dankbar, dass er auch diesmal keine Lust hatte, sich in andere Angelegenheiten einzumischen, während er mich zurück in mein Wohnheim brachte.

3

Abgrund

Echo

Kalte Luft füllte schneidend meine überreizten Lungen. Meine Brust hob und senkte sich rasend schnell, die Wut sickerte in jede einzelne meiner Zellen. Schwarze, zähe Wut, die mich vergiftete, veränderte, verwandelte, befreite.

Das Blut beschmutzte meine Hände, meine dreckigen, löchrigen Klamotten, klebte an meiner Haut wie dickflüssiges Pech, das ich niemals loswerden würde. Rot. Ich sah nur noch rot.

Kraftlos ließ ich mich zurücksinken, weg von dem leblosen, verschandelten Körper, der nun vor mir auf dem feuchten Waldboden lag. Zwischen gefallenen Blättern,

Schmutz und meiner Unschuld, die ich heute Nacht vollständig von mir abgeworfen hatte.

Ich schaute auf das Messer, das ich immer noch in meinen verkrampften Fingern hielt, schaute zurück zu dem Leichnam. War er wirklich tot? Sein Gesicht war so gut wie unkenntlich, tiefe Schnitte teilten seine Haut, gaben ein groteskes Bild ab, klafften auf, zeigten seine bloße Verwundbarkeit. Er war wie alle Menschen. Zerbrechlich. Bedauernswert.

Ich streckte langsam den Fuß aus und tippte gegen den breiten Körper des Schlächters. Er rührte sich nicht. Ich trat fester. Immer noch nichts.

Die Wut füllte mich erneut aus. Meinen gesamten Körper. Das schwarze Loch, an dem sich meine Seele befunden hätte, würde ich diese noch besitzen. Ich ließ das Messer auf den Boden fallen, zwischen die Blätter, zwischen das Blut, das aus den Wunden des Mannes drang wie warme Farbe eines wunderschönen Gemäldes. Es vermischte sich mit dem Dreck, sickerte in die Erde.

Schweratmend stand ich auf und trat erneut, diesmal noch fester. Noch einmal. Mit meiner ganzen Kraft. Ich ließ einen Schrei los, der mir selbst eine Gänsehaut über den zitternden Körper schickte.

Plötzlich hörte ich ein Geräusch. Stimmen. Eine Bewegung in meinem Sichtfeld. Ich wartete auf das Bellen der Hunde. Blutrünstige Tiere, die sich auf jeden stürzten und sein Fleisch in Stücke rissen. Doch heute

Nacht war ich bereit. Heute Nacht war ich das größere Tier.

Ich hörte Stimmen meinen Namen rufen. Leise Stimmen. Laute Stimmen. Vertraute Stimmen.

Zwei Jungs meines Alters tauchten auf. Sie blieben stehen, schauten auf die Leiche auf dem Boden. Ihr Blick wechselte ungläubig von dem Mann zu mir zurück.

»Warst ... warst du das?«, fragte Alessandro.

Ich wusste nicht, was ich sagen sollte. Ich hatte noch nie viel gesprochen, vielleicht würde ein Nicken ausreichen. Ich nickte.

»Kommt, wir müssen hier weg«, sagte der andere und stieg über den Toten. Mein Blick heftete sich an das Gesicht meines Peinigers. Unseres Peinigers. Ich konnte nicht hier weg. Ich musste warten. Darauf, dass er doch nicht tot war, dass er aufwachte, darauf, dass ich ihn erneut töten durfte.

»Los!«, jemand zerrte an dem Ärmel meines dreckigen Hemdes. »Komm jetzt, verdammt!«

Hunde bellten an der Lichtung. Da waren sie. Und ich war bereit.

4

Elodie

Ich streifte die Pumps von meinen schmerzenden Füßen und warf mich durchatmend auf die Couch im Wohnzimmer unserer Studentenwohnung. Was für ein Tag.

»Bist du es, El?«, fragte meine Mitbewohnerin Cassia und streckte den Kopf aus unserem Bad. Nach meiner Auszeit hatte ich das große Glück gehabt, dass noch ein Bett in diesem Teil des Studentenwohnheims frei gewesen war, in dem es für College Verhältnisse eine wirklich luxuriöse Ausstattung gab. Natürlich spielte es mir auch in die Karten, dass Cassia eines dieser Mädchen war, deren stinkreicher Daddy ihr einen ziemlich großzügigen Teil ihres Lebensunterhaltes bezahlten. Dementsprechend war auch unsere Wohnung, die aus einem Wohnzimmer, unseren zwei Schlafzimmern und sogar einem eigenen Badezimmer bestand, eingerichtet. Glänzende Oberflächen, luxuriöse Möbel definitiv nicht aus irgendeinem Katalog und wir hatten sogar eine offene, kleine Wohnküche.

Ich war eindeutig nicht undankbar, auch wenn Direktor Sterling wahrscheinlich nur Mitleid mit mir und meiner Lage gehabt und mich deshalb in dieses Zimmer gesteckt hatte. Wobei er vielleicht auch wusste, dass jemand wie Cassia meinem zurückgezogenen Wesen auf eine Art guttun würde. Denn trotz ihrer offensichtig elitären Herkunft war Cassia nicht abgehoben oder eingebildet. Im Gegenteil, sie musste, um Kunst studieren zu können, doppelt so hart in den Augen ihres Vaters arbeiten, der wie ein Mann wirkte, der ein Widerwort nicht akzeptierte. Ich war ihm nur einmal begegnet und konnte nicht abstreiten, dass ich vor seiner autoritären Art Respekt gehabt hatte, trotzdem hatte ich gemerkt, wie sehr er seine Tochter liebte. Ein Gefühl, das ich nicht kannte. Geliebt zu werden. Außer von einer einzigen Person, die ich nie wieder sehen konnte.

Erneut übermannte mich der Schmerz und der Drang nach Erleichterung wuchs, diese Gedanken auf die einzig mir bekannte Art abzustellen. Doch ich hatte daran gearbeitet. Ich brauchte ihn nicht mehr, sein Gesicht, das vor meinem inneren Auge auftauchte und mir sagte, was ich tun sollte, weil er es selbst nicht mehr konnte. Ich schaffte es, dieses Gefühl zu überwinden. Innerlich zählte ich bis 3 und atmete tief durch, so wie ich es in meiner Therapie gelernt hatte. »Ja, ich bin es«, antwortete ich und knetete meine pulsierenden Füße. Selbst für Dr. Vale würde ich nicht mehr solche Schuhe anziehen, die ich mir ohnehin von Cassia geliehen hatte, die so etwas oft trug. Außerdem schien Dr. Vale mehr Wert darauf zu legen, dass ich ihn mit meiner Arbeit überzeugte und nicht mit meinem Aussehen.

»Und, wie war es?« Cassia kam aus dem Badezimmer, ihr kurviger Körper in ein Handtuch gehüllt. Sie setzte sich auf das andere Ende der Couch und trocknete ihre schwarzen Locken mit einem kleineren Handtuch ab. Sollte ich ihr von der Sache im Schwimmbad erzählen? Aber dann würde sie nur ein großes Ding draus machen und Dylan und seine Scheißfreunde vielleicht sogar morgen darauf ansprechen, denn ihr On Off Freund Liam spielte ebenfalls im Team. Und auch wenn ich ihn heute Abend nicht gesehen hatte, auch er konnte nichts gegen die Idioten seines Teams tun. Es würde mir nur noch mehr Probleme einbringen. Also beschloss ich, dieses Erlebnis wie die anderen abzuhaken. Auch wenn es noch nie so extrem wie heute gewesen war. Sie steigerten sich. Würden sie je aufhören oder sich ein neues Opfer suchen?

»Wie ist Dr. Vale?«, fragte sie und zog mich zurück ins Hier und Jetzt.

»Ich kann es gar nicht so richtig benennen«, erwiderte ich und musste einmal auflachen. »Dr. Vale ist noch spießiger als angenommen. Er ist irgendwie ...« Intensiv? Einnehmend? Dominant? »Ernst. Aber ja, ich habe den Job, vorerst.«

»Oh wow, das ist großartig!«, jubelte Cassia, die nur über mich wusste, was sie zu wissen brauchte. Dass ich ohne Eltern aufgewachsen war und deshalb selbst arbeiten musste, um mein Stipendium halten und hier studieren zu können. Punkt.

»Das müssen wir heute unbedingt feiern!«, sagte sie mit einem breiten Lächeln.

»Ich weiß nicht, ich bin ziemlich müde ...«, erwiderte ich und legte den Kopf auf der Rückenlehne der Couch ab. »Der Tag war lang und ...«

»Nichts da! Dr. Vale wird dich in Zukunft ziemlich rannehmen und vielleicht wirst du nicht mehr oft Zeit haben, um mit mir auszugehen«, sagte sie mit einem zweideutigen Grinsen.

Ich verdrehte die Augen. »Für ihn war schon der geöffnete Knopf an meiner Bluse zu viel, ich glaube nicht, dass er es auf so etwas anlegt, wenn du das meintest mit rannehmen.« *Und ich als Allerletztes,* schob ich gedanklich nach.

»Stille Wasser sind tief, du weißt, was man sich über ihn sagt.«

»Er ist nicht unbedingt still nur ... sehr zurückhaltend. Ich glaube nicht, dass er weiß, wie man lacht oder auch nur annähernd lächelt.« Im Gegensatz zu dem Mann heute Morgen, der mehr meinem Typ entsprach, wenn ich wählen müsste. Doch aktuell hatte ich rein gar nicht das Interesse an einer Beziehung oder etwas, das mich von meinem Plan ablenkte.

»Klingt heiß«, gab Cassia grinsend zurück. »So ernst und dominant ...«

»Vielleicht sollte ich euch zwei einmal einander vorstellen?«, fragte ich lachend. Cassia war hinreißend mit ihrem langen, dichten Haar und dem perfekten kurvigen Körper, ihren italienischen Wurzeln und dem hübschen Gesicht. Wenn Dr. Vale wirklich schwach werden würde, dann aufgrund jemandem wie Cassia, nicht wegen jemandem so Unvollkommenem, Kaputtem wie mich.

»Wieso nicht, vielleicht komme ich dich mal bei der Arbeit besuchen«, erwiderte sie, sprang auf und hielt den Knoten an ihrem Handtuch fest. »Dennoch entbindet dich das deiner Pflicht als Mitbewohnerin nicht, heute Abend mit mir auszugehen.« Genaugenommen kannten wir uns erst seit dem Beginn des Semesters vor vier Wochen wirklich richtig, doch irgendwie hatte es Cassia geschafft, dass ich sie auf Anhieb mochte und das passierte nicht häufig. Es war nicht so, dass ich andere Menschen hasste ... ich traute ihnen nur nicht. Nicht mehr.

»Ich dulde keine Widerworte! Und ich werde dir versprechen, du wirst auf deine Kosten kommen, zumindest was das Optische angeht«, erklärte sie kryptisch.

Ich runzelte die Stirn. »Gehen wir in eine Magic Mike Show, oder so etwas? Wenn ja, dann ist das nicht unbeding mein Ding ...«

Cassia lachte. »Nicht im Mindesten, aber ich kann dir versprechen, es wird genauso ... unterhaltsam.«

»Okay, jetzt hast du geschafft, zumindest meine Neugierde zu wecken.« Wäre es nicht eine gute Ablenkung, einen Abend den Kopf freizubekommen? Durfte ich mir das trotz allem gönnen?

»Wusste ich es doch.« Sie zwinkerte mir zu.

»Aber bitte keine Hausparty in irgendeiner Verbindung!«

»Auf keinen Fall! Auf so etwas Langweiliges habe ich selbst keine Lust.« Ich glaubte ihr. »Ich hab dir das süße mintgrüne Top mit den dünnen Trägern bereits auf dein Bett gelegt. Zieh es zu dieser sexy, engen dunkelblauen Jeans und deiner Lederjacke an.«

»Du hast .... warst du an meinem Schrank?«

»Aber nur weil ich wusste, dass du nicht nein sagen kannst!«, gab sie frech zurück und lief bereits wieder Richtung Badezimmer.

Kurz erwachte in mir die Angst, dass Cassia etwas finden könnte, was ganz und gar nicht für ihre Augen bestimmt war. Doch ich hatte es gut genug verstaut. Zumindest hoffte ich das.

»Ich bin gleich im Bad fertig, dann kannst du duschen! Abfahrt in einer halben Stunde, wir nehmen ein Uber.«

Cassias Dad war sogar so steinreich, dass er ihr für jede ihrer Fahrten einen Fahrer zur Seite stellte. Doch wenn wir ein Uber nahmen, bedeutete das nur eines: Sie wollte nicht erwischt werden.

Ich hatte keine Ahnung, ob mich das noch neugieriger machen sollte oder ob ich hier und jetzt lieber die Handbremse ziehen sollte.

Die Faust des einen Typen krachte mit einem dumpfen Geräusch ins Gesicht des anderen und ich hielt die Luft an. Ihre muskulösen Körper waren schweißbedeckt, als sie sich im Käfig umtänzelten und nicht aus den Augen ließen. Blut tropfte von ihren Schläfen, quoll aus Wunden an ihren ungeschützten Fingerknöcheln, nur ihre Handgelenke waren bandagiert. Der Getroffene spuckte eine Ladung Blut auf den gummierten Boden der Arena und mir wurde übel.

Die animalischen, blutdürstigen Rufe der Umstehenden wurden immer lauter, steigerten sich fast zur Raserei, als die beiden Männer sich aufeinanderstürzten. Cassia hatte mir gesagt, dass es bei diesen Kämpfen keine Regeln gab, außer das Waffen verboten waren. Wow, immer hin.

Aber mit einem hatte sie recht. Ich wusste nicht, ob ich den Anblick faszinierend oder abstoßend finden sollte. Irgendetwas daran zog mich in seinen Bann. Die Brutalität, mit denen die Männer kämpften, war mit nichts vergleichbar, was ich jemals so hautnah gesehen hatte. Sie schenkten sich nichts, ihre Fäuste prallten mit dumpfen Aufschlägen aufeinander. Unsere Sitzplätze waren definitiv zu nah dran, ich hatte fast Angst, einen Schwall des Blutes abzubekommen, als die beiden sich gegenseitig bearbeiteten. Ich zuckte zusammen, als sie als Knäuel auf dem Boden einschlugen und dort weitermachten. Ihr Blut vermischte sich mit dem Schweiß, verteilte sich überall. Für einen kurzen Moment musste ich schlucken, weil eine Erinnerung in meinem Geist aufflackerte wie das Licht einer Neonröhre, wenn man sie anschaltete. Ich schloss die Augen und rang das Gefühl mit all meiner Kraft nieder. Verriegelte die mentale Tür, mit der ich jede Erinnerung zurückhielt.

»Bittesehr«, sagte ein Kellner, der Cassia auf einem Tablett zwei Champagner reichte und meinen Fokus glücklicherweise auf sich richtete. Weg war das Bild, mit dem ich gerungen hatte. Doch grundgütiger, die beiden Männer im Käfig kämpften gefühlt um ihr Leben und wir saßen hier und tranken Champagner, während wir dabei zusahen. Menschen waren blutrünstige Monster, das wurde mir immer wieder bewusst.

Cassia reichte mir ein Glas, aber mir war übel. Ich nahm es trotzdem, vielleicht wäre Alkohol der einzige Weg, das hier zu überstehen. »Hab ich dir nicht gesagt, dass du überrascht sein wirst«, sagte sie und stieß mit mir an. Ich hatte Cassia als kreativen, freundlichen Sonnenschein kennengelernt, doch sie schien definitiv ebenfalls ihre Geheimnisse zu haben. Woher wusste sie, wo solche Kämpfe stattfanden, und wieso schien ihr die Brutalität nichts auszumachen? Und die größte Frage, wieso hatte uns niemand seltsam angeschaut, als zwei junge Frauen Anfang zwanzig alleine in dieser abgelegenen Halle ankamen? Es hatte sich sogar eher so angefühlt, als würde jeder, der Cassia sah, einen Schritt zurückgehen. Musste ich mir deshalb vielleicht eher Sorgen machen? Vielleicht sollte ich sie doch noch ein bisschen besser kennenlernen, ehe ich mit ihr an solche Orte ging.

Ein Ringrichter verkündete den Gewinner und ich schaute wieder nach vorne, nippte an dem Glas und verschluckte mich fast an dem Inhalt, als die nächsten zwei Kämpfer den Ring betraten.

Nero. Er trug eine kurze, schwarze Sporthose, sein muskulöser Oberkörper war nackt. Ich bewunderte perfekt austrainierte Muskelstränge unter einer Vielzahl von filigranen Tattoos. Diesmal konnte ich kein amüsiertes Funkeln in seinem Gesicht erkennen, im Gegenteil. Seine Gesichtszüge waren ernst und wäre ich ihm so alleine in der Dunkelheit begegnet, hätte ich entweder die Straßenseite gewechselt oder das kleine Klappmesser gezogen, das ich immer bei mir trug. Es wäre nicht das erste Mal, dass ich es benutzen musste.

»Das ist der Favorit des Abends«, flüsterte Cassia mir zu, während die Menge noch ein wenig mehr ausrastete. Doch sein Gegner sah nicht minder fähig aus. Er war etwas kleiner, aber genauso trainiert, vielleicht sogar noch ein bisschen wuchtiger als Nero, der locker auf- und ab tänzelte.

Der Ringrichter stand in der Mitte und sagte etwas, dem ich nicht folgen konnte. Ich schaute nur auf Nero, war fasziniert und gleichzeitig eingeschüchtert von seiner offensichtlichen Kraft. Hatte er die Narbe von einem der Kämpfe?

Die beiden waren alleine in dem Käfig, ein Ton erklang und der Kampf begann. Ich hielt die Luft an und lehnte mich ein Stück vor, ließ sie nicht aus den Augen. Vergessen war alles um mich herum.

Nero sagte irgendetwas zu seinem Gegner, was ich bis zu meinem Platz nicht verstehen konnte, doch anscheinend war es irgendeine Provokation gewesen. Denn das Gesicht des anderen wurde wütend und er ballte die Hände zu Fäusten. Nero grinste und schickte einen Luftkuss zu ihm und der Kampf begann. Er stürzte sich auf Nero, doch der wich aus, packte ihn von hinten in eine Art Würgegriff und schleuderte ihn auf den Boden. Als er aufkam, hörte man förmlich das Knirschen von Knochen und er schnappte japsend nach Luft.

Die Menge rastete völlig aus, als Nero sich auf den anderen stürzte wie ein wildes Tier. Er schlug auf ihn ein, mit Fäusten, mit seinem Ellenbogen, kassierte jedoch auch einige heftige Schläge in seine Flanken, doch es wirkte, als fühlte er keinen Schmerz. Im Gegenteil. Immer, wenn er etwas abbekam, war es so, als würden seine Schläge noch härter und zielgerichteter werden. Als brauchte er den Schmerz, um erst sein wahres, grausames Ich entfalten zu können.

Der andere konnte sich aus seinem Griff winden und drehte sich zur Seite. Nero sprang auf und trat einige Schritte nach hinten. Sein Oberkörper hob und senkte sich unter seinen schweren Atemzügen, Schweiß rann über seine Schläfen und glänzte auf seiner nackten Brust. Eine Wunde an seiner Augenbraue blutete, doch der andere sah aus, als wäre er einmal durch den Fleischwolf gedreht worden. Er strich sich fahrig mit seinem Handrücken das Blut aus den aufgequollenen Augen. Sein Anblick war Angst einflößend, konnte man durch solche Kämpfe nicht sogar sein Augenlicht verlieren? Wahrscheinlich eher sein Leben, so wie die Männer hier kämpften.

Nero ging erneut zum Angriff über, traf den anderen, der durch seinen Zustand eindeutig im Nachteil war, mit einem zielgerichteten Schlag seiner Faust mitten in sein Gesicht. Das Geräusch von brechenden Knochen übertönte die Menge und ließ neue Übelkeit in meiner Kehle aufsteigen. Ich klammerte mich an das Sektglas, weil es das Einzige war, das mir etwas Halt gab. Neros Gegner klappte nach hinten und prallte auf den Boden, Blut floss aus mehreren Wunden in seinem Gesicht, als er sich unter Schmerzensschreien zusammenkrümmte. Nero wandte sich von ihm ab, als wäre er ihm zuwider, und in genau dem Moment passierte es.

Sein Blick traf zielgerichtet meinen.

5

Elodie

Mein Herz raste immer noch bei der Erinnerung daran, wie er mich angesehen hatte. Kein bisschen überrascht, als hätte er die ganze Zeit gewusst, dass ich da war. Sein Mundwinkel hatte leicht gezuckt, als hätte er nicht gerade einen blutigen Kampf hinter sich, bei dem er einen anderen Mann brutal bewusstlos geschlagen hatte.

Ich hatte Cassia gesagt, dass ich kurz frische Luft brauchte, und war nach draußen gestürmt. Vielleicht nicht gerade die beste Idee, ganz alleine hier zu stehen in einer Gegend, in der eine Frau an jeder dunklen Ecke vergewaltigt werden könnte. In der Halle befanden sich zu neunzig Prozent Männer, die aussahen, als wären sie Schwerverbrecher, mal abgesehen von den Kerlen, die sich in diesem Käfig bis aufs Blut prügelten. Keiner von ihnen würde Mitleid mit einer zweiundzwanzigjährigen Studentin haben, wenn er sie in einer der Schatten erwischte.

Meine Hand fuhr in die Innentasche meiner Lederjacke und ich spürte das Messer. Allein die Berührung beruhigte mich zumindest ein wenig. Ich lehnte mich gegen die kühle Hallenwand und atmete einige Male durch. Wieso war mir sein Blick so unter die Haut gegangen, wieso hatte er mich gelähmt? Mich gefangen gehalten? Mich angezündet? Wieso sehnte sich mein Körper plötzlich nach etwas, dass er gar nicht kannte?

Würde ich ihm erneut begegnen, wenn ich zurück in die Halle ging, um Cassia zu sagen, dass ich gehen wollte? Und wieso hatte ich so einen Respekt, ihm in die Arme zu laufen? War es seine Grausamkeit im Käfig gewesen, die mich verunsicherte, oder sein offensives Interesse heute Mittag vor Dr. Vales Büro? Es war, als würde er zwei Gesichter tragen, doch welches davon war sein wahres? Und welches zog mich mehr an?

»Hey Süße, hast du mal Feuer?« Ich schaute nach links und zwei fremde Männer kamen auf mich zu. Großartig. Genau die Situation, die ich unbedingt vermeiden wollte. Meine Hand glitt in die Tasche meiner Jacke.

Der eine Mann, der gefragt hatte, trug ein rotes Bandana, der andere fixierte mich unter seinen dichten, dunklen Augenbrauen.

»Nein, ich rauche nicht«, erwiderte ich, stieß mich von der Hallenwand ab und wollte an ihnen vorbeigehen, doch der Bandana-Typ versperrte mir den Weg.

»Hey, wohin willst du denn?«, fragte er.

»Ja, wir wollen dich nur kennenlernen, was macht so ein Mädchen wie du hier?«, wollte der andere wissen und kam näher. Die beiden kesselten mich ein. Einen von ihnen konnte ich mit meinem Messer verwunden und dann vielleicht den Überraschungseffekt nutzen, um abzuhauen.

»Sucht euch jemanden anderen, den ihr nerven könnt und lasst mich ...«, setzte ich an, doch die Hand des Typen mit den dichten Augenbrauen legte sich plötzlich um meine Kehle und drückte mich rücksichtslos gegen die Wand. Die Luft entwich meinen Lungen, als mein Rücken unsanft aufkam.

Panisch hob ich die Finger und versuchte, seine Hand zu lösen, doch die beiden lachten nur. Er drückte noch fester zu, meine Kehle wurde so eng, dass ich nicht mehr atmen konnte. Ein Röcheln drang aus meinem Mund und ich zerkratzte seinen Arm mit meinen Fingernägeln. Er fluchte auf, aber statt mich loszulassen, holte er aus und schlug mir mit der flachen Hand ins Gesicht. Ich spürte den Moment, als sein Ring meine Haut zum Platzen brachte und warme Flüssigkeit meine Schläfe hinunterfloss.

»Verdammte kleine Hure, was denkst du dir dabei, alleine hier rumzulungern!«, keifte er. »Das ist eine klare Einladung, du willst doch hier gefickt werden, erzähl mir nichts!«

Ich hörte, wie der andere hämisch lachte. Mein Sichtfeld verschwamm, verdunkelte sich an den Rändern, als die Luft langsam aus meinem Körper wich, der immer mehr und mehr erschlaffte. Ich startete noch einen letzten Versuch und griff nach meinem Messer, klappte es auf und stieß es mit all meiner Kraft nach vorne. Die Schneide durchdrang den Stoff seines Oberteils und ich spürte, wie sie das Hindernis seiner Haut stockend überwand und dann tief in weiches Fleisch glitt, als wäre es warme Butter.

Der Typ fluchte, die Hände lösten sich von meiner Kehle und ich sackte nach Luft schnappend auf den rauen Asphaltboden. Spitze Steinchen bohrten sich in meine Handflächen, rieben sie auf.

»Verfickte Schlampe!«, fluchte er und hielt sich den Bauch, Blut quoll aus seinen Fingern hervor, tropfte zäh und dunkel auf den Boden.

»Fuck, Tonio, was ist das?«, fragte der andere, Panik schwang in seiner Stimme mit. Mein Hals brannte, Tränen liefen meine Wangen hinunter. Wenn ich diesen Moment nicht nutzte und sie mich in die Finger bekommen würden, wäre ich tot.

Ich rappelte mich auf und rannte los, hörte laute Stimmen hinter mir. Schritte. Ich rannte weiter, wurde noch schneller, tauchte in den dunklen Wald ein, der alles hier umgab. Der Nebel hing tief und ich hatte Probleme, mich zu orientieren. Die Rufe wurden lauter und ich stürmte weiter. Stieß gegen Wurzeln, sprang über schmale Baumstämme auf dem Boden. Äste zerkratzten mein Gesicht, der Nebel legte sich kühl auf meine Haut, mein Körper begann zu zittern, während gleichzeitig Schweiß meinen Rücken hinunterrann. Das Knacken im Unterholz hinter mir wurde lauter. Ich musste weiter. Nur weiter.

Plötzlich fiel ich, ich hatte eine Wurzel nicht kommen sehen. Mein Körper prallte auf dem Boden auf. Jemand packte meine Haare und zog mich hoch. Ein Schmerzensschrei entfuhr mir und ich versuchte, dem erbarmungslosen Griff zu entkommen. Doch ich hatte keine Chance.

Ich wurde unsanft umgedreht, sah den Mann, dem ich ein Messer in den Bauch gestoßen hatte. Blut hatte sein helles T-Shirt getränkt und er schaute mit bebendem Blick auf mich herunter. Spucke rann aus seinem Mund und ich unterdrückte die Übelkeit. Der andere erschien in meinem Sichtfeld, trat auf mich ein und ich krümmte mich zusammen. Versuchte, den Tritten und Schlägen zu entkommen, sie abzuwehren, was mir kaum gelang. Schmerz explodierte in meinem Körper.

»Du kleine Schlampe, hast du gedacht, du kannst mich abstechen?« Ein bellendes, heiseres Lachen entfuhr ihm.

Ich hätte betteln sollen, aber ich wusste, es war zwecklos. Sie würden sowieso tun, was sie tun wollten. Sie würden sich nehmen, was sie sich nehmen wollten und danach würde ich sterben.

Ich hörte die Schnalle eines Gürtels, ein massiger Körper stürzte sich auf mich und ich versuchte, mich mit Tritten und Schlägen zu befreien. Ich hatte keine Chance gegen den festen Griff. Jemand packte meine Beine, meine Arme, ein schweres Gewicht drückte sich auf meinen Brustkorb und mir die Luft aus den überreizten Lungen, Sterne umtanzten mein Sichtfeld und der Nebel verschluckte uns. Schütze diese beiden Arschlöcher und ihre abscheuliche Tat. Jemand zerrte am Knopf meiner Jeans, hämisches Lachen und ich drückte fest die Augen zu. Erneut traf mich ein Schlag in meinem Gesicht. Der Schatten des Schmerzes verdunkelte meine Hoffnung, hier wieder lebend rauszukommen.

Plötzlich löste sich das Gewicht auf meiner Brust und ich schnappte scharf und gierig nach Luft. Ich hörte ein Geräusch wie das eines Tieres, ein dunkles Knurren, das mir Schauer über die Haut jagte.

Ein Schrei. Dumpfe, wilde Aufschläge. Meine Lider flatterten auf und ich drehte den Kopf, sah einen Schatten, der über einem der Männer thronte. Auf ihn wie wahnsinnig einschlug. Ich roch den eisernen Duft von Blut, schmeckte ihn, weil er in der Luft zu hängen schien. Er war überall.

Ich erkannte den Bandana-Typen, bewusstlos etwas weiter entfernt auf dem Boden liegen. Sein schlaffer Kopf zeigte in meine Richtung. Seine Augen waren geöffnet, sein Blick stumpf und leer. Tot. In meinem Körper explodierte der Schmerz, als ich mich auf die Seite drehte und dabei ein ächzendes Geräusch meine brennende Kehle verließ. Ich musste hier weg. Übelkeit übernahm meinen Körper und ich würgte einige Male.

Es war allen bekannt, dass es hier wilde Tiere, allen voran Bären gab. Wurden wir gerade Opfer eines Angriffs? War das tatsächlich meine Chance, hier wieder rauszukommen?

Ich wollte nicht herausfinden, was mir einen kleinen Vorsprung verschaffte. Flucht. Flucht war mein einziger Gedanke. Ich schleppte mich weiter, meine Finger kratzten über den erdigen Boden zwischen heruntergefallenem Laub, der Dreck schob sich unter meine Fingernägel. Ein Keuchen entfuhr mir, weil meine Rippen sich anfühlten, als wären sie geprellt. Oder noch schlimmer. Bohrten sich spitz in meine Lungenflügel.

Musste sich so Hannah gefühlt haben in ihren letzten Minuten? War ihr Tod voller Schmerz gewesen oder war er schnell gegangen?

Tränen rollten meine Wangen hinab, als ein großer Schatten sich plötzlich über mich legte. In der Stille des Waldes vernahm ich rasenden, schweren Atem. Hoffentlich ging es schnell.

Ich schloss die Augen, konnte jetzt nichts mehr tun, doch anstatt dass ich den Schmerz von Krallen, die meine Haut durchschnitten, spürte, war da etwas anderes.

Arme, die sich unter meinen lädierten Körper schoben, ihn behutsam aufhoben. Ein Duft umfing mich, der mir irgendwie bekannt vorkam, den ich jedoch nicht zuordnen konnte. Meine Lider flatterten auf, doch ich erkannte immer noch nur einen Schatten, keine genauen Gesichtszüge. Bis mein Geist plötzlich wegdriftete und die Schwärze mich endlich empfing.

6

Elodie

Nur langsam lichtete sich der Nebel, der meinen Geist mit sich genommen hatte. Zuerst fühlte ich nichts. Ich konnte mich an nichts erinnern, schwebte in einem Zustand zwischen Wachsein und Schlaf. Meine Kehle brannte wie Feuer. Doch dann fiel mir ein, was passiert war. Die zwei Männer, dieser Schatten. Hatte er mich gerettet?

Meine Lider flatterten auf und es dauerte einen kurzen Augenblick, bis meine Augen sich an das dämmrige Licht gewöhnt hatten. Feuer knackte in einem nahegelegenen Kamin, während ich in einem fremden Bett lag. Es war ein ausladender Raum, jedoch nur mit einem Schrank als Möbelstück, kein

Schnickschnack, keine Deko. Holzwände überall, als befände ich mich in einer Blockhütte. Mein Blick wanderte nach oben und ich erkannte ein wunderschönes Panoramafenster, das mir den Blick in den Sternenhimmel ermöglichte. Verdammt. Wie spät war es? Und wo war ich?

Ich setzte mich auf, heißer Schmerz durchfuhr meine Seite, als würde mir jemand ein brennendes Eisen zwischen die Rippen schieben. Keuchend drückte ich die Handfläche auf die Stelle. Mein Schädel brummte, als hätte ich mehrere Flaschen des Champagners getrunken. Cassia. Sie war ganz alleine in dieser Halle! Die Männer! Sie war in Gefahr!

Ich stöhnte vor Schmerz, als ich die Decke zur Seite schlug und meine Füße auf den blanken Boden setzte. Überrascht schaute ich an mir herunter, denn ich trug nicht mehr meine Sachen, sondern ein weites, schwarzes T-Shirt, das definitiv nicht mir gehörte.

Wo waren meine Klamotten? Auf einem Stuhl, der in der Nähe des Bettes stand, lag nichts. Ich rappelte mich langsam auf und fühlte mich, als hätte mich ein Lastwagen überrollt. Wie mussten sich die Kämpfer in diesen Käfigen nur nach einem Kampf fühlen? Oder waren sie es gewohnt, stellten den Schmerz irgendwann unweigerlich ab, um nicht zu brechen?

Als ich aufgestanden war, packte mich für einen Augenblick leichter Schwindel und ich atmete tief durch, bis er sich lichtete. Dann schlurfte ich durch das Schlafzimmer zu der Tür und öffnete diese. Dahinter erkannte ich einen weiteren, noch deutlich größeren Raum, der aussah wie ein Wohnzimmer mit offener Küchenzeile. Alles war aus Holz, auch die Wände und die Decke, ein Feuer flackerte auch hier in einem Kamin aus Naturstein, der sich inmitten des Raumes befand und zu allen Seiten einsehbar war.

Es war definitiv eine Art Blockhütte aber eine luxuriöse Variante mit großen Fensterfronten, hinter denen man den dunklen Wald erkennen konnte, hohen Decken und massiven Holzbalken. Ein großes, gemütliches Sofa mit dunkelgrünem Stoff stand auf der einen Seite, doch niemand war hier.

»Hallo?«, rief ich, doch meine Stimme war nur ein Krächzen. Ich räusperte mich und schleppte mich weiter, drückte die Hand fester gegen die schmerzende Stelle an meiner Seite. Bei jedem Atemzug fühlte ich das Rasseln in meinen Lungen. Fuck.

Eine Tür öffnete sich plötzlich und ich erstarrte. »Nero?«, fragte ich heiser.

Seine Haare waren leicht feucht und um seine Hüften war nur ein Handtuch gebunden, ansonsten war er nackt. Auch jetzt erkannte ich die zahlreichen

Tattoos, doch in der Nähe noch so viel mehr. Verblasste Narben. Mehrere kleine und auch große, die sich über seinen Oberkörper zogen und teilweise von den Tätowierungen auf seiner Haut verdeckt wurden.

»Wieso bist du aufgestanden?«, fragte er statt eines Hallos. Ich stützte mich an der Wand neben mir ab und atmete durch. Zumindest versuchte ich es.

»Ich freue mich auch, dich zu sehen«, murmelte ich. »Was tue ich hier?«

Er kam zu mir, sein Gesichtsausdruck war hart, der Kiefer unter seinem Dreitagebart angespannt. »Hinsetzen«, wies er mich an und deutete auf das Sofa.

Als ich nicht reagierte, schnaubte er genervt, packte mich vorsichtig und trug mich zur Sitzgruppe. »Was ...«, entfuhr mir, doch er quittierte es nur mit einem dunklen Brummen. Ich spürte die Wärme seiner nackten Haut, als ich mich an seinen Nacken klammerte und seine feuchten Haarspitzen berührte. Ich hielt die Luft an. Was passierte hier?

Langsam ließ er mich auf dem Sofa hinunter. »Ich kann nicht bleiben, meine Freundin ...«, protestierte ich, aber Nero lief nur Richtung Schlafzimmer, aus dem ich eben gekommen war.

»Mach dir keine Sorgen, sie ist wohlbehalten zurück in eurem Wohnheim.«

»Aber woher ... wie?« Gott, mir fiel es schwer, ganze Sätze zu bilden, mein Hirn war immer noch völlig vernebelt. Nero verschwand im Zimmer und tauchte kurze Zeit später bekleidet in einer grauen Jogginghose und einem weißen T-Shirt wieder auf. Er antwortete mir nicht und lief zur Küche.

»Was weißt du noch?«, fragte er stattdessen im Gehen.

Ich presste die Lider zu, Bilder tauchten vor meinem inneren Auge auf. Schnell öffnete ich sie wieder. »Hast du Cassia nach Hause gefahren?«

Nero zog eine Augenbraue hoch, als er einen Wasserkocher unter dem Hahn befüllte. »Du wachst auf, nachdem dich zwei Arschlöcher fast vergewaltigt und getötet haben und das Erste, das du wissen möchtest ist, wie es deiner Freundin geht?« Er lachte trocken auf. »Mitgefühl wird dich nochmal ins Grab bringen. Ein Freund, dem ich vertraue, hat sie heimgefahren und bis zur Tür begleitet«, antwortete er endlich. »Ihr geht es gut. Die Frage ist ...«

Er stellte den Wasserkocher ab und kam zu mir zurück. Sein Blick hing fest auf mir und ich war mir nicht sicher, ob ich der Intensität standhalten konnte. Vor mir blieb er stehen, umfasste sanft mein Kinn und begutachtete mein Gesicht, drehte es nach links und rechts. Ich spürte das heiße Pochen an meinem Auge und erinnerte mich an den Schlag in mein Gesicht. »Wie geht es dir?«

»Gut«, quietschte ich als Antwort und Nero schürzte die Lippen.

»Du bist eine schlechte Lügnerin.«

Er ließ mich los und mein Blick fiel kurz auf seine Fingerknöchel und die Pflaster, die die Platzwunde an seiner Schläfe zusammenhielten. »Du kämpfst«, flüsterte ich. »Warst du es der ...« *Die beiden Männer von mir heruntergeholt hatte?*

Natürlich war er es, wer sonst. Das wilde Tier war er.

»Jeden Kampf heute gewonnen hat, meinst du? Definitiv«, erwiderte er zweideutig und zwinkerte mir zu. Wollten wir nicht darüber sprechen, dass er zwei Männer auf dem Gewissen hatte? Denn so wie ich das beurteilen konnte, war zumindest der Bandana-Typ nicht mehr bei guter Gesundheit gewesen. Betrauerte ich ihren Tod oder hatte Mitleid? Seltsamerweise nicht, denn ich wäre nicht die erste Frau gewesen, bei der sie so etwas abgezogen hatten. Ich war, im Gegensatz zu anderen Menschen, nicht der Meinung, dass man das Schicksal machen lassen sollte. Wenn man die Möglichkeit hatte, einen Vergewaltiger büßen zu lassen, musste man diese ergreifen. Und der Tod war für viele nicht das Schlimmste, das passieren konnte. Sie sollten dankbar dafür sein, das man sie von ihrem erbärmlichen Dasein erlöste und die Welt von ihnen befreite.

»Danke«, wisperte ich. Nero stand immer noch über mir. Er nickte knapp, als wäre es für ihn kein großes Ding, ehe er sich abwandte und zurück zur Küche ging.

»Was habt ihr zwei da überhaupt gesucht?«, fragte er.

Ich entspannte mich ein wenig, mein Körper sackte tiefer in die weichen Polster, während mein Blick auf dem knisternden Kaminfeuer lag. Der Duft durchzog die gesamte Hütte und wärmte mich von innen. Erst jetzt, als das Adrenalin langsam abnahm, spürte ich, wie müde und erschöpft ich wirklich noch war.

»Meine Freundin hat mich mitgenommen, anscheinend geht sie öfter zu so etwas.«

»Nicht gerade der perfekte Platz für zwei Studentinnen«, erwiderte er anklagend, kam zu mir zurück und stellte eine Tasse Tee auf den kniehohen Couchtisch vor mir. Mir fiel auf, dass sich hier kein Fernseher befand, und ich entdeckte einige Bücher auf dem Tisch. »Kennst du deine Freundin eigentlich gut?«, fragte er plötzlich und ich konnte mir keinen Reim aus dieser Frage machen.

»Wieso?« Er zog eine Augenbraue hoch, als erwartete er eine Antwort. »Erst seit wenigen Wochen.«

»Sei vorsichtig«, erwiderte er nur kryptisch und ich konnte seine Aussage rein gar nicht mit der Cassia in Verbindung bringen, die ich kennengelernt hatte. »Außerdem will ich dich ab sofort nie wieder dort in der Halle sehen.«

Ich musste ein Grinsen unterdrücken. »Ich habe irgendwie die Info verpasst, dass du mein Dad bist, der mir Anweisungen gibt.«

»Oh, du kannst gerne Daddy zu mir sagen, wenn das dein Ding ist«, gab er rau zurück und endlich war da wieder dieses Funkeln in seinen Augen zu sehen, das ihn jünger, harmloser wirken ließ. Ein Trugschluss. »Wobei das jetzt nicht unbedingt meine Vorliebe wäre.«

»Die wäre stattdessen?« Irgendwie fühlte ich mich trotz allem wohl bei ihm. Sicher.

Sein Blick wurde intensiver und er musterte mich einen Augenblick. Ich holte bebend Luft. »Wir können gerne nochmal zu der Sache mit den Anweisungen zurückkommen.« Er räusperte sich. »Aber zuerst wirst du deine Schmerzen los.« Als wäre das mein Stichwort gewesen, zog ich Luft durch die Zähne, als ich mich bewegte und ein Stich durch meinen Körper schoss. »Im Badezimmer liegen Schmerztabletten. Die starken, sie werden helfen.« Sein Tonfall war wieder ernster geworden und ich fragte mich, ob es daran lag, dass er das Gefühl hatte, für mich verantwortlich zu sein, und ihn das nervte. Mitgefühl würde mich ins Grab bringen, hatte er gesagt, sich aber dennoch für mich eingesetzt. Wieso?

Ich wollte aufstehen, doch er schnalzte mit der Zunge. »Was wird das?«

»Ich sollte gehen«, antwortete ich und senkte den Blick.

»Ja, solltest du«, sagte er. »Aber erst, wenn es dir wieder schmerzlos möglich ist.«

»Was soll das heißen? Ich muss zurück nach Ashford, morgen beginnt meine Stelle bei Dr. Vale!«

»Der wird es verstehen und wenn nicht, kann ich ihm gerne erklären, dass du es bei mir schön warm und kuschlig hast.«

»Auf gar keinen Fall!« Ich erinnerte mich daran, wie abschätzig er mich behandelt hatte, weil er dachte, ich würde mit Nero nur flirten. Was sollte er von dieser ganzen Sache halten? Großer Gott, das würde alle meine Chancen zunichtemachen. »Mir geht es gut, du kannst mich nicht festhalten!«

»Du wirst sehen, was ich alles tun kann, Wild.« Er lehnte sich nach vorne, stützte die Unterarme auf seinen Oberschenkeln ab und fixierte mich. »Willst du mir jetzt sagen, woher du das Messer hast?« Sein Stimmungsumschwung war greifbar. Sein Blick war intensiv, seine Haltung angespannt, fast feindselig. Mein Messer hatte ich fast vergessen. Hatte er es?

Ich wollte es wieder, dennoch hatte ich das Gefühl, mich zu verraten, wenn ich darum bat.

»Welches Messer?«, fragte ich. Nero seufzte und stand auf. Mein Herz raste in meiner Brust, als er zu mir kam und erneut mein Kinn griff, diesmal jedoch deutlich fester als eben.

»Ich sagte es bereits ... du bist eine schlechte Lügnerin«, raunte er dunkel und zwang mich, ihn anzusehen. Das Funkeln, die Wärme, alles war verschwunden. Stattdessen sah ich die raue Dunkelheit in seinem Blick. Ich sah das Tier. »Ich frage noch ein letztes Mal und ich erwarte, dass du mir ehrlich antwortest. Woher hast du das Messer?«

Verdammt. Was sollte ich tun? Würde ich es ihm sagen, müsste ich mich selbst verraten. Niemand außer Hannah wusste, dass ich es hatte, und Hannah war tot. »Eine Freundin hat es mir geschenkt ... als ich fünfzehn war«, stieß ich aus. Es war nicht gelogen.

»Woher hat sie es?«, fragte Nero und lehnte sich noch ein Stück zu mir herunter. Die Schwärze übernahm ihn, verwandelte ihn. Zum ersten Mal, seitdem ich ihn kennengelernt hatte, spürte ich so etwas wie Angst ihm gegenüber. Ich wusste, wozu er fähig war, er konnte einen Menschen mit bloßer Hand töten, aber hatte naiverweise angenommen, dass ich sicher bei ihm war. Wieso hatte ich das gedacht? Ich kannte ihn nicht. War ich erneut in eine Falle getappt? Er könnte mir mit einer einzigen Bewegung seiner Hand das Genick brechen.

»Ich weiß es nicht«, flüsterte ich und spürte das Brennen in meinen Augen. Ich war hier nicht sicherer als bei den Typen da draußen im Wald. Nero war nur auf eine andere Art gefährlich. Subtiler. Er stürzte sich auf einen, wenn man sich sicher fühlte. »Wir waren nur zusammen auf der Highschool in Lexington«, flüsterte ich, eine erste Träne löste sich aus meinem Augenwinkel.

»Lexington?«, fragte Nero, seine Züge erweichten sich nicht eine Sekunde. Im Gegenteil. Wenn wurden sie nur noch eiserner. »Virginia?«

Ich nickte trotz seines festen Griffes. Nero ließ mich los und wich zurück, als hätte er sich verbrannt. Er wandte den Blick Richtung Boden und kaute auf seiner Unterlippe, als löste er ein schweres Rätsel. Ich schniefte und strich mir fahrig mit dem Handrücken die Träne von der Wange, rutschte ein Stück zurück. Weg von ihm. Weg war das Stichwort. Ich musste unbedingt zurück.

»Dein Zeug liegt gewaschen im Badezimmer, zieh dich an, ich fahre dich zum Campus«, sagte er hart, als könnte er es nicht erwarten, mich loszuwerden, und ich fragte mich, woher der Stimmungsumschwung kam. Wusste er, wer ich war? Kannte er Hannah? Hatte er meinen Plan durchschaut? Tausend Fragen beschäftigten mich, drehten sich in meinem Kopf im Kreis wie ein Tornado. Doch ich konnte keine einzige davon stellen, denn dann würde ich ihn nur auf meine Spur bringen und auf das, was ich wirklich vorhatte. Rache zu nehmen.

7

Caspian

Ich seufzte und zog mein Jackett aus, was ich fein säuberlich über einen Stuhl hängte, der nicht umgekippt war. Das Wimmern im Hintergrund wurde lauter. Man sollte meinen, dass ein erwachsener Mann nicht solche Geräusche von sich geben konnte. Es war mehr als lästig.

»Bitte ...«, schluchzte Marcus, Rotz lief aus seiner Nase und ich verzog angewidert das Gesicht.

Sein Wohnzimmer lag im Dämmerlicht des späten Abends und zeigte ein Bild der Verwüstung. Ich schaute missbilligend zu Nero, der sich gerade ein Stück Orange in den Mund schob. Die Schale lag fein säuberlich auf dem Tisch in der Mitte des

Raumes, als wäre er es nicht gewesen, der diesen Raum in diesen Zustand versetzt hatte. Marcus hielt sich das linke Auge und kauerte auf dem Boden, den Rücken gegen die Wand gepresst, als könnte er uns so entkommen. »War das wirklich nötig?«, fragte ich Nero, der nur mit den Schultern zuckte. Nicht, dass mir das Wohl dieses Aasgeiers Marcus am Herzen lag, es war eher nervenaufreibend sein Gejammer ertragen zu müssen.

»Ich habe ihn gewarnt, es ist nicht meine Schuld«, erwiderte er lässig. »Hab ich das nicht, Marky Mark?«, wandte er sich an Marcus, der schnell mit dem Kopf nickte.

»Ja ... jaja hast du«, stotterte er. »Es ... es tut mir leid! Ich werde nicht mehr versuchen, die Polizei zu rufen!«

»Siehst du, wird er nicht«, sagte Nero zu mir und ich verdrehte die Augen. Immerhin musste ich mir meine Finger nicht an ihm schmutzig machen.

»Tuhut meiner Frauau bitte nichts«, schluchzte er.

Nero lachte auf. »Du meinst die Frau, die gerade ihren Fitnesstrainer fickt?«

»Was?« Marcus riss seine Augen auf, sein Wimmern wurde lauter. Großer Gott, konnten wir diese Angelegenheit nicht endlich beenden? Das hier war alles, was mich von den Vorbereitungen der kommenden Kurse und einem guten Glas Rotwein trennte.

»Oh, das wusstest du noch nicht? Sorry! Also bist du dir sicher, dass wir ihr nichts ...«

»Nero«, zischte ich. Konnte er sich nicht einmal auf das Wesentliche konzentrieren? Er hatte die Aufmerksamkeitsspanne eines hyperaktiven Goldfisches.

Ich lief zu Marcus und ging in die Hocke, behielt extra Abstand, damit seine Körperflüssigkeiten mir meinen Anzug nicht ruinierten. »Wiederhole, was wir dir eben gesagt haben, oder ich kann nicht garantieren, dass mein Freund hier nicht ein weiteres Mal seine Beherrschung verliert.«

»Keine Polizei«, stotterte Marcus.

»Gut und was noch?«

»Ich werde diesen Artikel nicht schreiben! Ganz bestimmt nicht!«

»Was ist mit dem Material?«

»Ist auf meinem Laptop im Arbeitszimmer, ich werde es löschen!«

Ich drehte den Kopf zu Nero, der wusste, was zu tun war. Er verließ das Wohnzimmer.

»Noch irgendwo sonst? Hast du die Bilder schon irgendjemandem geschickt?« Marcus schüttelte schnell den Kopf. »Und was ist mit dem Mädchen?«

»Ich hab keine Ahnung, scheiße«, jammerte er schluchzend.

»Du weißt, was passiert, wenn du uns anlügst.«

»Ja ... Weiß ich«, keuchte er.

»Also können wir uns auf dich verlassen?«

»Ganz bestimmt!«

»Gut.«

Ich stand auf und knöpfte meine Hemdärmel auf, schob sie über meine Unterarme nach oben. Nur für den Fall.

Dann schaute ich auf Marcus herunter. Es hatte eine Zeit gegeben, in der ich gedacht hatte, dass es möglich wäre, Menschen zu bekehren. Dass man ihnen Glauben schenken konnte. Sie am Leben lassen.

Doch diese naive Zeit lag hinter mir. Ich hatte aus meiner Vergangenheit gelernt. Menschen waren schlecht. Menschen waren Lügner. Nero und ich waren das beste Beispiel dafür. Man konnte ihnen nicht trauen.

Sobald wir aus Marcus Haus draußen wären, würde er entweder die Polizei rufen, oder diesen Artikel über die illegalen Machenschaften an der Ashford University veröffentlichen, sich wahrscheinlich in irgendeinem weitentfernten Ort verstecken und hoffen, dass wir ihn nicht fanden. Wir würden ihn finden. Aber wir könnten uns allen auch diesen ganzen bevorstehenden Zirkus sparen.

Ich trat noch einen Schritt zurück und zog die Glock mit Schalldämpfer aus meinem hinteren

Hosenbund. Marcus hatte schluchzend immer noch die Augen geschlossen, er würde gar nicht bemerken, wie schnell es gehen würde. Wie schnell das Leben aus seinem Körper wich, als wäre er nicht mehr wert als ein letzter Atemzug. Menschen waren nicht nur schlecht, sie waren armselig. Zerbrechlich. Niemand war etwas wert, nicht einmal Nero oder ich, da machte ich mir keine Illusion. Würden wir heute sterben, würde uns niemand auch nur eine Träne hinterherweinen, aber dafür lebte ich auch nicht. Um ein Mensch zu sein, um den man trauerte.

Ich lebte allein für das Gefühl von Macht. Von Kontrolle.

Marcus merkte, dass ich nichts mehr zu ihm sagte und schaute auf. Ich drückte ab und Blut und Hirnmasse sprenkelten die Wand hinter ihm wie ein abstraktes Gemälde. Sein Körper sackte leblos zusammen.

Nero kam aus dem Flur zurück, unter seinem Arm der Laptop.

»Hast du alles?«, fragte ich ihn, als er einen Blick auf Marcus warf. Auch ihn haute der Anblick eines toten Menschen nicht mehr um. Man konnte sich an alles gewöhnen, allein das zeigte die Verdorbenheit, die in uns ruhte. Im Grunde lebten wir doch alle eine Lüge, machten uns jeden Tag etwas vor. Unsere Seelen hatten wir lange vor diesem Abend verloren.

Ich steckte die Waffe zurück und nahm mein Jackett, nickte zu den Orangenschalen.

»Räum das noch auf.«

»Hatte ich selbstverständlich vor, du Pedant«, erwiderte er genervt.

Zurück in meinem Wagen angekommen, warf Nero den Laptop auf die Rücksitzbank. Ich startete den Motor und rollte von der langen Kieseinfahrt. Marcus war nicht nur ein einfacher Journalist gewesen, denn die konnten sich ganz bestimmt kein abgelegenes Anwesen mit angrenzendem Waldstück und Villa leisten. Wenn wir ihn nicht erledigt hätten, dann ganz bestimmt jemand anderes.

Seine Frau würde ihn finden, aber ich war mir sicher, sie würde nicht lange über sein Ableben trauern oder wäre extrem überrascht. Wahrscheinlich hatte so jemand wie er eine hübsche Summe auf eine Lebensversicherung abgeschlossen und seine Frau haute diese mit ihrem Fitnesstrainer auf den Kopf, bis nichts mehr davon übrig blieb.

»Wir müssen über Elodie sprechen«, sagte Nero, während ich meinen Tesla durch die Straßen steuerte und wir uns durch das dunkle Waldstück zurück nach Ashford schlängelten.

Er hatte mir von dem gestrigen Vorfall erzählt, bei dem er sie mit zu sich nach Hause genommen hatte und weshalb sie nervigerweise ihren Job als meine Assistentin erst in einer Woche antreten konnte. Aber anscheinend hatte er mir etwas dabei verschwiegen. Vielleicht weil er wollte, dass wir zuerst die Sache mit Marcus erledigten. Meine Finger zogen sich dichter um das Lenkrad zusammen.

»Raus damit.«

Er kramte in der Tasche seiner Lederjacke und zog etwas heraus, das ich während der Fahrt nicht ganz erkennen konnte. Nero schaltete das Licht des Innenraums ein und ich wäre beinahe von der Straße abgekommen. Ich riss das Lenkrad zurück und drosselte die Geschwindigkeit, ließ den Wagen auf dem Seitenstreifen ausrollen und tastete nach dem Klappmesser.

Mein Daumen fuhr über das Siegel auf dem Griff.

»Sie hatte es bei sich. Hat diesen einen Typen damit fast abgestochen«, sagte Nero und mir entging nicht, wie ein wenig Stolz in seiner Stimme mitschwang.

Ich schluckte hart die Säure herunter, die sich meine Speiseröhre nach oben kämpfte. »Wir werden uns darum kümmern«, sagte ich knapp und gab ihm das Messer zurück.

»Das ist mir bewusst, nur auf welche Art?«, fragte Nero, als ich erneut anfuhr und die Beschleunigung mich leicht in den weichen Sitz drückte.

»Auf die einzige Art, die wir kennen, Alessandro«, antwortete ich fest und atmete hart aus. Fuck.

8

Elodie

»Hey, Elodie!«, rief jemand. Ich verlangsamte meinen Schritt und drehte mich um. Noch immer spürte ich den leichten Schmerz meiner Rippen, wenn ich mich zu schnell bewegte. Doch nachdem Nero mich vor einer Woche zu Hause abgesetzt hatte, und mir Cassia weinend vor Erleichterung in die Arme gefallen war, hatte sie mich direkt in das nächste Krankenhaus geschleppt. Dort wurde mir mitgeteilt, dass meine Rippen tatsächlich nur geprellt waren, was trotzdem verdammt nochmal Schweinewehtat. Außerdem wurde ich gefragt, wie meine Verletzungen passiert waren. Nicht nur meine blauen Rippen, sondern auch das Veilchen an meinem rechten Auge und die Schürfwunden an Händen und Knien, weil meine Jeans bei meinem Sturz gerissen war. Ich wäre hingefallen, wollte etwas frische Luft draußen schnappen und durch den Wald nach Hause laufen. Wieso ich das getan hatte, darauf hatte ich allerdings keine Antwort, weder für den Arzt noch für Cassia, bei der ich jedoch auch das Gefühl hatte, dass sie selbst nicht wollte, dass herauskam, wo wir gewesen waren. Mir war es recht, so lange mich jeder damit in Ruhe ließ. Denn es reichte, dass irgendwo im Wald zwei Leichen lagen. Als Letztes wollte ich mit dieser Sache in Verbindung gebracht werden. Oder hatte Nero diese längst beseitigt? Es schien so, als wüsste er genau, was zu tun war und laut der Uhrzeit hatte ich mehrere Stunden in seinem Haus bewusstlos geschlafen. Doch er hatte erst geduscht, als ich aus seinem Schlafzimmer kam. Wie lange brauchte man, um zwei Leichen zu vergraben?

Seitdem hatte ich ihn nicht mehr gesehen, aber ich war auch zu Hause im Wohnheim gewesen und hatte mich auskuriert.

»Wie geht es dir? Cassia hat erzählt, du hattest einen Unfall!«, riss mich die Stimme von Oliver zurück ins Hier und Jetzt.

Ich zwang mich zu einem Lächeln, das er mir hoffentlich abnahm. »Ja«, erwiderte ich auflachend. »Ich würde über meine eigenen Füße fallen, wenn ich mich nicht bei jedem Schritt konzentrieren würde, weißt du doch.«

Oliver hob die Hand und strich mir leicht über die Schulter. Der Sommer wich dem Herbst und eine sanfte Brise durchwehte den Campus, weshalb ich auch heute meine Lederjacke über einem weißen Longsleeve trug. Trotzdem war es, als würde ich seine Berührung durch den dicken Stoff spüren, weil sie mir mehr als unangenehm war. Andere Studierende und Dozenten liefen an uns vorbei. Der Campus war ein reges Treiben, als wäre er ein Lebewesen, das seinen eigenen Rhythmus hatte. Olivers Stimme zwang meine Aufmerksamkeit von der dunklen Fassade und den hohen Türmen, die sich gegen den grauen Himmel abhoben, ab.

»Falls du irgendetwas brauchst, lass es mich wissen.« Er zog seine Hand zurück und fuhr durch sein dunkelbraunes Haar. Er war ein attraktiver Mann in meinem Alter mit blauen Augen und einer sportlichen Figur, erfolgreich im Hockeyteam und gut in der Schule. Der Einzige, der mich vor seinen Teamkameraden offen verteidigte. Und nichtsdestotrotz, dass er der Sohn unseres Direktors Richard Sterling war, war Oliver ausgesprochen beliebt. Lag vielleicht auch daran, dass er kein besonders gutes Verhältnis zu seinem Vater zu pflegen schien. »Wohin musst du, vielleicht können wir ein Stück zusammen gehen?«, fragte er und trat an meine Seite.

»Zu Dr. Vale, ich habe heute meinen ersten Arbeitstag.«

»Ah genau, Cassia hat es erzählt. Bist du dir sicher, dass das eine gute Idee ist?«, fragte er und wir liefen los. Eigentlich interessierten mich seine Einwände kein Bisschen, aber irgendwie schien er sich in den Kopf gesetzt zu haben, dass aus uns irgendetwas werden könnte. Hatte ich jemals so etwas wie Interesse gezeigt, dann war es garantiert nur oberflächliche Nettigkeit, um ihn wieder loszuwerden. Es war nicht so, dass er unangenehm war, eher, weil ich keine Zeit hatte mich mit Beziehungen rumzuschlagen und mein Plan schon gar nicht der war, die Freundin eines Sportlers zu sein, die am Rand stand und ihn neben diesen ganzen hirnlosen Idioten anfeuerte. Das war einfach nicht meine Welt.

»Wieso sollte das keine gute Idee sein?«, fragte ich und zog den Rucksack ein Stück höher auf meine Schultern.

»Weil Dr. Vale ...« Oliver zögerte. »Ach vergiss es, es sind nur Gerüchte«, sagte er und ich runzelte die Stirn.

»Was meinst du damit?« Natürlich hatte auch ich einiges über ihn gehört, aber es interessierte mich, ob ich alles wusste. Ich wollte nicht unvorbereitet in mein Unheil rennen.

»Er ist ein Einzelgänger«, sagte er, als wäre das etwas Schlechtes. »Außer dieser seltsame Alumnus, der hin und wieder bei ihm vorbeischaut, hat er nicht wirklich was mit der Lehrerschaft zu tun.«

»Alumnus?« Nero war ein ehemaliger Student? Das glaubte er doch im Leben nicht.

»Ja, dieser tätowierte Typ, der ... komm schon, du hast doch Augen im Kopf! Die beiden haben Dreck am Stecken, das sieht doch jeder! Und du zwischendrin?«

»Meinst du, ich kann mich nicht selbst schützen?«, erwiderte ich und Oliver schnaubte.

»Natürlich, wenn jemand dann du, aber ...« Wenn ich jemand anderes gewesen wäre, würde ich Olivers Sorge schätzen und es mir schmeicheln, dass es einen Menschen gab, der sich Gedanken um mich machte. Ich hatte ihn an meinem zweiten Jahr hier kennengelernt, als ich noch Journalismus studiert hatte. Vielleicht waren wir ein oder zweimal miteinander ausgegangen, aber da war nichts von meiner Seite, weshalb ich die Beziehung oberflächlich gehalten hatte. Ich fragte mich, ob er von der Sache im Schwimmbad wusste. Wahrscheinlich nicht, sonst hätte er sich schon längst bei mir gemeldet.

»Hör zu«, sagte ich und blieb stehen, drehte mich zu ihm um. »Deine Sorge ist nett, aber unbegründet. Ich bin nur seine Assistentin, weil ich Geld für die

Miete und Essen brauche, es mir außerdem ein paar Bonuspunkte einbringt, wenn ich Dr. Vale hinterher räume. Ich werde weder in irgendetwas reingezogen, noch sonst etwas, das kannst du mir glauben. Abgesehen davon ...« Ich schenkte Oliver ein Lächeln und boxte gegen seine breite Schulter. »Glaube ich nicht, dass ich gleich an meinem ersten Tag illegale Dinge dort machen muss. Vielleicht nächste Woche, dann lasse ich es dich wissen.«

Oliver verdrehte die Augen, doch er lächelte mich an. Als Letztes wollte ich, dass er seine Nase in meine Angelegenheiten steckte. »Na gut. Aber komm zu mir, sobald dir irgendetwas komisch vorkommt, okay?« Er kam näher und ich hielt die Luft an. Oh. Nein. Nicht wieder dieser Blick. Langsam hob er die Hand und strich mir eine Strähne aus dem Gesicht, fixierte meine Lippen. »Dieses Braun steht dir im übrigen ausgesprochen gut. Auch wenn du blond genauso hübsch warst«, raunte er und löste den Panikmodus in mir aus, der mich lähmte. »Und ich will nur nicht, dass du verletzt wirst.« Oliver war nett. Mehr nicht. Und ich war zu kaputt, um seine Nettigkeit annehmen zu können. Ich würde ihm nur das Herz brechen, auch wenn er es noch nicht verstand.

»Oliver, ich ...«, wisperte ich, als er meine Schultern umfasste und sich leicht zu mir herabsenkte.

»Miss Thorne!« Wir zuckten zusammen. Dieser dominante Tonfall. Ich schluckte und drehte mich um. Dr. Vale stand vor uns und fixierte mich unter seinen zusammengezogenen Augenbrauen. Gott, er war so groß, so einschüchternd. Er schenkte Oliver nicht einen Blick und sah aus wie immer. Herrisch und absolut atemberaubend. Er trug einen dunkelgrauen Dreiteiler zu einem weißen Hemd, an seinem Handgelenk erkannte ich eine silberne Uhr, auf die er mit dem Zeigefinger ungeduldig tippte.

»Zwei Minuten zu spät. Und das an Ihrem ersten Tag.«

»Aber ... ich ... war gerade ...«

»Sparen Sie sich Ihre Ausreden für jemanden, den es interessiert. Kommen Sie.« Er lief los, ohne dass ich mich vorbereiten hätte können. Ich schenkte Oliver einen entschuldigenden Blick, der ganz und gar nicht glücklich wirkte, und eilte Dr. Vale hinterher.

Meine Güte, mit seinen langen Beinen war er unglaublich schnell und mit meiner noch geprellten Rippe war es mehr als schwierig, ihm hinterherzukommen. »Könnten Sie wohl ...«, keuchte ich und Dr. Vale schnaubte.

»Langsamer machen? Dazu kommt es noch«, ätzte er und ich wusste nicht weshalb, aber immer, wenn ich mit ihm sprach, erwachte in mir der seltsame Drang, ihm meinen Mittelfinger direkt in sein hübsches Gesicht zu strecken. Er war unausstehlich. »Vielleicht sollten Sie sich das mit den Sportgruppen doch nochmal überlegen«, sagte er. »Würde Ihrer Ausdauer entgegenkommen.«

»Ich dachte eigentlich, dass ich mich bei Ihnen mit Literatur beschäftige und keinen Marathon absolvieren muss.« *Oder mir superkluge Ratschläge anhören.* Endlich schloss ich zu ihm auf und er öffnete mir die Tür ins Innere. Immerhin hatte er Benehmen.

Ich trat an ihm vorbei in den düsteren Flur. Die schwere Holztür schlug hinter uns zu und der dumpfe Knall hallte zwischen den Wänden, der hohen Decke und dem Parkettboden wider. Es fühlte sich an, als hätte seine Falle zugeschnappt. Man hörte keinen Laut, nur Dr. Vales Schritte, als er an meine Seite trat. Ich spürte seine Anwesenheit körperlich, meine Handflächen wurden schwitzig und mein Herz schlug plötzlich um einiges schneller. War das Angst? Vielleicht ein bisschen. Oliver hatte schon recht mit seinem Bauchgefühl. Irgendetwas hatte Vale an sich, das mir durch Mark und Bein fuhr. Mich anzog, genauso wie es mich abstieß.

»Geht es Ihnen besser?«, fragte er doch tatsächlich und wir liefen nebeneinander her. Zeigte er gerade einen Funken Menschlichkeit und musste er sich dafür sehr überwinden?

»Ja, danke«, erwiderte ich. Hatte Nero ihm irgendetwas erzählt? War er sauer? Er wirkte sauer, aber das tat er immer irgendwie.

Dennoch war es mir recht, dass er nicht weiter nachbohrte, bis wir sein Büro erreichten. Er schloss auf und ließ mich erneut eintreten. War es eine gute Idee, alleine mit ihm in einem Raum zu sein? Wahrscheinlich eher nicht, aber ich hatte keine andere Wahl.

Ich knetete meine Finger und stand mitten in seinem Arbeitszimmer, während er die Tür hinter sich schloss. Er lehnte sich mit dem Rücken dagegen und musterte mich. Seine Blicke fühlten sich an, als würde er mich berühren, während er überlegte, was er nun mit mir anstellte. Mein Herz schlug immer schneller, pumpte Blut durch meine Venen, pochte bis in meinen Hals.

Er stieß sich von der Tür ab und kam einen Schritt auf mich zu. »Ich kann mir nicht helfen, aber ...« Seine Stimme war tief und dunkel, zu ruhig. »Hin und wieder kommen Sie mir bekannt vor. Sind wir uns vor Ihrer Vorstellung bei mir schon mal begegnet, Miss Thorn?«, fragte er. Scheiße. Jetzt hatte er mich.

9

Caspian

Mein Blick hing fest an ihren wasserblauen Augen. Mir entging nicht, wie ihr gesamter Körper sich anspannte. Irgendetwas war dran an der Sache, die Nero mir gesagt hatte. Irgendetwas gab es, was die kleine Miss Thorn verheimlichte und der Gedanke, es aus ihr herauszubekommen, wurde immer verführerischer.

Denn auch wenn ich es nicht zugeben wollte, sie war ausgesprochen hübsch. Die dunkelbraunen Wellen, die ihr bis über die Schulter reichten und ihr Gesicht umrahmten, die großen, fast puppenhaften blauen Augen und dieser Schmollmund. Hm. Wie er wohl um meinen Schwanz aussehen würde, wenn ich so tief in ihren Mund stieß, dass sie sich nach Sauerstoff sehnte?

Ich blieb vor ihr stehen, sah die Erregung in ihrem Blick, die sich mit der Angst abwechselte. Sie kämpfte mit ihren Emotionen und auch meine Gefühle wechselten von der einen zur anderen Seite. Zum einen übte sie eine Anziehungskraft auf mich aus, die mich mehr als wütend machte, zum anderen verschwieg sie Dinge, die uns vielleicht gefährlich werden konnten.

Nach außen hin war ich beherrscht und zurückhaltend, doch gleichzeitig wägte ich die Möglichkeiten ab, die mir blieben.

Sie hier und jetzt umzulegen brachte uns nicht weiter. Sie hier und jetzt auf meinem Schreibtisch zu ficken, bis sie schrie, wäre ein verlockender Gedanke, aber auch das würde mir rein gar nichts über sie sagen.

»Haben Sie ihre Zunge verschluckt, Miss Thorn?«, fragte ich und drängte sie ein Stück nach hinten. Ihre Lippen waren leicht geöffnet, eine hübsche Röte breitete sich auf ihrem Gesicht aus, als sie zu mir aufsah. Die Spannung war fast mit Händen greifbar. Genauso wie ihre Kehle. Um die ich liebend gerne meine Finger gelegt hätte.

»Wie Sie bereits wissen, habe ich Journalismus hier studiert, vielleicht sind wir uns vorher auf den Fluren begegnet«, wisperte sie fast atemlos. Nein.

Das war es nicht, nicht nur. Irgendetwas anderes war da, eine Verbindung, die sie zu etwas hatte, das auch Nero und mich betraf.

»Vielleicht«, gab ich leise zurück und spürte, wie mein Schwanz anschwoll, als ich ihren unverwechselbaren Duft einatmete, der von ihrer warmen Haut ausging.

Ich wandte mich ab und lief auf die Tür zwischen der Sitzgruppe zu. Sie blieb immer noch an Ort und Stelle stehen. »Wollen Sie mir nicht folgen?«, fragte ich ungehalten. Ich öffnete die Tür und deutete in den kleinen Raum. »Das ist Ihr Büro.« Sie lief an mir vorbei, streifte durch die schmale Türöffnung meinen Arm mit ihrem und ich schluckte hart. Studentinnen waren tabu, nicht, weil an der Ashford eine Beziehung zwischen Lehrkräften und Studierenden verboten war und ich viel auf Regeln gab. Eher, weil meine Deckung aufflog, wenn ich einen Skandal provozierte und ich konnte es mir nicht leisten, diesen Job hier zu verlieren. Dafür gab es vor den Toren dieser Universität genug hübsche Pussys, die man sich nehmen konnte.

Dennoch reizte sie mich. Denn das kleine Vögelchen hier dachte höher fliegen zu können als wir und das wurde gerade zur ultimativen Herausforderung, bei der ich mit meiner Zurückhaltung kämpfen musste.

Sie schaute sich in dem kleinen Raum um, in dem kaum etwas stand außer einem Schreibtisch mit Laptop, einem Drehstuhl und auch hier ein Bücherregal. Ein Rundbogenfenster einzig mit Kippfunktion. Keine Tür abgesehen von der zu mir. Sie musste immer an mir vorbei, wenn sie entkommen wollte. Ich unterdrückte das zufriedene Grinsen voller Genugtuung, das sich auf meine Lippen schleichen wollte.

»Auf dem Laptop liegt ein ausführliches Dokument mit Ihren Aufgaben.« Sie drehte sich zu mir um, schaute mich aufmerksam an. »Im Allgemeinen sind Sie für die Recherchen meiner akademischen Publikationen zuständig, sowie fungieren als Hilfe für die Vorbereitungen meiner Kurse, Betreuung von Seminargruppen und Organisation einiger Veranstaltungen in diesem Semester. Haben Sie das verstanden?«

»Ja, Sir«, erwiderte sie deutlich zu brav und ich presste die Zähne aufeinander. Sie dachte, sie wäre unheimlich schlau. Meine Finger ballten sich zu Fäusten und lockerten sich wieder. Ihre bloße Anwesenheit verhöhnte mich.

Ich hatte lange an meiner Fassade des disziplinierten Dozenten gearbeitet, hatte alles in meine Rolle gegeben und plötzlich platzte sie in unser Leben und meine Beherrschung schien zu bröckeln. Ich wollte meine Finger in ihren Haaren zur Faust ballen und sie hart gegen dieses verdammte Bücherregal drücken, ihr zeigen, wie wenig sie die Kontrolle dieser Situation wirklich hatte.

Stattdessen atmete ich tief und langsam ein und wieder aus, ehe ich mich abwandte. Ich konnte nicht alles zunichtemachen, was wir uns aufgebaut hatten. Meine Zeit würde kommen und sie würde jedes einzelne Wort, das sie an mich gerichtet hatte, bereuen. Jedes. Einzelne. Wort.

10

Elodie

Das *Eclipse Haven* war ein Treffpunkt in Ashford, der eine faszinierende Mischung aus moderner Bar und einem Hauch von düsterer Eleganz bot. Von außen wirkte die Fassade wie bei vielen Häusern im Ort dunkel und fast undurchdringlich, mit schwarzem Sandstein und getönten Fenstern, die neugierige Blicke abwehrten. Einzig das subtil leuchtende Schild mit dem elegant geschwungenen Namen des Lokals verriet, dass hinter den Mauern mehr steckte.

Beim Betreten offenbarte sich ein Raum, der in schwaches rotes Licht getaucht war, und dessen Wände mit moderner, provokanter Kunst und Fotografien geschmückt waren. An der Decke hingen minimalistische, schwarze Kronleuchter, die ein unheimliches Schimmern auf die darunterliegenden Gäste warfen.

Cassia lehnte sich in dem Sessel aus dunklem Leder vor und stützte das Kinn auf ihre Handfläche. »Also willst du es nicht mal versuchen?«, fragte sie, grinste und deutete auf den schweren, roten Vorhang, der die Bühne verbarg. Bis dieser sich in ungefähr einer halben Stunde lichtete und jeder auftreten konnte, der wollte.

Ich schüttelte den Kopf und lachte auf. »Ich? Bei einem Poetry-Slam? Nein danke.«

Das *Eclipse Haven* wurde vor allem am Abend von haufenweise Studenten und Studentinnen besucht, eine Gruppe Studierender aus dem Literaturkurs saß einige Tische weiter, die sich ganz bestimmt auf ihren Auftritt vorbereiteten. Aber ich hatte definitiv keine Lust, im Mittelpunkt all dieser Leute zu stehen. Es reichte, dass ich ständig den Eindruck hatte, selbst hier von Vales abwertenden Blicken verfolgt zu werden. Ich sah mich im Raum um, doch außer den jungen Menschen an den Tischen, die sich unterhielten und mir kein bisschen Aufmerksamkeit schenkten, war niemand hier, bei dem ich ein ungutes Gefühl hatte. »Mach du das mal, du bist ziemlich gut darin«, sagte ich.

»Ach, es würde mir besser gefallen, wenn Hunter endlich eines meiner Bilder hier ausstellen würde.«

Ich schaute kurz zu dem heißen Barkeeper, dessen breite Statur in seinem schwarzen, halboffenen Hemd besonders gut zur Geltung kam. An seinem Arm befanden sich mehrere Lederarmbänder und er warf gekonnt eine Flasche in die Höhe, ehe er die Flüssigkeit daraus in ein geschwungenes Glas füllte. Als er dieses einer jungen Frau vor der langen Theke reichte, zwinkerte er ihr frech zu und zeigte sein schönstes Grinsen. Der Besitzer der Bar und gleichzeitig Barkeeper war schon eine Augenweide, das musste man ihm lassen, auch wenn Cassia bei ihm mit ihrem Anliegen auf Granit biss.

»Ich würde es weiter versuchen, er wird irgendwann dein Talent sehen«, sagte ich und wandte mich erneut an Cassia. Leise Rockmusik spielte im Hintergrund, die zusammen mit dem Gemurmel der Menschen und dem Klirren von Glas eine fließende Melodie zu ergeben schien.

Cassia zuckte mit den Schultern. »Und solange werde ich es einfach wieder und wieder versuchen und nebenbei diese grandiosen Cocktails genießen.« Sie hob das Glas und stieß gegen meinen Whisky an. Ich lächelte und trank einen Schluck, bis sich plötzlich eine Gänsehaut über meinen Körper zog, als hätte jemand ein Fenster geöffnet. Zarter Wind blies über meine nackte Haut, weil ich hier drin nur ein kurzes Shirt trug, und mein Blick wanderte zur Eingangstür, die gerade wieder zuschlug. Doch niemand befand sich dort, als wäre entweder jemand gegangen oder ein Geist hätte den Innenraum betreten.

Cassia redete weiter, erzählte über einen ihrer Kurse. Ich widmete ihr meine Aufmerksamkeit, doch irgendetwas, ein unwohles Bauchgefühl, bereitete mir plötzlich Übelkeit. War es, weil ich mich immer noch an das letzte Mal erinnerte, als ich mit Cassia aus gewesen war? An die zwei Männer, die gewaltsam über mir thronten. An den Schatten, der sie von mir riss. Das Geräusch in meinen Ohren, als ihre Knochen beim Aufprall der Schläge knackten.

Ich schüttelte den Kopf und räusperte mich, ehe ich erneut einen Schluck trank.

»Ach, hast du von Celine gehört?«, fragte Cassia plötzlich, ihre Augen wurden größer.

»Celine?«

»Ja, sie ist in meinem Geschichtskurs.«

»Was ist mit ihr?«, wollte ich wissen und zog die Brauen zusammen. Mein Herz schlug schneller gegen meinen Brustkorb. Kam daher mein unwohles Bauchgefühl?

»Sie ist vor einer Woche verschwunden. Einfach so.«

Verdammt. Ich schluckte den harten Kloß in meinem Hals herunter, der sich sofort darin festgesetzt hatte.

»Verschwunden?«, fragte ich, meine Stimme war schwach und piepsig. Meine Finger krallten sich in den Stoff meiner Jeans, suchten nach Halt, suchten nach Erlösung, suchten danach, dass der aufbrandende Schmerz in meinem Innern nachließ.

»Sie war eines Abends mit ihren Freundinnen aus, ist alleine nach Hause gelaufen und bum!« Cassia klatschte mit der Hand auf den Tisch, und ich zuckte zusammen. »Sie kam nie im Wohnheim an.«

Flashbacks bevölkerten meinen Geist. »War das nicht wie damals mit dieser ...« Cassia kramte in ihrem Gedächtnis nach einem ganz bestimmten Namen. »Helen? Nein, so hieß sie nicht.«

Auf einmal wurde der Vorhang zur Seite gezogen, und eine wunderschöne Frau mit langem schwarzen Haar und einem atemberaubenden Kleid betrat die Bühne, von der wir wussten, dass sie Hunters Schwester Ella war. Sie kündigte das Poetry-Slam an, und ich seufzte erleichtert auf. Ich wollte nicht über damals sprechen, über die Zeit, die ich am liebsten vergessen hätte, doch ich wusste alles noch, jede einzelne quälende Sekunde davon.

Die Menge klatschte, als Cassia aufstand und nach vorne ging. Plötzlich war es so, als würde ein kalter Hauch an meinem Nacken kratzen, als würde jemand ganz zart mit den Fingern über meine Haare streichen.

Ich erschauerte, drehte mich herum, doch die Lichter, die von der Bühne ausgingen, erschwerten meine Sicht in den dunklen Publikumsraum. Ich sah zurück zu Cassia, die sich vor das Mikrofon stellte, sah Ella, die zur Seite trat. Cassia begann, doch das Gefühl wurde nicht besser. Im Gegenteil.

Ich schaute nach links, entdeckte eine der dunklen Sitznischen, die mit zwei schmalen Bänken und einem kleinen Tisch ausgestattet war. Und am einem der Tische saß ein Mann. Er trug einen schwarzen Hoodie, die Kapuze in sein Gesicht gezogen, das der Schatten schluckte. Ich erkannte eine breite Statur, trainierte Arme, die den Stoff spannten. Er schaute zur Bühne, doch durch den Winkel und die Dunkelheit der Nische konnte ich nicht mehr ausmachen. Dennoch meldeten sich alle Alarmglocken in meinem Innern, schrien ohrenbetäubend. Die Menge jubelte auf einmal und mein Fokus glitt zu Cassia auf der Bühne.

Ich zuckte kurz zusammen, als ich eine Stimme vernahm. »Das ist für dich.« Hunter erschien auf einmal neben unserem Tisch und stellte einen neuen Whisky darauf ab. Doch was mich viel mehr irritierte war die schwarze Rose, die er danebenlegte. »Und sag deinem Freund, das nächste Mal, wir bieten keinen Service an, Getränke werden an der Bar geholt, und ich sehe ganz bestimmt nicht aus wie ein verfickter Amor«, brummte er.

»Welcher Freund?«, fragte ich mit rasendem Herzen und Hunter nickte hinter mich. Zur Nische. Blitzartig drehte ich mich um, doch sie war leer. Und ich hatte keine Ahnung, was hier los war, aber ganz bestimmt nichts Gutes.

11

Elodie

Vale war ein noch größeres Arschloch als gedacht. Er ließ keine Chance aus, mich zu schikanieren und mir meine Unzulänglichkeit vorzuwerfen. Alles, was ich tat, jede E-Mail, die ich schrieb, jede Recherche, die ich betrieb, war ihm nicht genug und entsprach nicht seinen idiotisch hohen Ansprüchen.

Ich fragte mich plötzlich nicht mehr, wieso so viele Assistenten und Assistentinnen den Job bei ihm aufgegeben hatten. Er war unglaublich anstrengend und bei jedem Nein, das er mir herrisch ins Gesicht bellte, wurde der Drang größer, ihn zu erstechen. Hätte ich mein Messer noch.

Das wahrscheinlich immer noch bei Nero lag, der sich auch in der nächsten Woche nicht gemeldet und blicken lassen hatte. Bis zu diesem Freitag, bei dem es spät geworden war und ich immer noch in dem winzigen Büro saß und Unterlagen wälzte. Es war einige Tage her, seit ich mit Cassia im *Eclipse Haven* gewesen war und seitdem war nichts passiert, dass sich irgendwie ungewöhnlich angefühlt hätte. Aus dem Grund redete ich mir selbst ein, dass dieser Freund, der mir einen Whisky und eine schwarze Rose geschickt hatte, einfach nur ein Typ gewesen war, der versucht hatte, mich rumzukriegen. Und niemand, vor dem ich Angst haben musste. Niemand, der etwas mit dem Verschwinden der Studentin zu tun hatte und sich nun ein neues Opfer suchte. Ganz bestimmt nicht.

Mein Smartphone gab ein Piepsen von sich und ich zog es aus meinem Rucksack, der neben dem Schreibtisch stand. Vale hatte mich einmal erwischt, wie ich auf mein Handy gesehen hatte und mir eine Standpauke gehalten, dass ich mir am liebsten die Ohren hatte abschneiden wollen.

Deshalb bemühte ich mich, das Telefon unter der Schreibtischplatte zu halten und nur vorsichtig drauf zu schauen. Es fühlte sich manchmal so an, als hätte Vale Kameras hier installiert und könnte alles beobachten, was ich tat. Doch ich hatte an meinem ersten Tag alles abgesucht und nichts gefunden.

Cassia: »Hey Süße, arbeitest du immer noch? Zeit, Feierabend zu machen und mit mir einen Cocktailabend zu Hause zu veranstalten, ich sehe dich kaum noch! Kuss xox«

Ich seufzte. Tatsächlich hätte ich dieses Angebot heute Abend liebend gerne angenommen, ein oder zwei Drinks zu viel getrunken und mich über die herrische Art von Dr. Vale bei meiner Freundin aufgeregt. Aber als ich den Stapel der Unterlagen ansah, wusste ich, dass es noch mindestens zwei Stunden dauern würde, bis ich gehen konnte. Ich schaute zur Tür, hinter der Vale wahrscheinlich ebenfalls an seinem Schreibtisch saß. War es gesund, so ein Arbeitstier zu sein wie er? Garantiert nicht, aber das sollte nicht mein Problem sein, wenn er anhand eines Herzinfarktes vor Stress einfach umkippte. Dann hätte ich mir definitiv einiges an Kopfzerbrechen gespart.

Elodie: »Hi, sorry, ich werde es auch heute nicht schaffen, aber morgen wäre ich liebend gerne dabei! Warte nicht auf mich, bis morgen zum Frühstück!«

Ich wollte das Telefon schon zurückstecken, da erschien auf einmal eine Nachricht auf meinem Display von einer unbekannten Nummer und ich stockte in der Bewegung.

X: »Ich weiß, wer du bist.«

Hart schluckte ich die Übelkeit hinunter, und ignorierte das Zittern meiner Finger.

»Glaube, du hast eine falsche Nummer«, schrieb ich zurück und tat so, als wüsste ich rein gar nicht, was mir derjenige sagen wollte.

Es erschien ein zwinkerndes Emoticon und die Worte: *»Ich denke nicht.«*

Eine unwohle Vorahnung kroch mir den Nacken hinauf, dennoch konnte das nicht sein. Hier spielte jemand ein komisches Spiel, was rein gar nichts mit meiner Vergangenheit zu tun hatte. Und nicht mit der Begegnung im *Eclipse Haven.*

Elodie: »Ha, ha, super witzig! Ist das irgendein dummes Spiel, von dem ich nichts mitbekommen habe?«

X: »Ich finde dich auch äußerst unterhaltsam, liebste Elodie, aber nein, das hier ist mein voller Ernst. Dreh dich doch mal um.«

Ich schluckte hart und schaute mich hastig um, aber der kleine Raum war leer. Verdammt! Bis mein Blick zu dem Fenster fiel. Langsam stand ich auf und ging einen Schritt darauf zu. Mein Herz klopfte wild, ein ungestümes Pochen, das in meinen Ohren hallte und mir fast die Sinne raubte. Der Raum fühlte sich plötzlich zu eng an, die Wände schienen auf mich zuzukommen, erdrückend, beängstigend. Mit jedem Schritt, den ich auf das Fenster zumachte, wuchs die Spannung in mir, mein Mund wurde trockener.

Das Mondlicht fiel bleich durch die angelaufenen Scheiben und warf gespenstische Schatten auf den abgenutzten Holzboden und den Teppich, der einen Teil davon verdeckte. Ich streckte zögerlich die Hand aus, um den schweren Vorhang beiseitezuschieben, mein Atem kam schnell und flach. Die Kälte des Glases drang durch meine Finger, als ich das Fenster berührte. Eine Gänsehaut lief mir über den Rücken, ein Schauer packte mich.

Vorsichtig, fast als würde ich nicht die wilde Bestie wecken wollen, die sich dahinter verbarg, zog ich den Stoff zur Seite. Draußen erstreckte sich die dunkle Nacht, ein endloses Meer aus Schatten und Geheimnissen, die bis weit über die Grenze des Campus und des düsteren Waldes reichte. Doch da, an einen dicken Baumstamm gelehnt, stand eine Gestalt. Unbeweglich, als wäre sie ein Teil der Dunkelheit selbst. Ich erkannte sie nur, weil ein kleines Licht in ihrer Hand glühte wie das Display eines Telefons. Mein Herz setzte für einen Moment aus. War es eine Einbildung? Oder stand dort wirklich jemand und beobachtete mich? Ich blinzelte einige Male.

Angst und Neugier kämpften in mir. Die Gestalt regte sich nicht, es war förmlich so, als würden ihre Augen im Dunkeln glänzen wie die eines Raubtiers, das seine Beute fixiert. Ein kalter Hauch von Angst wehte durch den Raum, und ich spürte, wie mein

Mut zu bröckeln begann. Wer war diese Person, und was wollte sie von mir?

Ich zuckte zusammen, als mein Handy in meiner Hand aufblinkte.

X: »Du siehst hübsch aus so ängstlich und gleichzeitig neugierig, liebste Elodie.«

Wut packte mich. Ich hatte schon Schlimmeres hinter mir als irgendeinen Wichser, der mir Angst machen wollte. Weshalb auch immer. Wahrscheinlich war das wirklich eine dumme Wette zwischen meinen bescheuerten Kommilitonen, vielleicht sogar den Idioten aus dem Hockeyteam, die ich allesamt immer mehr hasste.

Elodie: »Fick dich, wer auch immer du bist!«

Als ich erneut nach oben aus dem Fenster schaute, war die Gestalt weg. Die Tür öffnete sich und mir entwich ein überraschter Schrei. Dr. Vale tauchte auf und schaute mich fragend unter zusammengezogenen, dunklen Augenbrauen an.

»Was soll das?«, fragte er und schüttelte den Kopf. »Haben Sie den Verstand nun vollständig verloren?«

Mein Herz schlug immer noch schnell und hart, und ich war kurz davor, ihm davon zu erzählen. Doch für was? Damit er sich über mich lustig machte, oder es sogar zum Anlass nahm, mich ein weiteres Mal für verrückt zu erklären? Dr. Vale war nicht mein Freund, das musste ich mir bewusst machen. Wenn, dann würde er lächelnd bei meinem Untergang zusehen, vor allem, wenn er wusste, weshalb ich wirklich hier bei ihm war und diesen Job angenommen hatte.

»Kann es sein, dass Sie sich mit der Arbeit zu viel zugemutet haben?«, fragte er und verschränkte die breiten Arme vor der Brust. Mir fiel auf, dass er nicht nur sein Jackett ausgezogen, sondern auch die Ärmel seines Hemdes nach oben geschoben hatte. Seine sehnigen Unterarme kamen ganz besonders gut zur Geltung und ich verteufelte ihn, dass er trotz allem so eine Anziehung auf mich ausübte. Oder vielleicht lenkte mich diese gerade auch nur wunderbar von der Unsicherheit ab, die immer noch in mir wütete.

»Suchen Sie einen Grund, mich zu kündigen?«, fragte ich trotzig. »Denn dann bin ich mir sicher, wird es kaum noch jemand geben, der sich um den Job bei Ihnen reißt.«

Als ich seinen harten Gesichtsausdruck erkannte, wusste ich, ich hatte den Bogen überspannt. Aber die gesamte Woche mit ihm und dann noch diese komischen Nachrichten, waren zu viel gewesen. Ich hatte es mir nicht mehr verkneifen können.

Er löste sich und ging auf mich zu wie ein Mann mit einer Mission. Drängte mich zurück. Mein Handy entglitt meinen Fingern und prallte dumpf auf den antiken Teppich, mein Rücken gegen das hohe Bücherregal. Vale legte beide Hände neben mir ab und kesselte mich ein. Sein Blick war fest auf meine Augen gerichtet, seine Atmung war tief und langsam, während meine begann, zu rasen. Das Gefühl seiner Nähe riss eine Schneise in mich wie ein Wirbelsturm, war erdrückend und beängstigend. Mein Körper stand in lodernden Flammen. Und ich hasste alles daran!

»Gib mir einen Grund, weshalb ich deine Anwesenheit noch länger ertragen sollte?«, raunte er bedrohlich dunkel. »Du bist unerträglich aufmüpfig und vorlaut.«

Ich leckte mir über die Lippen und für einen flüchtigen Moment flogen seine Augen zu dem Anblick, ehe er sich wieder losreißen konnte und noch wütender wirkte.

Die Welt um mich herum vibrierte, alles trat in den Hintergrund. Caspians Augen waren ebenfalls blau, doch durchzogen von grauen, dunkleren

Bereichen, die wie Wolken eines nahenden Gewitters wirkten. Es war, als würden sie sich verändern und seine Unberechenbarkeit zeigen. Sein Blick war tief und durchdringend, als könnte er in jeden Winkel meiner kaputten Seele sehen.

In Caspians Gegenwart fühlte ich eine Mischung aus Furcht und Faszination, eine gefährliche Kombination, die mein Herz schneller schlagen ließ. Jeder Blick war ein Mosaik aus Licht und Schatten, der mich immer heftiger in seinen Bann zog. Ich stand am Abgrund einer Klippe, bereit, in die Tiefe zu stürzen.

»Jemand sollte dir Grenzen aufzeigen«, wisperte er, seine Hand fuhr zu meiner Kehle und drückte leicht zu. Ich schnappte vor Überraschung nach Luft. Es war anders, als das, was mir nach Neros Kampf passiert war. Caspians Finger waren unnachgiebig und dennoch begann es zwischen meinen Schenkeln verdächtig zu pochen. »Vor allem, wenn ich in deinen Augen sehe, dass du genau das willst. Provozierst du mich deshalb die gesamte verdammte Woche? Gib mir nur einen einzigen Grund, weshalb ich mich noch weiter zurückhalten sollte.«

»Halt dich nicht zurück«, entwich mir und aus Caspians Mund drang ein frustriertes Knurren. Ich fühlte, fühlte so unglaublich viel. Es explodierte förmlich in mir. So lange hatte ich alle meine Emotionen gezügelt, um nicht im Schmerz unterzugehen. So lange hatte ich nur diese Leere in meinem Innern gefühlt, die mich langsam aber sicher aushöhlte, mich verschlang.

Doch in diesem Moment verdrängte etwas anderes diese Lücke, die bisher niemand hatte füllen können. Der Schmerz erstickte mich. Der Schmerz bedrängte mich. Dennoch fiel es mir auf einmal trotz Caspians Finger um meine Kehle einfacher, zu atmen. Ein Widerspruch, den ich selbst nicht verstand.

»Bitte«, wisperte ich brüchig und wusste selbst nicht, was mit mir los war. Seine Finger drückten weiter zu, Sterne tanzten vor meinen Augen, Schwärze blitzte am Rande meines Sichtfeldes auf, breitete sich aus. Ich brauchte den Schmerz, um zu heilen, davon zeugten die Narben an meinen Innenschenkeln. Ich brauchte den Schmerz, um leben zu können. Und es fühlte sich so an, als wäre Vale derjenige, der mir diesen schenken konnte.

Caspian ließ wieder locker und ich japste nach Luft. Ein zufriedenes Lächeln zeigte sich auf seinen Lippen und zum ersten Mal sah ich diesen Ausdruck an ihm. Er war genauso dunkel, genauso krank, genauso kaputt wie ich. Er erfreute sich am Schmerz der anderen, nur dann konnte er glücklich sein und ich brauchte den Schmerz, um mich vollständig zu fühlen.

Wir passten zusammen und gleichzeitig wollte ich immer noch seinen Tod. Es machte keinen Sinn. Aber das heftige Pulsieren zwischen meinen Schenkeln bedeutete mir, was ich wollte, was ich brauchte.

Ich drängte mich an ihn, doch er packte mit der anderen Hand grob meine Taille und presste mich zurück gegen das Bücherregal. Ich spürte das leichte Ziehen in meinen Rippen, das mich nur noch mehr befeuerte. »Nein«, bestimmte er. »Nicht du bestimmst hier die Regeln, wenn wir das wirklich tun wollen«, sagte er und ich musste schlucken. »Du wirst dich mir ergeben, irgendwann vollständig und bis dahin ...« Er senkte den Mund zu meinem Ohr, sein Atem floss über meine Haut wie flüssige Seide. »Wird es mir eine riesige Freude sein, deine kleinen Flügel wieder und wieder zu stutzen, Vögelchen.«

Schauer packten mich, seine tiefe Stimme zündete alles in mir an. Ich war verloren in dem Rausch, den er in mir auslöste.

Plötzlich ließ er mich los und trat einen Schritt zurück. Er betrachtete mich, während ich schwerer gegen das Regal hinter mir sackte, weil meine Beine mich kaum noch trugen. Ich hielt die Spannung nicht mehr aus.

»Willst du das hier wirklich?«, fragte er und ich nickte. »Einmal die Dose der Pandora geöffnet, wird sie nicht mehr so einfach zu schließen sein.«

»Okay«, hauchte ich.

Ihm entwich ein eiskaltes Lachen. »Du hasst mich, richtig? Aber du willst mich trotzdem.« Das war keine Frage, dennoch nickte ich erneut, weil ich keine Worte fand, die dieses verwirrende Gefühl in meinem Innern beschrieben. »Dann sind wir schon zu zweit«, raunte er. »Auf die Knie«, wies er mich an. Die Aufregung in meinem Innern nahm ein weiteres Mal zu, brachte mich schier um den Verstand. Ich sank vor ihm auf den Boden und schaute zu ihm auf. Fast zu sanft strich er über meinen Kopf, ehe er in meine Haare fuhr und zupackte.

»Ich werde jetzt deinen Mund ficken, Elodie. Das ist der letzte Notausstieg, den ich dir geben werde. Sag jetzt nein, verlasse dieses Büro und du bist frei.« Er atmete tief ein, auch ihm spürte ich die Erregung und die Ungeduld an. »Wenn du jetzt allerdings klar und deutlich sagst, dass du es willst, wird es kein Zurück mehr geben, keine Flucht, kein Ende, bis ich sage, dass es genug ist. Hast du das verstanden?« Ich nickte. »Wie lautet deine Wahl, liebste Elodie?«

12

Elodie

Liebste Elodie. Liebste Elodie. Das war das, was der Unbekannte geschrieben hatte. War es Zufall, oder war es Nero, der draußen gestanden hatte, auf mich wartete? Trieben die beiden mit mir ihr Spiel, oder interpretierte ich zu viel hinein?

Mein Verstand war völlig vernebelt. Ich wehrte mich gegen das, was hier passierte, gleichzeitig wollte ich nichts dringender als mich auf diese Sache einzulassen.

Ich schloss die Augen, spürte das heiße Brennen in ihnen. Wahrscheinlich war ich ohnehin verloren. Übergeschnappt. Vielleicht hatte meine Vergangenheit mein Schicksal, im Höllenfeuer zu verbrennen, ohnehin beschlossen. »Ich will das hier«, hauchte ich brüchig und schaute erneut zu Caspian hoch. Er hatte mich gewarnt. Er hatte mir die Möglichkeit gegeben, zu gehen. Ich hatte sie nicht genutzt.

Langsam öffnete er seinen Gürtel, zog ihn aus den Schlaufen. Als er ihn auf den Boden neben mir fallenließ, zuckte ich zusammen. Jede Zelle meines Körpers war vollständig überreizt. Er ließ den Knopf seiner Anzughose aufspringen und zog sie ein Stück nach unten. »Komm her«, sagte er rau und ich schob mich zu ihm, legte die Hände auf seinen breiten Oberschenkeln ab und suchte den Halt, den ich ohnehin nicht finden würde. Ich wollte so sehr, dass er mir seine Lust schenkte, ich wollte sie schmecken, mich in ihr verlieren, dass mir alles andere in diesem Augenblick egal war.

»Du hast das vorher schon einmal getan, oder? Du bist keine Jungfrau?«

Ich schluckte, als er innehielt, weil ich nicht antwortete. Er zog eine Augenbraue nach oben. »Du bist also noch eine Jungfrau«, stellte er fest und anstatt Abstand zu nehmen und zurückzutreten, erschien ein erneutes wölfisches Grinsen auf seinen Lippen. Es war nicht so, dass ich vorher keine Angebote gehabt hatte, aber zum einen hatte ich extreme Probleme damit, Vertrauen zu fassen, zum anderen lag der Grund, weshalb ich mich vor einem anderen Menschen nicht nackt zeigen wollte, in einem ganz bestimmten Knackpunkt. Doch diesmal war es anders. Diesmal wollte ich diese Furcht hinter mir lassen, um mich fallen lassen zu können und war mir sicher, dass Caspian der Richtige war, der mir dabei helfen konnte. Er war ein Mann, der wusste, was er wollte, nicht zu vergleichen mit den Jungs, die mir zuvor begegnet waren und die mit mir und meinen dunklen Neigungen überfordert gewesen wären.

»Ich bin hier nicht der Gute, ich werde nicht abstreiten, dass mich der Umstand deiner Unberührtheit anturnt, aber ich kann dir auch nicht versprechen, dass ich mich zurückhalten werde. Ich bin nicht der richtige Mann für das erste Mal eines Mädchens. Hast du das verstanden, Elodie?«

»Ja«, gab ich wispernd zurück. »Ich will es trotzdem.«

Er schob auch seine schwarze Boxerbrief herunter und sein Schwanz sprang mir entgegen. Er war groß und lag schwer in seinen kräftigen Fingern, als er einige Male über die gesamte Länge fuhr und in seine Hand pumpte. Nie im Leben würde ich ihn komplett in meinen Mund bekommen, geschweige denn irgendwo anders. Zweifel schoben sich zwischen den Schleier der Lust, doch ich wusste, es war zu spät für einen Rückzieher. Die Tür war geschlossen, der Zug rauschte mit Vollspeed in Richtung Abgrund.

»Öffne deinen hübschen Mund für mich«, raunte er und schob seinen Schaft zwischen meine Lippen. »Fuck, ich kann nicht abstreiten, daran gedacht zu haben, wie sich das hier anfühlt.« Ich begann, instinktiv an seinem Schwanz zu lecken, meine Zunge gegen den unteren Teil zu pressen und ihm entwich ein dunkles Keuchen, was mich befeuerte und motivierte, weiter zu machen. Langsam zog ich meinen Kopf zurück, lutschte an der Spitze und sah zu ihm auf. Es war nicht unbedingt so, wie ich es mir immer vorgestellt hatte, dennoch irgendwie besser. Sein Geschmack und die dunklen Geräusche seiner Lust feuerten meine eigene an. Sein Blick war verhangen, unter meinen Handflächen spürte ich das leichte Zittern seiner Muskeln. Die Fassade des sonst so beherrschten Mannes weichte sich auf. Und es gefiel mir, ihm solche Gefühle zu verschaffen. Ich wurde mutiger, legte eine Hand an seine Härte und ließ ihn tiefer in meine Mundhöhle gleiten, während meine Finger auf und ab fuhren.

»Ja, genau so«, raunte er, packte plötzlich meine Haare und begann, ungehalten meine Bewegungen zu dirigieren. »Entspann dich«, keuchte er und wurde schneller, drang noch tiefer in meinen Mund ein, bis die Muskeln in meinem Kiefer bis zum Zerreißen gespannt waren. Tränen sammelten sich in meinen Augenwinkeln, doch mein oberstes Ziel war Caspians Lust. Ich ließ ihn gewähren, als er heftiger in mich stieß, tief in meinen Rachen drang, bis ich würgen musste. Erst als ich das Gefühl hatte, keine Luft mehr zu bekommen, zog er sich wieder zurück. Ich atmete schnell und tief ein und aus, meine Brust fühlte sich an, als würde sie gleich zerspringen.

»Fuck, du bist unglaublich, du machst das gut, sehr gut sogar«, stöhnte er und strich mit seiner Eichel über meine Lippen. »Öffne den Mund, du wirst alles schlucken, wenn ich in ihm gleich kommen werde, verstanden?«

Langsam nickte ich und befolgte seinen Befehl. Diesmal waren seine Stöße noch unbarmherziger, noch schneller, sodass ich nichts anderes tun konnte, als mich ihm zu ergeben. Meine Finger lagen auf seinen Oberschenkeln, während er genau das tat, was er mir zuvor gesagt hatte. Er fickte meinen Mund, verlor sich in seiner Lust, während ich mich in ihm verlor. Meine Mundwinkel brannten, Tränen rollten meine Wangen hinab, bis ich das Gefühl hatte, dass es zu viel wurde. Ich nicht mehr ertragen konnte. Gleichzeitig hinterließ der Schmerz ein Empfinden des Schwebens, wie ich es noch nie gespürt hatte. Ich musste mich ihm ergeben, ich hatte nichts in der Hand, was hier passierte und das war so, als würde mir jemand eine Bürde abnehmen, die tonnenschwer gewesen war. Ich musste nicht denken. Ihm nur instinktiv die Führung überlassen. Ihm vertrauen, obwohl ich wusste, dass er mich brechen wollte. Für einen Moment verharrte er und kam mit einem tiefen Keuchen, ich schmeckte sein salziges Sperma auf meiner Zunge und schluckte es herunter. Ohne ein Wort trat er einen Schritt zurück und schloss seine Hose. Erschöpft sank ich auf meine brennenden Oberschenkel, wusste nicht so recht, was er nun von mir erwartete. Die Unsicherheit war zurück, die Furcht, die Leere.

Er strich mir sanft über den Kopf bis hinunter zu meinem Kinn und fuhr mit dem Daumen über meine geschwollenen Lippen. »Gutes Mädchen«, raunte er heiser. »Du wirst niemandem etwas hiervon erzählen, das ist klar, oder?«

Ich nickte und erneut erschien ein Lächeln auf seinen Lippen. Wieso hatte er mich mit dieser einzigen Geste so sehr in der Hand? Ich verstand nicht, was gerade mit mir passierte. Das Pochen zwischen meinen Schenkeln war kaum auszuhalten. Er schluckte und zögerte, als überlegte er etwas, für einen winzigen Augenblick erkannte ich Sanftheit in seinem Blick, die ich nicht gewohnt war. Doch ehe ich einen Atemzug nehmen konnte, war diese wieder der üblichen Härte gewichen.

Er drehte sich um und lief in Richtung Tür zu seinem Büro. »Mach Feierabend, wir sehen uns morgen Nachmittag.«

Damit war er verschwunden, während ich immer noch mit rasendem Herzen auf dem Boden hockte und nicht so recht wusste, wohin ich mit meinen Gefühlen hin sollte. Ich war dem nicht gewachsen. Mein Plan würde scheitern, wenn er das nicht bereits tat. Außer ich bekam mich wieder in den Griff. Caspian konnte die Kontrolle über meinen Körper haben, aber nicht über meinen Geist. Nicht über meine Seele.

Auch damals war es niemandem gelungen, mich zu brechen. Wieso sollte das hier jetzt etwas anderes sein?

Ich trat hinaus in die kühle Abendluft. Der Campus war wie ausgestorben, die Asphaltwege, die sich über die kurzgemähte Wiese zogen, waren leer. Straßenlaternen aus schwarzem Gusseisen beleuchteten einige Bereiche der Wege. Aber nicht alle.

Für einen Augenblick legte ich den Kopf in den Nacken, atmete durch und schaute in den Sternenhimmel. Einige Wolken trübten die Sicht nach oben, genauso wie mein Innerstes. Ich hatte keine Ahnung, was ich fühlen sollte, keine Ahnung, auf was das hinauslaufen sollte, was wir heute begonnen hatten.

Außerdem war da noch diese Sache mit den Nachrichten und der Gestalt. Würde sie jetzt auf mich warten? Was mir noch gar nicht eingefallen war, vielleicht war es einer der Männer aus der Nacht nach dem Kampf, die sich rächen wollten. Waren sie wirklich tot? Oder Nero nicht so grausam, wie ich angenommen hatte?

Ich schlang die Arme um meinen Oberkörper und schaute mich nervös um. Es waren nur wenige Minuten zu Fuß über den Campus zu unserem Wohnheim, aber überall auf dem Weg gab es tiefschwarze Ecken, hohe Hecken, hinter die man jemanden ziehen konnte und niemand sonst, der mir helfen konnte.

»Wartest du auf jemanden?« Eine schattenhafte Gestalt hob sich von einer breiten Eiche vor mir ab und ich zuckte zusammen, doch nur, bis ich seine Stimme erkannte. »Vielleicht sogar auf mich?« Nero grinste mich an und kam auf mich zu. Er hatte die gleiche Ausstrahlung wie Caspian, die gleiche dunkle Tiefe in seinen grünen Augen, die von etwas aus seiner Vergangenheit sprachen, das ihm die Unschuld geraubt hatte.

»Die Frage ist wohl eher, wartest du die ganze Zeit hier draußen auf mich?«, wollte ich wissen und bemühte mich an einem lockeren Ton, auch wenn es in mir immer noch anders aussah.

»Ich war nur in der Gegend«, erwiderte er mit einem Schulterzucken. Als ob. Was sollte er schon um diese Uhrzeit hier tun?

Ich verengte die Augen ein wenig. »Kann es sein, dass du mir vorhin Nachrichten geschrieben hast?«

Er runzelte die Stirn und blieb nah vor mir stehen. So nah, dass ich seinen herben Duft nach Leder und einem frischen, männlichen Parfüm riechen konnte. »Wenn ich dir Nachrichten schreiben würde, dann wüsstest du, dass sie von mir sind«, erwiderte er. »Außerdem habe ich meine Nummer in dein Handy eingespeichert, als du tief und fest bei mir geschlummert hast.«

»Du hast was...« Ich zog mein Smartphone heraus und gab seinen Namen ein, tippte auf den grünen Hörer und etwas in der Innentasche seiner Lederjacke klingelte. Er zog es hinaus und zeigte es mir grinsend.

Wild. Ich verdrehte die Augen aber musste dennoch lächeln. »Ist dir kein anderer Name eingefallen?«

Langsam lehnte er sich zu mir herunter und schaute auf meine Lippen, ehe er meinen Blick erneut einfing. Gott, sobald er mir nahe war, schlug mein Herz schneller und mein Körper sehnte sich nach etwas, das ich bis dahin nicht kannte. Bis zu diesem Tag. Bis auch Caspian mir so nahegekommen war, wie bisher noch niemand zuvor. Was hatten die beiden Männer an sich, dass sie alles in mir durcheinanderbrachten? »Sollte ich dich lieber als Baby oder Darling einspeichern? Willst du das?«, fragte er sanft mit einer Stimme, die sofort etwas in mir auslöste. Mehr als Lust. Mehr als Verlangen. Sehnsucht nach jemandem, dem ich komplett verfiel und der genauso süchtig nach mir war wie ich nach ihm. Aber weder Nero noch Caspian würden diese Männer sein, denen ich mit all meinem Sein vertrauen konnte.

»Natürlich nicht«, schnaubte ich. »Mein Name wäre ausreichend gewesen.«

»Aber du liebst den Spitznamen«, sagte er schulterzuckend und nahm eine meiner Strähnen in die Hand. Eine Gänsehaut strich über meinen Nacken wie eine leichte Berührung. »Oder willst du das etwa abstreiten, Wild?«

»Nenn mich wie du willst«, gab ich zurück und ging an ihm vorbei. »Ich werde dich ohnehin nicht davon abhalten können.«

»Oh nein, auch nicht davon, dass ich dich heimbringen werde.« Er schloss zu mir auf, steckte die Hände in die Taschen seiner Lederjacke. Ich hatte keine Ahnung, ob ich mich wirklich sicherer fühlen sollte, wenn er mich begleitete. »Wieso?«, fragte ich aus dem Grund.

»Weil du dich wieder in Schwierigkeiten bringen wirst, wenn ich nicht auf dich aufpasse«, antwortete er und ich warf ihm einen Blick zu. Seine Tattoos schauten aus dem Kragen seines Shirts und endeten knapp unter seinem Haaransatz. Er war wirklich riesig, ich war mir sicher, niemand würde sich trauen, sich ihm auch nur auf fünf Meter zu nähern.

»Keine Sorge, auch bevor ich dich kannte, habe ich irgendwie überlebt.«

»Offensichtlich«, gab er zurück. Zwei Kerle in meinem Alter kamen uns entgegen, sehr wahrscheinlich ebenfalls Studenten. Sie warfen Nero einen misstrauischen Blick zu. Er legte den Arm um meine Schultern, zog mich an sich und nickte ihnen zu.

»Guten Abend«, sagte er höflich zu ihnen und sie murmelten etwas zurück, ehe sie schnell an uns vorbeistürmten. Ich wandte mich mit einem genervten Zischen aus seinem Arm.

»Was soll das?«

»Hab ich nicht gesagt, dass ich auf dich aufpassen werde?«

»Vor was? Bedrohungen, die gar keine sind?«

»Man kann nie wissen hinter welchem Schafsgesicht sich ein Wolf versteckt«, erwiderte er und fing auf einmal an zu pfeifen. Gott, sein Körper war der eines tödlichen Monsters aber sein Charakter eines verspielten Welpen. Zumindest hin und wieder.

Ich musste ein wenig lächeln, weil Nero mich mit seiner Art erfolgreich vor all den Gedanken und Sorgen ablenkte, die nach der Sache mit Caspian in mir wüteten.

»Amüsiere ich dich, Wild?«, fragte er ebenfalls mit einem Grinsen auf den Lippen.

»Tatsächlich ein wenig, ja.«

»Freut mich.« Wir durchquerten einen viktorianischen Rundbogen, der zu einem Innenhof führte, hinter dem das Studentenheim war. Er war wie ein kleiner Park aufgebaut mit hohen Hecken, antiken Säulen und einem Springbrunnen, in dem allerdings kein Wasser mehr plätscherte. Stattdessen war der Rand voller Moos bewachsen. Durch das teils offene Blätterdach in der Mitte des Hofes schien das Mondlicht und tauchte alles in silbernes Licht. Es wirkte fast wie ein verwunschener Ort aus einer anderen Zeit. »Ich mag es, wenn du lächelst«, sagte er und zog mich plötzlich zur Seite.

Mir entwich ein Keuchen, als er mich mit dem Rücken gegen eine der Säulen presste. Die spielerische Stimmung, die er eben gezeigt hatte, war verflogen und ich musste schlucken, als ich zu ihm aufsah. Die Dunkelheit war zurück. Das Tier.

Er legte einen Unterarm gegen den rauen Stein, die andere Hand fuhr zum Knopf meiner Jeans. »Merk dir, dass ich der Gute bin«, raunte er und ich hatte keine Ahnung, was ich darauf erwidern sollte.

»Ich bin der, der Caspians Scheiße ausbadet«, sagte er und ließ meinen Knopf aufspringen. Was! Zur! Hölle! Hatte Caspian ihm von der Sache erzählt und ihn angerufen, als mein Babysitter auf mich aufzupassen, während er mich verwirrt und mit tausend Fragen im Kopf hinausgeschickt hatte?

»Nein, das ...« Ich wollte seine Hand wegdrücken, doch er nahm meine Handgelenke und presste sie über meinen Kopf gegen die Säule.

»Schließ die Augen«, wies er mich an.

»Seid ihr beiden eigentlich total bescheuert! Ich bin nicht euer Spielzeug!«, protestierte ich, doch Nero entwich nur ein amüsiertes Schnauben.

»Nein, das bist du nicht.« Er senkte den Mund zu meinem Ohr. »Noch nicht.« Plötzlich lagen seine Lippen auf meinen, während er immer noch meine Hände festhielt. Sein gigantischer Körper presste sich gegen meinen, seine gierige Zunge drang unbarmherzig in meinen Mund. Ich konnte rein gar nichts dagegen tun, als er meinen Körper in Besitz nahm, in ihn eindrang und sich nahm, was er wollte. Ich stöhnte in unseren Kuss, kam ihm entgegen, als wäre dies ein Kampf, den ich unbedingt gewinnen wollte. Noch nie zuvor hatte mich jemand so geküsst. So besitzergreifend, als würde alles von mir ihm gehören, als wäre ich die Letzte, die irgendetwas dagegen tun konnte.

Unsere Zungen umspielten sich, er nahm meine Handgelenke in eine Hand und fuhr mit den nun freien Fingern erneut hinunter zu meiner Hose. Mit einer schnellen Bewegung seines Daumens ließ er den Knopf aufspringen und zog grob den Reißverschluss nach unten. Mein Körper zitterte vor Anspannung. Ich wandte mich in seinem starken Griff, wollte mich zur Seite drehen, doch er drückte seinen Oberschenkel fest zwischen meine Beine, hielt mich an Ort und Stelle.

Zischend zog er seinen Kopf zurück und leckte über die Stelle an seiner Unterlippe, in die ich gerade meine Zähne vergraben hatte.

Ein Lächeln erschien auf seinem Gesicht, das nichts mehr von dem verspielten Welpen an sich hatte. Es war wölfisch, fast böse, die geteilten Lichtverhältnisse ließen seine Züge hart und unbarmherzig wirken. Mein Herz schlug so heftig gegen meinen Brustkorb, dass es nicht mehr lange dauern würde, ehe es meine Haut durchdrang.

»Willst du es wirklich auf diese Art?«, fragte er, seine Finger umfassten meine Handgelenke so fest, dass ich auf das Knacken meiner Knochen wartete, wenn sie brachen. »Ich wollte dir etwas Gutes tun, weil Caspian dich wie ein Arschloch fallengelassen hat und das ist der Dank?«

Blitzschnell drehte er mich herum, presste meine Vorderseite gegen die Säule und riss meine Hände nach hinten, die er dort festhielt. Sein Körper drängte sich gegen meinen und ich keuchte auf, als ich seine Erektion an meinem unteren Rücken spürte.

»Aber mir soll es recht sein. Schon als ich dich das erste Mal gesehen habe, wusste ich, dass du etwas Besonderes bist, Wild«, wisperte er in mein Ohr und ich versuchte, mich zu befreien. Ich hatte keine verdammte Chance. Seine Hand fuhr nach vorne, schob sich unter den dicken Jeansstoff und berührte den Saum meines Höschens.

»Hat dir schon einmal jemand anderes als du selbst einen Orgasmus verschafft, Kleines?«, raunte er und ich musste schlucken. Das Pochen in meinem Körper nahm zu. Ich wollte es. Ich wollte das hier genau so, wollte dass Nero mich berührte, seine Finger in mich schob und mich fickte.

Aber gleichzeitig war die Furcht größer vor seiner Reaktion, wenn er meine Innenschenkel berühren würde. Ich wollte nicht diesen Blick sehen, den ich immer sah, wenn es so weit kam. Ich wollte nicht seine Verachtung, den Ekel. Ich wollte, dass Nero mich weiterhin so ansah, als wäre ich etwas, das es wert war, zu beschützen. Auch wenn ich das ganz und gar nicht war.

»Ich habe dir eine Frage gestellt«, sagte er hart und zog mein Höschen leicht nach oben, sodass sich der weiche Stoff über meiner überreizten Klitoris spannte. Ich stöhnte vor Lust auf.

»Nein«, gab ich erstickt zurück. »Niemand.«

»Ich hab es nicht glauben wollen, dass du noch eine Jungfrau bist und auch wenn es keine Rolle spielen sollte, erwacht bei dem Gedanken daran, dass ich der Erste bin, der dich berührt, etwas Primitives in mir.«

Dass er es wusste, war der Beweis, dass Caspian ihn angerufen hatte. Er hatte gewollt, dass Nero mich nach Hause brachte. Hatte er auch gewollt, dass Nero mich nahm? Caspians Ziel war es einzig und allein sein eigenes Verlangen an mir stillen, doch Nero war anders. Er wollte mir Lust verschaffen. Konnte ich es auch annehmen?

13

Nero

Fuck, Elodie war göttlich und machte mich bretthart. Ihr kleiner, schlanker Körper wirkte zerbrechlich, doch sie konnte mehr aushalten, als die meisten ihr zutrauten. Ich sah sie, wie sie wirklich war. Ich erkannte die Dunkelheit in ihr, weil auch ich sie jeden Tag in mir spürte.

Caspians und mein Ziel war es, Antworten aus ihr herauszubekommen und nicht, ihr zu verfallen. Dennoch konnte ich nicht ignorieren, was sie in mir auslöste. Was der Kuss in mir ausgelöst hatte. Oder wie sie ihren Arsch an mir rieb, während sie so tat, als wollte sie es nicht, was hier passierte. Sie war durchschaubar wie ein klarer Bergsee.

»Willst du es, willst du, dass ich dich berühre?«, fragte ich leise knurrend und zog erneut an ihrem Höschen, sodass es sie stimulierte. Ich war mir sicher, es war jetzt bereits triefend nass und ich konnte es kaum erwarten, das selbst herauszufinden. »Dass ich mit dem Finger durch deine feuchte Spalte fahre und ihn tief in dich schiebe, während ich deine Hände festhalte und deinen Körper gegen die Wand drücke?« Sie stöhnte leise, ihre Wange presste sich dichter gegen den kalten Stein der Säule und sie hatte die Augen geschlossen. »Oder willst du es sanft? Soll ich dich dabei streicheln, dir süße Worte in dein Ohr flüstern, wie schön du bist, Darling?«

»Fick dich, Nero«, zischte sie. Ich fuhr mit dem Finger über ihrem Höschen hinunter und kniff hart in ihre angeschwollene Klit. Sie keuchte gepresst, als wollte sie nicht, dass ich mitbekam, wie sehr sie das hier anturnte.

Ich zog meine Hand aus ihrer Hose und nahm das Messer aus meiner Gesäßtasche. Ihr Messer. Klappte es auf und fuhr mit der Spitze sanft über ihre weiche Haut an ihrer Kehle. Plötzlich hielt sie ganz still, ihr schneller Atem war das Einzige, das in der Nacht zu hören war.

»Oder ist es das, was du willst?«, fragte ich leise und fuhr nach unten zu ihrem Ausschnitt.

»Du bist krank«, flüsterte sie brüchig.

»Habe ich nie abgestritten«, gab ich zurück und zerschnitt mit einer einzigen Handbewegung den Stoff ihres Shirts, sodass er aufklappte. Ihr BH kam zum Vorschein, aber ich konnte ihn kaum erkennen, weil ich immer noch hinter ihr stand. Leicht fuhr ich mit der Spitze des Messers weiter hinab über ihren Bauch bis zum Bund ihres Höschens. Ich konnte es kaum erwarten, ihr süßes Blut zu schmecken. Irgendwann.

»Wie ist es, wenn man auf den Schmerz wartet? Diesen scharfen, brennenden Schmerz, wenn ein Messer eine weiche, gleichmäßige Haut wie deine durchdringt? Ungewiss, wann er kommt und wie heftig er sein wird.« Ich glitt mit der flachen Seite des Messers weiter, ließ sie diese spüren, legte meine andere Hand an ihre Kehle und presste sie an mich. Tief senkte ich meine Nase in ihr Haar, inhalierte den feinen, femininen Duft. Ihre Hände waren frei, sie hätte diese jederzeit benutzen können, um mich abzuwehren, stattdessen presste sie die Handflächen enger gegen die Steinsäule.

Ich hatte die Macht über jemanden anderen noch nie so sehr genossen wie bei ihr. Ihre Angst, das Adrenalin und die Lust zu spüren und förmlich zu riechen war eine berauschende Mischung, die mich in einen Zustand versetzte, der an einen wirklich guten Trip herankam. Nein. Das hier war deutlich besser. Ich fuhr mit der Spitze des Messers weiter, berührte damit den Bund ihres Höschens, schob ihn ein Stück nach unten. Sie hielt ganz still, dennoch war ihr leises Stöhnen nicht zu überhören.

»Du bist ein wirklich verdorbenes Mädchen, Elodie und ...« Ich drehte das Messer, presste den Griff fest auf ihre Klit über ihrem Höschen und fuhr Kreise darüber, die immer schneller wurden. »Ich liebe das. Es macht mich schier verrückt.«

Sie stöhnte lauter, presste ihren Unterkörper gegen mich und ich hielt es nicht mehr aus. Das Messer gab ein metallisches Geräusch von sich, als es auf dem Boden aufkam und ich meine Hand endlich in ihr Höschen schob. Sie drängte sich an mich, abwechselnd umkreiste ich ihren Kitzler und kniff hinein. Verlangend legte sie den Kopf gegen meine Schulter, meine Finger um ihre Kehle zogen sich ein kleines Stück zusammen. Es war eine lustvolle Mischung ihren Atem zu regulieren und sie gleichzeitig mit meinen Fingern um den Verstand zu bringen. Und anscheinend mochte sie dieses Spiel genauso sehr wie ich. Sie wollte die Kontrolle abgeben, das war mehr als deutlich und sie wollte sie jemandem schenken, der etwas damit anfangen konnte.

»Wie ist das?«

»Gut«, keuchte sie.

»Wie gut?«

»Fuck!«, schrie sie, als ich so fest in ihren Kitzler kniff, dass sie Sterne sehen musste. »Dann wird dir das gleich noch viel besser gefallen«, murmelte ich und fuhr tiefer nach unten. »Verdammt, du bist nicht feucht, du bist klatschnass«, keuchte ich und wünschte mir, meinen Schwanz tief in dieser Enge vergraben zu können. Bald. Es würde nicht mehr lange dauern, bis dahin musste ich mich nur noch ein bisschen gedulden.

Ich schob meinen Zeigefinger in sie, sie war unglaublich eng. Tiefer und noch tiefer. Ihr Körper spannte sich um mich zusammen, zog mich förmlich noch weiter in sich. Sie presste sich enger auf meine Finger, begann das Becken leicht zu kippen und meine Hand zu reiten. »Du bist so gierig ... so heiß ...«, wisperte ich und fühlte es zum ersten Mal.

Unebene Bereiche an ihren Innenschenkeln, wie schlecht verheilte Schnitte eines Messers. Ich presste den Kiefer aufeinander. Hatte jemand ihr das angetan oder war sie es selbst gewesen?

Ich würde es herausfinden. Doch nicht jetzt. Jetzt wollte ich, dass sie ganz in ihrer Luft aufging.

Also begann ich, sie mit meinem Finger zu ficken, nahm noch einen weiteren hinzu, bis das Schmatzen ihrer unersättlichen Pussy deutlich zu hören war. Meine andere Hand fuhr zu ihrem Gesicht, bedeckte Mund und Nase. Für einen kurzen Augenblick beherrschte sie ein Anflug von

Panik, als sie spürte, was ich vorhatte und ihr die Luft entzog. Ihre Fingernägel krallten sich tief in meinen Unterarm, versuchten, meine Hand wegzuziehen, doch ich schob nur härter meine Finger in sie, drückte meinen Handballen dabei immer wieder auf ihre Klit. Sie wandte sich, schnappte nach Luft, als ich meinen Griff für einen Augenblick lockerte, nur um sie darauf noch fester auf ihr Gesicht zu pressen. Wieder und wieder spielten wir dieses Spiel, bis ich das rhythmische Ziehen in ihrem Unterleib spürte. Ich löste meine Hand und sie schrie ihren Orgasmus in die Dunkelheit der Nacht. Ihr Schrei hallte zwischen den alten Gemäuern wider, während ihr Körper gegen mich sackte und ich sie mit beiden Armen umfasste, sie hielt und auffing.

Völlig erschöpft fiel sie ein wenig zusammen und ich hob sie auf meine Arme. Ihre Hände umschlangen meinen Nacken und sie schaute mich unter ihren flatternden Augenlidern an. Es war ein seltsam gutes Gefühl, sie so zu halten. Zu beschützen. Es fühlte sich an, als wäre sie unser. Als würden nicht tausend Gründe dagegen sprechen.

»So sprachlos, Wild?«, neckte ich sie sanft und sie legte den Kopf an meine Brust, kuschelte sich noch tiefer in meine Umarmung. Fuck. Sie lächelte mich leicht an, als wäre ich nicht einer der Männer, die sie am meisten fürchten musste. Als wäre ich nicht einer der Männer, dem sie am wenigsten vertrauen durfte.

14

Elodie

Mein Körper fühlte sich an, als wäre ich eine Woche durchgejoggt. Meine Muskeln waren verspannt und schmerzten, als ich mich in meinem Bett streckte.

Sofort überfluteten Bilder von gestern meinen Geist und ich wusste nicht, ob ich lächeln oder besser schreiend davonlaufen sollte. Caspian und Nero spielten definitiv ein Spiel mit mir, doch ich hatte noch keine Ahnung, was der Zweck dessen sein sollte. Und ob ich es nicht schaffte, es umzudrehen, selbst die Kontrolle zu gewinnen.

Nachdem Nero mir diesen unvergesslichen Orgasmus verschafft hatte, bei dessen Gedanken daran ich allein erneut feucht wurde, hatte er mich in mein Wohnheim gebracht. Fast bis in mein Bett, aber ich hatte ihn an der Türschwelle zu meiner Wohnung aufhalten können. Wie ich später feststellen durfte, war Cassia zwar nicht zu Hause gewesen, doch das wusste ich zu diesem Zeitpunkt noch nicht. Und wenn sie ihn gesehen hätte, hätte ich keine Ahnung gehabt, wie ich das erklären sollte. Denn Nero war ganz bestimmt kein Mann, dem man ohne Weiteres seiner Familie und Freunden vorstellte und vor allem, als was? Cassia kannte ihn von den Kämpfen und wäre sicherlich die Erste, die mir den Kontakt zu ihm ausreden wollte. Was nur selbstverständlich war, denn wenn sie einen Typen wie ihn anschleppen würde, würde ich es ähnlich machen. Aber ich durfte immer noch nicht mein Ziel aus den Augen lassen. Es hatte sich nichts geändert. Nicht zu vergessen, dass ich nebenbei noch herausbekommen musste, wer die unbekannte Nummer war, die mir gestern geschrieben hatte. Gott, das alles machte keinen Sinn und brachte mich mehr als Durcheinander. Dennoch konnte ich nichts daran ändern, wenn ich den ganzen Tag liegen blieb.

Also schob ich die Gedanken zur Seite wie meine Decke und stand auf. Als ich nach draußen schlurfte, befand sich Cassia bereits in der offenen Wohnküche. Im Hintergrund lief irgendein Song von Taylor Swift, Cassia trug Shorts und ein knappes

Top und bewegte sich singend zum Beat, während sie mit einem Kochlöffel in einer Pfanne etwas hin- und herschob, das köstlich duftete. Mein Magen gab ein Knurren von sich. Ich hatte gestern Abend nichts mehr gegessen, weil Vale etwas dagegen hatte, wenn ich Essen mit in das Büro brachte. Verdammter Tyrann.

»Guten Morgen! Na, gut geschlafen?«, fragte Cassia grinsend und drückte auf den Knopf der Kaffeemaschine, damit das flüssige Gold direkt in die Tasse darunter laufen konnte. Erstaunlich wie schnell Cassia und ich uns und unsere Vorlieben kennengelernt hatte. Manchmal kam es mir so vor, als würden wir uns länger kennen.

»Tatsächlich habe ich eine ganze Nacht durchgeschlafen, seit langem mal wieder«, erwiderte ich und setzte mich an die Kochinsel. Cassia übergab mir die Tasse und ich bedankte mich. Im Gegensatz zu ihr brauchte ich keine süße Hafermilch, um meinen Kaffee trinken zu können. Ich brauchte es stark. Intensiv.

Sofort schluckte ich das Gefühl hinunter, dass mich bei diesen Gedanken an Caspian und Nero überrennen wollte.

»Das freut mich sehr, dann bist du ja ausgeschlafen für das, was ich heute mit dir vorhabe«, sagte sie und schob Rührei auf zwei Teller, auf denen bereits geschnittene Paprika, Tomaten und jeweils ein knusprig gerösteter Toast mit Butter lag. Mir lief das Wasser im Mund zusammen.

»Kommt drauf an ...«, erwiderte ich misstrauisch und nippte an meiner Tasse.

»Es wird dir gefallen, glaub mir! Ich habe uns einen Termin bei *Serenity Cosmetics* ausgemacht.«

»Du meinst, ich bekomme heute eine Massage?« Ich seufzte unterdrückt auf. Das war genau das, was ich unbedingt brauchte, um meinen verwirrenden Gedanken für ein paar Stunden entfliehen zu können. Der Kosmetiksalon in der Innenstadt gehörte ihrem Vater und sie hatte mich schon einmal für eine kostenlose Behandlung mitgenommen. Dazu konnte ich definitiv nicht nein sagen.

»Genau«, erwiderte sie lächelnd. »Außerdem eine Maniküre, Pediküre und ein Waxing.« Ich verzog das Gesicht und sie lachte. »Glaub mir, du wirst dich danach wie neugeboren fühlen und dann ...« Sie umrundete mit ihrem Teller in der Hand die Kochinsel und setzte sich auf den zweiten Barhocker neben meinem. »Werden wir heute Abend einen schönen Filmabend veranstalten. Ich habe immer noch etwas gutzumachen für deinen Sturz, als ich dich zu diesem Kampf geschleppt habe.« Genau. Mein Sturz. Ich kaute langsam und bedächtig weiter, versuchte, mir nichts anmerken zu lassen. »Wenn du nichts dagegen hast, würde Liam auch kommen. Und sein heißer Freund Ethan.« Sie zwinkerte mir zu und ich schob mir eine Gabel mit Rührei in den Mund. Cassias On Off Beziehung Liam war ganz in Ordnung, aber seine Freunde aus dem Hockeyteam waren definitiv aus vielen Gründen nicht meine Art von Menschen, mit denen ich mich gerne umgab. Allen voran, dass sie keine Möglichkeit ausließen, um augenscheinlich Schwächere zu piesacken.

»Auch wenn Ethan gar nicht so heiß wie dein Dr. Vale sein kann«, gab sie grinsend zurück und ich verdrehte die Augen, versuchte, mir nicht anmerken zu lassen, was gestern passiert war. Gott, bei Tag betrachtet hatte ich mich absolut unverantwortlich verhalten. Zweimal. »Er ist nicht *mein* Dr. Vale ...«, startete ich einen Versuch, mich rauszureden. »Und ich habe natürlich nichts dagegen, wenn die beiden ebenfalls kommen«, sagte ich, auch wenn ich Ethan tatsächlich nicht kannte und ahnte, dass er genauso wie die anderen Jungs des Teams sein würde. Ich hatte keine Ahnung, ob ich seine Sprüche den ganzen Abend ertragen konnte, aber ich wusste, wie sehr Cassia auf Liam stand und würde ihr nicht dazwischen grätschen. Nicht für das, was sie für mich tat, ohne etwas zu erwarten. Tatsächlich hatte ich selten einen Menschen wie Cassia getroffen und wartete immer noch auf den Haken. »Und danke.« Ich schenkte Cassia ein Lächeln. Ich wusste sehr zu schätzen, wie viel Mühe sie sich gab, damit ich mich gut fühlte, auch wenn unsere Freundschaft nie an die mit Hannah heranreichen würde. Aber diese war wahrscheinlich nur so fest gewesen, weil wir ein gemeinsames Schicksal geteilt hatten. Die Hölle zu überleben konnte man nicht mit jedem.

»Okay, das war mit Abstand der entspannteste Tag, den ich je erlebt habe«, sagte ich zu Cassia und stellte die Schüssel mit Chips auf den Couchtisch. Auf dem Weg nach Hause von dem Kosmetikstudio hatten wir alle möglichen Snacks und zuckerhaltigen Getränke besorgt. Die Jungs hatten gesagt, sie brachten Bier mit und ich hoffte, dass es dabei blieb. Denn die Spieler des Hockeyteams waren nicht gerade dafür bekannt, enthaltsam zu leben. Vor allem fielen sie auf diversen Partys des Campus auf, weil sie sich hemmungslos betranken und daneben benahmen. »Danke nochmal.«

»Liebend gerne!«, sagte sie und kam zu mir. Sie trug ein hübsches, weinrotes Kleid mit langen Ärmeln, das ihr bis zur Mitte der Oberschenkel reichte. Ihre dunklen Haare fielen als dicke Locken über ihre Schultern. Während ich mich für ein eher praktisches Outfit bestehend aus einer Jeans und einem leichten Trägertop entschieden hatte. Meine Haare trug ich zu einem hohen Pferdeschwanz. Hin und wieder, wenn ich in den Spiegel sah, bemerkte ich, dass ich mich immer noch nicht ganz an die Farbe gewöhnt hatte.

Es klopfte an unserer Tür und Cassia wurde plötzlich nervös.

»Ich geh schon«, sagte ich und ging zur Tür, ehe ich sie öffnete.

Liam begrüßte mich mit einem frechen Lächeln, seine blonden Locken hingen ihm in die Stirn und er strich sie mit einer lässigen Bewegung seiner Hand zurück. Während er mich um mindestens zwei Köpfe überragte, war sein Freund nicht ganz so groß. Er hatte dunkles Haar und kastanienbraune Augen, wirkte ein wenig zurückhaltender und stand schräg hinter Liam.

»Guten Abend, Ladys!«, sagte Liam und ich trat einen Schritt zurück, um ihn reinzulassen.

»Hey.«

»Das ist Ethan«, erklärte er und deutete auf seinen Freund, der hinter ihm hereinkam. Ich schloss die Tür.

»Hi«, sagte er fast schüchtern und ich fragte mich, ob ich mich nicht in ihm getäuscht hatte. Zumindest auf den ersten Blick wirkte er anders als die anderen aus dem Team, aber das konnte auch eine gutgespielte Fassade sein.

»Ich bin Elodie«, erwiderte ich und hob die Hand.

»Ethan ... Saunders.« Seine Wangen nahmen leicht Farbe an, als würde er sich dafür schämen, sich mit seinem vollen Namen vorgestellt zu haben, was ich irgendwie süß fand.

Als ich zu Liam und Cassia schaute, begrüßten die sich mit einem innigen, sehr leidenschaftlichen Kuss. Großer Gott. Ich wandte den Blick zu Ethan und nickte zu dem Sixpack Bier in seiner Hand.

»Wollen wir ... das Bier in den Kühlschrank stellen?«

»Liebend gerne«, antwortete er schnell und ich musste grinsen, ehe ich zur Küche lief. »Wird das den ganzen Abend so gehen?«, fragte er und legte die Unterarme auf die Arbeitsplatte, während ich die Flaschen einräumte.

Ich warf einen kurzen Blick zu Liam und Cassia, die kichernd und küssend auf der Couch herumalberten.

»Wahrscheinlich schon«, gab ich zurück. »Vielleicht sollten wir uns zwischen sie setzen.«

Ethan lachte und mir fiel auf, dass er ein Grübchen in der Wange hatte, das ihn tatsächlich recht attraktiv machte. Wäre mein Kopf nicht so voll mit anderen Dingen, hätten wir vielleicht irgendwann miteinander Spaß haben können. Irgendwann. Wenn ich es schaffte, anderen zu vertrauen.

»Und du studierst Literatur?«, fragte er und ich nickte, lehnte mich an die Küchenzeile hinter mir und verschränkte die Arme vor der Brust.

»Ja, richtig. Und du?«

»Informatik«, erwiderte er und ich zog die Augenbraue hoch.

»Kein Sport, wie Liam und die meisten eurer Hockeyfreunde?«

Ethan grinste. »Du sagst das so abwertend, als würdest du nicht so viel von unserer Mannschaft halten.«

Ich schürzte die Lippen. Wie kam ich aus dieser Nummer wieder raus? »Ehrlich gesagt tue ich das auch nicht.«

Ethan lachte einmal auf. »Deine Ehrlichkeit ist tatsächlich sehr erfrischend. Ich mag dich, Elodie«, sagte er und richtete sich auf. Mir fiel auf, wie der Stoff des dünnen Pullovers über seinen Oberarmen spannte. Er war nicht übertrainiert, keine Kampfmaschine wie Nero und auch nicht ganz so groß und breit wie Caspian, dennoch attraktiv.

»Meine Entscheidung treffe ich später, Ethan Saunders«, sagte ich mit einem Schmunzeln auf den Lippen.

»Klingt fair.«

Wir gingen zusammen rüber ins Wohnzimmer. Leider konnten wir Cassia und Liam nicht trennen, sie klebten förmlich aneinander. Glücklicherweise hatten wir zwei Sofas und ich konnte mich auf die rechte Seite des freien setzen. Ethan nahm links neben mir mit angenehmen Abstand Platz.

»Also was schauen wir? Ich habe Lust auf Blut!«, sagte Liam und Cassia lachte.

»Du und deine Horrorfilme. Dann muss ich mich aber ganz besonders nah zu dir setzen.«

»Das ist gar kein Problem«, erwiderte er und zog sie noch ein wenig dichter an sich. »Tatsächlich war das sogar mein Plan.« Irgendwie waren die beiden ekelhaft süß und ich fragte mich, ob ich so etwas Ähnliches einmal erleben würde? Eine ganz normale Beziehung. Auch wenn Cassia und Liam sich hin und wieder stritten, waren sie so verrückt nacheinander, dass sie nicht lange ohne sich aushielten. Ich kannte das Gefühl nicht, weil ich wusste, besser dran zu sein, wenn ich alleine blieb. Trotzdem wünschte ich mir hin und wieder jemanden, mit dem ich gewisse Momente meines Lebens teilen konnte.

Cassia stand auf, um das Licht auszuschalten, sodass nur noch der Fernseher das Wohnzimmer erhellte. Liam suchte irgendeinen trashigen Splatterfilm und drückte auf Start, als Cassia sich wieder an ihn gekuschelt hatte.

Allein der Vorspann des Films war mit Blut, das von den Buchstaben des Titels floss, so schlecht gemacht, dass es schon wieder gut war. Wir lachten in jeder Szene und zum ersten Mal seit langem hatte ich das Gefühl, wirklich Spaß zu haben. Irgendwann holte Liam das Bier aus dem Kühlschrank, das zwar immer noch ein wenig warm war, aber jeder Schluck mich noch mehr entspannte. Ethan ging es anscheinend genauso, denn plötzlich saß er deutlich dichter neben mir. Und komischerweise schien es mir nichts auszumachen. Wollte ich mir damit beweisen, Abstand zu dem zu gewinnen, was gestern passiert war? Definitiv. Wollte ich mir damit beweisen, dass Caspian und Nero mich rein gar nicht kontrollieren konnten, außer ich ließ es bewusst zu? Auf jeden Fall.

Ich stand auf, ging in die Küche und wollte neues Bier aus dem Kühlschrank holen, als mein Blick zum Fenster glitt. Von hier aus hatten wir eine direkte Aussicht auf das umliegende Waldgebiet und für einen flüchtigen Augenblick bildete ich mir ein, etwas zu sehen. Oder jemand? Mein Herz schlug schneller. *Reiß dich zusammen, Elodie, dort ist nichts,* schimpfte ich mit mir selbst und blinzelte einige Male. Außer die Bäume, die eine Grenze zum Campusgelände bildeten, war an dieser Stelle tatsächlich nichts. Aber konnte ich mir da wirklich sicher sein?

Tief durchatmend ging ich zurück zu den anderen, gab ihnen eine weitere Flasche und setzte mich erneut. Ich spürte Ethans Arm, der sich auf die

Rückenlehne hinter mir legte und schaute zu ihm. Er sah immer noch nach vorne, doch ein leichtes Lächeln lag auf seinen Lippen. Was würde passieren, wenn ich ihn jetzt einfach küsste, um die Stimmen in meinem Innern abzustellen?

Liam grölte auf, als im Film eine besonders schlecht inszenierte blutige Szene gezeigt wurde und das Opfer – eine blonde, junge, Cheerleaderin – schreiend und mit offener Bluse durch einen Wald rannte. Ethan schaute lächelnd zu mir und für einen Moment stellte ich mir vor, wie es wäre, mich tatsächlich auf jemanden einzulassen. Ihm zu vertrauen.

Plötzlich blinkte mein Handy auf, das vor mir auf dem Couchtisch lag. Ich lehnte mich nach vorne und nahm es zu mir.

X: »Sag ihm, er soll Abstand halten.«

Zum Teufel. Mein Herz raste, meine Finger wurden feucht. Unauffällig schaute ich mich um. »Alles in Ordnung?«, wisperte Ethan und ich sah ihn erneut an. Er hatte meinen Stimmungsumschwung definitiv gespürt. Ich räusperte mich.

»Ja, klar, alles gut«, antwortete ich leise und versuchte mich an einem Lächeln. War dort doch jemand gewesen? Der uns nun durch unser Küchenfenster beobachtete? Mein Blick glitt dorthin und obwohl wir uns im ersten Stock befanden und jemand mit einer kleinen Erhöhung ohne weiteres Aussicht auf uns hätte, erkannte ich nichts außer die Nacht hinter den Scheiben.

Dennoch rutschte ich leicht ein wenig von Ethan ab, allein damit er nicht auf mein Display schauen konnte. Glücklicherweise widmete er sich wieder dem Film und ich spähte auf mein Telefon, das in meinen leicht zitternden Fingern lag.

Elodie: »Ich sagte es schon einmal und sag es nochmal: Fick dich! Wer auch immer du bist.«

X: »Ich mag es, wenn du kratzbürstig wirst. Dann habe ich das Recht, dich zurechtzuweisen.«

Elodie: »Du hast rein gar kein Recht, wenn es mich betrifft! Wer bist du?«

Der Film lief weiter, Ethan nippte an seinem Bier und die Wut verdrängte die Angst, wer mich beobachten könnte und vor allem wie. Kurzerhand schrieb ich erneut:

Elodie: »Vielleicht lasse ich es zu, dass er mich küsst.«

X: »Wenn du willst, dass er stirbt, tu das ruhig.«

Verdammt. War das eine leere Drohung oder meinte dieser jemand das ernst? War es doch Nero, der mich reinlegen wollte?

Elodie: »Wer bist du?«

X: »Ein Freund.«

Gleichzeitig öffnete ich einen neuen Chat an Nero. Er hatte seine Nummer in mein Handy gespeichert und wollte bestimmt, dass ich sie benutzte.

Elodie: »Wo bist du?«

Es dauerte nicht lange, bis er antwortete.

Nero: »Wieso, hast du bereits Sehnsucht nach mir? Und meinen göttlichen Fingern, Wild?«

Ich verdrehte die Augen.

Elodie: »Wieso schreibst du mir Nachrichten von unbekannter Nummer?«

Nero: »Ich hab keinen Schimmer, was du meinst. Wenn ich dir Nachrichten schreiben wollte, dann würde ich das direkt tun. Wo bist du, muss ich mir Sorgen machen?«

Das Letzte, das ich wollte, war, dass Nero hier auftauchte.

Elodie: »Nein, musst du nicht, ich bin zu Hause und schaue mir mit meiner Mitbewohnerin einen Film an.«

Es war nicht gelogen.

Nero: »Braves Mädchen.«

Dennoch wollte ich ganz sichergehen.

Elodie: »Schick mir ein Foto, wo du gerade bist.«

Es dauerte einen Moment, da zeigte mein Handy mir den Eingang eines Fotos an, das sich nach einmaliger Ansicht löschte. Ich drehte das Display weiter in meine Richtung und spähte darauf. Nero hatte mir ein Foto geschickt und sofort musste ich schlucken. Er stand vor einem Spiegel in einer Art Umkleidekabine. Sein Oberkörper war nackt, ich erkannte jeden einzelnen seiner Muskelstränge und er trug nur eine tiefsitzende Sporthose. Seine Handgelenke waren bandagiert. Er war auf einem seiner Kämpfe. Fuck. Wieso machte ich mir plötzlich idiotischerweise Sorgen?

Ich zoomte weiter heran, weil ich am Rand des Spiegelbildes einen anderen Mann entdeckte. Ich sah nur den Arm, ein weißes Hemd und eine silberne Uhr, die mir nur sehr gut bekannt vorkam. Caspian war bei ihm. Also konnten mich beide nicht beobachten. Oder? Ich drehte langsam aber sicher durch.

Nero: »Ich schicke dir später noch eins, wenn ich aus der Dusche komme ;-) Muss los.«

Ich legte das Handy auf die Armlehne. Wer könnte es noch sein, der wusste, dass Liam hier war? Oliver war im gleichen Team. War er es? Ich konnte mir nicht vorstellen, dass er Drohungen aussprach, wie jemanden umzubringen, nur weil er mir nahekam. Das war rein gar nicht Olivers Art.

Dennoch musste ich es wissen.

Elodie: »Hey, wie geht es dir? Wollte mich mal wieder melden.«

Im gleichen Moment erschien eine neue Nachricht.

X: »Es ist so süß, wie hilflos du versuchst herauszufinden, wer ich bin, liebste Elodie. Du wirst es nicht herausbekommen und Oliver wird der nächste sein, wenn du nicht lernst, Abstand zu fremden Männern zu halten. Du gehörst mir.«

Ich schluckte hart und legte schnell das Handy zurück. Das waren leere Drohungen, oder? Und woher wusste dieser jemand, wem ich schrieb? Ich musste mir morgen dringend ein neues Smartphone besorgen, weil ich das Gefühl hatte, abgehört zu werden. Plötzlich schwebten überall Geister, die mich verfolgten.

Ethan legte sanft die Hand auf meinen Oberschenkel. Ich spannte den Muskel an.

»Willst du mal kurz frische Luft schnappen?«

Ich wägte ab, was ich tun sollte. Sollte ich es drauf ankommen lassen, nur um herauszufinden, dass sich jemand einen Scherz erlaubte? Vielleicht war es doch irgendeine Wette von jemandem, der mich um den Verstand bringen wollte? Ein Mitglied aus dem Hockeyteam und Ethan spielte diese ganze Sache mit. Es gab so viele Möglichkeiten, so viele Optionen, dass sie alle miteinander verschwammen. Was würde passieren, wenn ich mit Ethan vor diese Tür ging? Würde uns jemand auflauern und seine Drohungen wahrmachen? Mitten auf dem Campus? Vor meinen Augen?

Eine Stimme sagte mir, ich solle hier drin bleiben, in Sicherheit und vor allem Ethan nicht mit hinein ziehen und ihn gefährden. Doch eine andere, deutlich dunklere flüsterte mir zu, dass ich jetzt die Chance hatte, es herauszufinden. Und vor allem, ein für alle Mal zu beenden.

»Okay, lass uns kurz vor die Tür gehen«, sagte ich leise zu Ethan und stand auf. Ich wollte es wissen. Ich musste einfach.

15

Elodie

Erneut schaute ich auf das Display, aber es war keine weitere Nachricht eingegangen. Wir entschuldigten uns kurz bei Cassia und Liam mit der Ausrede, dass mir leicht schwindelig war und ich einmal an die frische Luft musste.

Dann verließen wir unsere Wohnung und mir entging nicht, wie Ethan seine Hand an meinen unteren Rücken legte, als wir durch das schmale Treppenhaus nach draußen vor die Tür gingen.

Nebel schwebte über dem Boden, der Vollmond strahlte hell und tauchte alles in mystisches Licht. Es war bereits spät, draußen lungerte nur eine Gruppe mit fünf kichernden Studenten und Studentinnen herum, die dem Geruch zu urteilen, Gras rauchten. »Wollen wir um die Ecke gehen?«, fragte Ethan und ich nickte.

Dort angekommen lehnte ich mich mit dem Rücken gegen die raue Steinfassade und sah mich unauffällig um. Von hier erkannte ich nur den Anfang des Waldes, die Bäume dahinter wurden durch die nächtliche Dunkelheit verschluckt. Ich schlang die Arme um meinen Oberkörper und rieb darüber, weil es mich fröstelte.

»Ist dir kalt?«, fragte Ethan mit besorgtem Gesichtsausdruck und trat näher zu mir.

»Ein bisschen.«

Ohne zu zögern, zog er seinen Pullover aus und hielt ihn mir hin. Ich war mir nicht sicher, ob dieses Angebot uns nicht noch tiefer in die Scheiße reiten würde, aber ich war hier, um es drauf ankommen zu lassen, oder? Also nahm ich ihn dankend an und zog ihn über. Er roch nach Ethans Parfüm und war einige Nummern zu groß.

»Jetzt ist dir aber kalt«, sagte ich und nickte zu seinem T-Shirt. Er zuckte nur mit den Schultern. »Mir wird nicht schnell kalt. Es ist wichtig, dass du dich nicht erkältest.« Er schluckte sichtlich. »Willst du mir jetzt erzählen, was dich so aus der Bahn geworfen hat? Es war diese Nachricht, die du bekommen hast, oder?«

Ich kannte Ethan gerade mal seit knapp zwei Stunden und wäre definitiv nicht bereit, ihm die gesamte Geschichte zu erzählen. Also stieß ich mich von der Wand ab und ging einen Schritt auf ihn zu. Sein Blick fiel auf meine Lippen, wanderte unsicher zurück zu meinen Augen.

»Ich möchte jetzt nicht darüber sprechen«, sagte ich. »Lieber ...«

Ich legte die Hand auf seine Brust und Ethan schlang seinen Arm um meine Taille, zog mich an sich. »Dagegen werde ich mich definitiv nicht wehren«, raunte er und senkte den Kopf. Als ich ihm entgegenkam und unsere Lippen sich berührten, war da wieder dieses altbekannte Gefühl in mir. Leere. Ich war innerlich tot. Da war rein gar nichts, was mich erfüllte. Keine Lust. Kein Kribbeln. Keine Nähe. Es war so, wie es immer gewesen war. Vor Caspian. Vor Nero. Zur Hölle mit ihnen!

Während Ethan mich küsste und seine Zunge in meinen Mund drang, öffnete ich die Augen und schaute mich unauffällig um. Nichts, da war niemand auf dem Gelände, trotzdem hatte ich das Gefühl, Blicke zu spüren.

War ich schuld, wenn Ethan jetzt etwas passierte, weil ich meine Neugier nicht hatte zügeln können? War ich hier vielleicht die schlimmere Psychopathin? Ich drückte ihn leicht weg von mir. Sein

Atem war schnell und tief und er schaute mich fragend an. »Alles okay?«

»Ja ... nein ... ich, ich habe tatsächlich Kopfschmerzen und eine heranrauschende Migräne«, log ich und kam mir schäbig vor, Ethan so benutzt zu haben.

Er fuhr sich durch die Haare, schluckte hart, aber zog dann sein Handy aus seiner Tasche. »Kein Problem«, sagte er verständnisvoll. »Willst du mir deine Nummer geben?«

»Klar«, erwiderte ich schnell. Erneut spähte ich über seine Schulter zu dem Waldgebiet, aber nichts. Außer das leise Kichern der anderen Studenten, die um die Ecke vor dem Eingang des Wohnhauses standen, und die Rufe einer weitentfernten Eule war dort nichts. Ich nahm sein Telefon und tippte meine Nummer ein. Vielleicht schaffte ich es irgendwann, meinen ursprünglichen Plan abzuschließen, und konnte mich dann endlich auf eine normale Beziehung einlassen. Vielleicht wäre jemand wie Ethan dann der Richtige für mich, wer wusste das schon.

»Hier«, ich gab ihm sein Telefon mit einem Lächeln zurück. »Wollen wir wieder reingehen? Ich würde mich gerne hinlegen, tut mir nochmal leid.«

»Alles okay, du brauchst kein schlechtes Gewissen haben«, erwiderte er verständnisvoll aber genau das war es, was ich hatte. Hoffentlich waren diese Nachrichten nur ein dummer Scherz, leere Drohungen, der Versuch, mich einzuschüchtern.

»Ethan ...«, sagte ich, ehe er sich abwenden konnte.

»Ja?«

»Pass auf dich auf, wenn du heute Abend nach Hause gehst, okay«, wisperte ich und hörte selbst das Zittern in meiner Stimme. Mit einem Grinsen schob er mir eine Haarsträhne hinter das Ohr, die sich aus meinem Pferdeschwanz gelöst hatte.

»Natürlich«, erwiderte er. »Ich schreib dir, wenn ich angekommen bin.«

»Gut.«

Wir gingen zurück nach drinnen und als ich die schwarze Rose auf den ordentlichen Laken meines Bettes fand und auf meinem Handy die Worte, las, wusste ich, es war ein Spiel. Aber eines, bei dem niemand als Gewinner herausgehen würde, vor allem nicht ich.

X: »Du hast Ethans Schicksal besiegelt, sag nicht, ich hätte dich nicht gewarnt, liebste Elodie.«

16

Elodie

Ethan hatte mir gestern noch geschrieben, dass er gut in seinem Wohnheim angekommen war, und ich war für den Moment erleichtert gewesen.

Bis zu dem Augenblick, als ich Montagmorgen den Vorlesungsraum betrat, in dem die Literaturstunde abgehalten wurde. Der Raum war ein Abbild der Akademie selbst, durchtränkt mit einer Atmosphäre, die sowohl rätselhaft als auch düster war.

Die hohen Gewölbedecken gaben dem Raum ein fast kathedralenartiges Gefühl. Die Decke war mit kunstvollen Stuckarbeiten verziert, in denen sich die Jahrhunderte alte Geschichte der Universität widerspiegelte. Die Wände waren mit dunklem Eichenholz vertäfelt, das im gedämpften Licht der schmiedeeisernen Kronleuchter, die von der Decke herabhingen, einen warmen, bernsteinfarbenen Schimmer abgab. An den Wänden hingen Porträts früherer Dozenten und namhafter Alumni, deren strenge Blicke eine stumme, aber eindringliche Präsenz in den Raum brachten und einen kalten Schauer über meine Haut schickten.

Die Reihen altertümlicher Holzbänke und -tische waren sorgfältig nach vorne in Richtung Dozenten ausgerichtet, sie knarrten leise, als ich mich setzte. Die Luft roch nach alten Büchern und Tinte, die einzigen modernen Elemente waren die Tafel und der Projektor, die seltsam deplatziert in dieser ansonsten so zeitlosen Umgebung wirkten.

Die Studierenden um mich herum unterhielten sich leise, bis die Tür des Raumes geöffnet wurde und Dr. Vale mit einer dunkelbraunen Ledermappe unter dem Arm geklemmt hineinkam. Seine Schritte waren kraftvoll, sein Körper selbstbewusst aufgerichtet, sein Blick schweifte nicht einmal durch die Reihen, sondern war stur geradeausgerichtet, als wären wir seiner Aufmerksamkeit nicht würdig.

Ich hatte gedacht, das verdrängen zu können, was zwischen uns vor dem Wochenende passiert war, aber als ich ihn so vor mir sah, fiel es mir deutlich schwerer als gehofft.

Er legte die Mappe auf den alten Eichenschreibtisch und schaute zum ersten Mal auf. Sein Blick traf zielgerichtet meinen und für einen Atemzug fühlte ich seine dunkle Ausstrahlung, die ein Kribbeln durch meine Körper schickte.

Wieso spürte ich rein gar nichts, wenn mich ein netter Junge küsste, doch wenn Vale mich ansah, verlor ich jeglichen Sinn für die Realität? Unter keinen Umständen durfte ich mich darin verlieren.

»Wieso sitzen Sie alle so weit hinten? Haben Sie Angst vor mir?«, fragte er mit tiefer Stimme, die von den Wänden zu hallen schien. »Rutschen Sie weiter vor, damit ich nicht so schreien muss. Miss Thorn, hierhin«, wies er mich an und tippte auf einen leeren Platz genau vor ihm. Großartig. Er wollte mich also extra quälen.

Es herrschte eine kurze Unruhe, als alle ein Stück nach vorne rutschten. Ich packte mein Zeug zusammen und stand tiefatmend auf, dackelte wie sein braves Hündchen in die erste Reihe. Natürlich wussten die anderen, dass ich für ihn arbeitete, aber da ich ohnehin den Ruf des seltsamen, verschlossenen Mädchens hatte, war nicht verwunderlich, dass sie über mich tuschelten. Ich war nicht hier, um es anderen recht zu machen, deshalb prallten die Bemerkungen alle an mir ab. Auch diese Zeit hier würde vorbeigehen, auch diese würde ich überstehen.

Als ich mich setzte, warf ich Vale einen trotzigen Blick zu, das war alles, was ich tun konnte. Er jedoch hatte seine Aufmerksamkeit bereits wieder abgewandt und war hinter den Schreibtisch getreten, um ein Buch aus seiner Mappe zu ziehen.

»Haben Sie alle *Frankenstein* von *Mary Shelley* gelesen, damit wir in die Interpretation einsteigen können?«, fragte er, umrundete den Schreibtisch und lehnte sich vorne dagegen. Er trug wie so oft einen Dreiteiler aus dunkelgrauem Tweed, der seine breite Statur betonte. Ich wusste, dass viele Studentinnen nur hier waren, um ihn eine Stunde in Ruhe betrachten zu können. Er verschränkte die Arme vor der Brust, sein Blick flog zu mir. Ich wechselte mein überschlagenes Bein und mir entging nicht, wie er flüchtig auf meine nackte Haut und den Rock schaute, der dabei ein winziges Bisschen nach oben gerutscht war. Wollte ich ihn extra provozieren? Vielleicht. Nein. Ganz sicher sogar. Was er konnte, konnte ich schon lange. »Miss Thorn?« Wow, waren wir also heute auf Krawall aus? Seine direkte Konfrontation machte mich wütend.

»Ja, ich habe es gelesen«, gab ich fest zurück.

Er nickte, als wäre er zufrieden. »Glauben Sie, Miss Thorn, dass Frankenstein, der Schöpfer des Monsters, letztlich für die Gräueltaten verantwortlich ist, die sein Geschöpf begeht? Ist er das wahre Monster in der Geschichte?«

Ich holte tief Luft und war mir nicht sicher, ob ich Vale als Frankenstein oder als das Monster sehen würde. Vielleicht eine Mischung aus beidem.

»Ja, ich denke, Frankenstein trägt die Hauptverantwortung«, erwiderte ich. »Er schuf ein Leben ohne Überlegung zu den Konsequenzen und verweigerte dann die Verantwortung für sein Geschöpf. Seine Vernachlässigung und mangelnde Empathie sind es, die wahre Monstrosität offenbaren, nicht das Äußere des Geschöpfs.«

»Also denken Sie, dass das Monster nur Opfer seiner Umstände war? Und wenn ja, verdient es unser Mitgefühl, egal, was es getan hat?« Er zog die Augenbrauen zusammen und bedachte mich mit einem ernsten Blick, der meine Haut brennen ließ.

»Absolut. Das Geschöpf ist in vielerlei Hinsicht ein Opfer – seiner Erschaffung, der Ablehnung durch Frankenstein und der Gesellschaft. Es verdient unser Mitgefühl, da sein Leid und seine Verzweiflung aus den Handlungen anderer resultieren.« Ich richtete mich auf. »Ich glaube, das Geschöpf wurde durch die Ablehnung und Grausamkeit, die es erfuhr, in den Wahnsinn getrieben. Es begann als unschuldiges Wesen, wie wir alle, das nur nach Liebe und Akzeptanz suchte. Seine Bosheit ist eine direkte Reaktion auf die Feindseligkeit und den Hass, den es erlebte.« *Ich war das Monster.*

»Ist es nicht deutlich zu leicht, anderen die Schuld an der Grausamkeit des Monsters zu geben?«, rief plötzlich Benny, einer meiner Mitstudenten. »Sind wir alle nicht irgendwann selbst in der Lage, einen Weg zu wählen?«

»Miss Thorn?«, fragte Vale, als wäre ich die Einzige hier im Raum, die Fragen beantworten konnte.

»Das ist ein wichtiger Punkt, und es stimmt, dass es zu einfach wäre, die ganze Schuld einfach auf Frankenstein oder die Gesellschaft abzuwälzen. Allerdings glaube ich, dass die Geschichte uns lehrt, dass die Grausamkeit des Monsters nicht in einem Vakuum entsteht. Es ist eine Reaktion auf die extreme Isolation und Zurückweisung, die es erfährt. Während das Geschöpf letztlich für seine Taten verantwortlich ist, können wir nicht ignorieren, dass sein Verhalten durch die Umstände, in denen es sich befand, erheblich beeinflusst wurde. Frankenstein selbst ist nicht direkt für die Taten des Monsters verantwortlich, aber seine anfängliche Entscheidung, ein Leben zu erschaffen und es dann zu verstoßen, setzt eine tragische Kette von Ereignissen in Gang. Die Geschichte wirft die Frage auf, wie weit die Verantwortung des Schöpfers für sein Geschöpf reicht und inwieweit die Gesellschaft für ihre Ausgestoßenen verantwortlich ist.« Ich spürte den Druck, der auf meinen eigenen Schultern lastete.

»Das ist kein Thema, das man mit ja oder nein beantworten kann. Es ist deutlich komplexer.«

Vale nickte, wandte sich dann an die anderen im Raum. Endlich konnte ich etwas freier atmen. »Was meinen Sie dazu, Miss Wright?«

»Miss Thorn?« Vales Stimme war herrisch und ich hielt im Gehen inne, zog meinen Rucksack straffer auf meine Schultern.

»Ja?«

»Bleiben Sie noch einen Augenblick.« Nach der Vorlesung verließen die anderen den Raum und ich schaute ihnen sehnsüchtig nach, ehe ich mich zu Vale umdrehte. Er saß hinter seinem Schreibtisch und schrieb etwas in ein schwarzes ledergebundenes Buch. Ich stellte mich vor ihn und trat unruhig von einem Bein auf das andere. Wollte er über letzte Woche sprechen? Oder über die Arbeit? Das Studium? Ich hatte keine Ahnung, ihm wäre alles zuzutrauen.

Langsam schaute er auf, sein Blick traf mich wie immer völlig unvorbereitet. Immer, wenn ich wie jetzt die Dunkelheit in ihm erkennen konnte, wurde der Hass nur noch größer. Er war das Monster, nicht Frankenstein, der erschuf. Er war genau wie ich eine direkte Reaktion auf Dinge, die in seinem Leben schiefgelaufen waren und für einen Augenblick empfand ich Mitleid. Aber nur, bis mir bewusst wurde, dass er seine Taten selbst in der Hand hatte. Bisher hatte er mir keine Chance gegeben, alleine in seinem Büro zu sein und das zu suchen, was mir eine direkte Antwort auf meine Fragen gab. War der Weg zu seinem Vertrauen, der über seine Lust? Denn dass da irgendetwas zwischen uns war, dem auch er sich nicht entziehen konnte, war seit Freitagabend offensichtlich.

Ich sammelte meinen gesamten Mut zusammen, ließ den Rucksack auf den Boden sinken und verschränkte die Arme, darauf bedacht, dass er einen besonders guten Ausblick auf meinen nun tieferen Ausschnitt hatte.

»Was kann ich für Sie tun, Sir?«, fragte ich mit rauer Stimme. Langsam leckte er sich über die Unterlippe, sein Blick hing immer noch eisern an meinen Augen, doch ich erkannte, wie die Beherrschung bröckelte und er fester den Stift zwischen seinen Fingern umfasste. Es könnte jeden Moment jemand hereinkommen, wenn er uns bei was auch immer erwischte, würde das für uns beide übel ausgehen. Wenn ich von der Uni flog, konnte ich rein gar nichts mehr herausfinden.

Er dachte wohl das Gleiche, als er mit heiserer Stimme sagte: »Schließ die Tür.«

Mein Herz hämmerte in meinen Ohren und meine Haut wurde viel zu heiß. Ich löste mich von seinem Anblick, ging hinüber zum Eingang und tat, wie er mich angewiesen hatte. Daraufhin drehte ich mich um zu ihm und sah, wie er langsam, fast raubtierhaft aufstand.

»Komm her.«

Seine Stimme war ein Befehl, dem ich mich nicht widersetzen konnte. Er lehnte sich wieder an den Schreibtisch und als ich vor ihm angekommen war, wartete ich darauf, dass er mich berührte. Aber nichts. Er steckte die Hände nur in die Taschen seiner Anzughose, aber allein wie er mich ansah, setzte mich in Flammen. Es war ein Gefühl, das ähnlich an etwas wie Sucht herankam. Ich genoss es, wieder etwas zu spüren, doch nicht so innerlich tot zu sein, wie ich geglaubt hatte. Gleichzeitig wusste ich, dass mich dieser Drang, es wieder und wieder zu fühlen, untergehen ließ. Irgendwann.

»Hast du mich Samstagabend beobachtet und mir gedroht?«, fragte ich kurzerhand.

Er runzelte die Stirn. »Was meinst du?«

Also hatte Nero ihm nicht von unseren Nachrichten erzählt? »Ich habe Nachrichten bekommen, in denen stand, dass ...« Keine Ahnung, wie ich das alles erklären sollte.

»Ja?«, wollte er ungehaltener wissen. Ich leckte über meine trockenen Lippen. Musste ich ihm jetzt gestehen, einen anderen geküsst zu haben? Und wieso fühlte es sich so an, als würde ihm das ganz und gar nicht gefallen, ich war mir doch sicher, dass ihm nichts an mir lag. Es war nur das Körperliche, das uns verband. Für alles andere, und für das, was er war, verachtete und hasste ich ihn.

»Meine Mitbewohnerin und ich haben einen Filmabend veranstaltet und ... sie hat zwei Jungs eingeladen.«

Der Muskel an seinem Kiefer trat heraus. »Und ich habe die Nachricht von einer unbekannten Nummer erhalten, dass der eine mich davon nicht berühren durfte.«

»Hat er es?«

»Was?«, fragte ich perplex.

»Dich berührt.«

»Ich sage, ich bekomme Drohungen und dich interessiert, ob ein anderer Typ mich angefasst hat?« Ich schnaubte, aber was hatte ich mir auch vorgestellt? Dass Caspian meine Probleme lösen würde und dann mit mir auf seinem weißen Ross in den Sonnenuntergang ritt? Er war doch dafür verantwortlich! Für alles!

»Antworte.«

»Ja!«, rief ich genervt aus. »Wir haben uns sogar geküsst, verdammt! Also warst du es, der mir diese bescheuerten Nachrichten geschrieben hat? Wolltest du mir drohen?«

»Was hast du gefühlt, als du ihn geküsst hast?«

»Gott ...«, seufzte ich und schloss kurz die Augen. »Ist das irgendeine perverse Vorliebe, dass ich dir jetzt alles haarklein beschreibe?« Er stieß sich vom Schreibtisch ab und kam auf mich zu. Ich versuchte, ihm standzuhalten, und hob das Kinn, damit ich ihn weiterhin ansehen konnte. »Er hat seine Zunge tief in meinen Mund geschoben«, flüsterte ich. »Und seine Finger in meine Taille gegraben.« Ich schluckte, als Caspians Blick mich zu verbrennen drohte. Er war wütend und irgendwie gab es mir ein befriedigendes Gefühl, dass ich ein kleines bisschen Macht über ihn hatte.

»Hat er dich gefickt?«, raunte er, seine Augen flogen zwischen meinen und meinen Lippen hin und her.

»Nein«, hauchte ich.

»Weil du nichts gefühlt hast, richtig? Du hast rein gar nichts gespürt, als er dich berührt hat.« Plötzlich fühlte ich seine Finger am Saum meines Rockes und wie sie sich langsam nach oben schoben. Ich schnappte nach Luft, verbrannte, starb, fiel, flog. Alles auf einmal.

»Er war nur Mittel zum Zweck, oder? Damit du dir beweisen konntest, normal sein zu können.

Nicht darauf zu stehen, wie Nero und ich dich behandeln.«

Nero und er. Sie sprachen über mich. Was sie mit mir getan hatten. Die Wut gewann. Ich drückte meine Handflächen auf Caspians Brust, wollte ihn weg von mir schieben, doch blitzschnell packte er meine Handgelenke, drehte mich herum und presste meinen Oberkörper auf den Schreibtisch. Ich spürte den rauen Stoff seines Anzugs auf meiner nackten Haut an meinen Oberschenkeln, als er dicht hinter mich trat. Es war eine dumme Idee gewesen, einen Rock anzuziehen, was hatte ich damit bezwecken wollen? Ihn zu reizen? Hatte ich geschafft, aber nun steckte ich in der Scheiße.

»Lass mich los!«, zischte ich und wandt mich in seinem festen Griff.

»Du willst das doch, nicht wahr?«, raunte er und seine Finger zogen sich noch unbarmherziger um meine Handgelenke zusammen. Ich keuchte vor Schmerz und Lust auf.

»Du brauchst dieses Gefühl von Hilflosigkeit, damit du dich fallen lassen kannst«, sagte er und lehnte sich über mich, ich spürte einen Teil seines Gewichts auf mir, aber vor allem fühlte ich seinen harten Schwanz, wie er gegen meinen Po drückte. »Und ich brauche das Gefühl von Macht, kleines Vögelchen. Flieg, so weit du kannst von uns weg, aber es wird uns eine Freude sein, dich zu jagen, dich immer wieder zurückzuholen. Du weißt, dass wir die Einzigen sind, die dich fühlen lassen können. Du weißt, dass wir die Einzigen sind, die Macht über dich und deinen Körper haben. Auch wenn du es verabscheust.«

Seine freie Hand strich über meinen Innenschenkeln nach oben und für einen Moment hielt ich die Luft an, presste die Augen zu, weil Tränen sich darin sammelten. Er spürte die Erhebungen, die Narben, die wulstigen Überreste meiner Schwäche. Er fühlte mein Geheimnis und ich kam mir so entblößt und hilflos wie damals vor. So schwach. So krank.

Er strich weiter bis zum Saum meines Höschens, als würde er sich nicht vor mir ekeln. Als hätte er die deutlichen Zeichen meiner Unvollkommenheit gar nicht gespürt.

Grob zog er den Stoff meines Höschens zur Seite und drang mit einem Finger in mich. »Du bist nass und das nur, weil du das hier willst. Ist es nicht so?« Caspian begann nicht langsam oder sanft, er fickte mich hart mit seinem Finger, ohne mir auch nur ein bisschen Zeit zu geben, mich an ihn zu gewöhnen. Ich stöhnte und schluchzte, starb vor Scham und gleichzeitig vor Lust. »Du bist bereits so tief im Strudel gefangen, dass du nicht mehr herauskommst, oder? Rede dir nur selbst ein, die Kontrolle zu haben, wir alle wissen, dass du sie niemals in der Hand hattest.«

Ich presste mich fester auf seinen Finger, spürte den heranrauschenden Orgasmus, der mich in zwei Teile reißen würde. Caspian keuchte ebenfalls, allein dieses dunkle Geräusch brachte mich um den Verstand. Er drückte wieder und wieder seinen Schwanz gegen meinen Arsch, als würde er mich bereits ficken, während seine langen Finger unbarmherzig und hart in mich eindrangen. Mich weiteten. Ausfüllten. Wieder und wieder. Meine Lust lief über seine Hand, es gab schmatzende Geräusche, während er mich bearbeitete. »Sag, dass du das willst«, raunte er dominant. »Sag, dass dir niemand anderes das geben kann, was du hier spürst.«

Ich schluckte, schmeckte meine salzigen Tränen, spürte, wie es mein Herz und meine Seele zerriss, mein Brustkorb vor Schmerz explodierte. »Ja!«, rief ich stöhnend aus. »Ja, ich will das hier!« In dem Moment nahm er einen zweiten Finger und ich kam. Wie ein heftiger Orkan fegte mein Orgasmus durch mich hindurch, hinterließ Verwüstung und Leid. Hinterließ Schmerz und Erleichterung. Immer wieder packte mich mein Höhepunkt in Wellen und Caspian presste seine andere Hand auf meinen Mund, um meine Schreie zu dämpfen. Mein gesamter Körper zitterte vor Anspannung, als er sich von mir löste und einen Schritt zurückging. Ich lag immer noch halb auf dem Schreibtisch und richtete mich langsam auf. Leichter Schwindel erfasste mich, meine Atmung war so schnell, dass ich das Gefühl hatte, gleich umzukippen.

Doch das Gefühl der Scham war viel schlimmer. Ich hatte es gewollt, ich hätte alles mit ihm gemacht, wenn er es darauf angelegt hätte, nur um fühlen zu können. Nur um atmen zu können. Nur um endlich leben zu können. Ich steckte in Schwierigkeiten und das nicht erst seit eben.

Als ich mich umdrehte und den Blick Richtung Boden gesenkt hatte, schob Caspian seinen Finger unter mein Kinn und hob es an. »Ich kümmere mich um diese Nachrichten«, sagte er nur und zum ersten Mal hatte ich das Gefühl, nicht alleine zu sein. Die Verantwortung für mein beschissenes Leben nicht alleine tragen zu müssen. Ich glaubte ihm. Auch wenn ich das nicht tun sollte. Ich verfiel ihm. Auch wenn ich wusste, dass es mich umbrachte. Konnte ich mich Nero und ihm anvertrauen? Ihnen wirklich vertrauen? Mein Leben und mehr?

Sein Blick flog zu meinen Lippen, als überlegte er, mich zu küssen, und ich sehnte mich so sehr danach, dass ich kaum atmen konnte. Doch er ließ mich los und trat einen Schritt zurück.

»Danke für deine Zeit«, sagte er knapp, als hätten wir gerade nur über das Studium gesprochen. Nichts mehr deutete darauf hin, was wir eben getan hatten, er wirkte genauso beherrscht wie immer. »Nimm dir heute Mittag frei, wir sehen uns morgen im Büro.«

Er wandte sich ab und knöpfte sein Jackett zu, nahm seine Ledertasche und ging aus dem Raum, während ich immer noch an den Schreibtisch gelehnt dastand und verarbeiten musste, was passiert war. Fuck. Fuck. Fuuuuck! Ich war genau das schwache, dumme Mädchen, das mein Vater gebrochen hatte. Genau wie die anderen Mädchen, die er gebrochen hatte. Zerstört. Krank. Rachsüchtig. Alleine. Einsam. Verloren. Zum Tod verdammt.

17

Elodie

»Es freut mich zu hören, dass es dir besser geht, Elodie«, sagte Direktor Sterling, legte seine Unterarme auf seinem Schreibtisch ab und lehnte sich ein Stück vor. Richard Sterling war ein attraktiver Mann im mittleren Alter. Dunkles, volles Haar, das leicht grau meliert war, scharfe Gesichtszüge und ein gepflegtes Äußeres waren seine Merkmale. Dabei war er verständnisvoll und bot dennoch die Stränge, die für einen Direktor angebracht war. Ich respektierte ihn und fragte mich, was vorgefallen war, das Oliver und er sich entzweit hatten. Denn es war ein offenes Geheimnis, dass die beiden kein gutes Verhältnis miteinander teilten.

Ich nickte auf seine Aussage. »Ja, mir geht es viel besser«, erwiderte ich zurückhaltend und versuchte die Lüge zu verstecken, die offenbar zwischen meinen Worten mitschwang. Mir ging es beschissen. Jeden Tag wieder ein wenig mehr, weil ich das Gefühl hatte, erneut die Kontrolle über mein Leben zu verlieren. Wie konnte ich so naiv gewesen sein, zu denken, dass ich zurück an diesen verdammten Ort kam, die Geister, die mich verfolgten, abstellen konnte. Wieso hatte ich gedacht, dass es so einfach werden würde?

Kurz schweifte mein Blick durch den Raum, der wie die meisten hier an der Ashford eine Aura altertümlicher Eleganz und Autorität ausstrahlte. Das Büro von Direktor Sterling war jedoch mehr als nur ein Arbeitsplatz, es war eine beeindruckende Darstellung seines Status.

Die Wände waren mit dunklem Mahagoniholz verkleidet, das im sanften Schein der Tisch- und Stehlampen warm glänzte. Ähnlich wie in Caspians Büro, waren überall Bücherregale eingebaut, bis an die Decke reichend, gefüllt mit Leder gebundenen Bänden, deren Goldprägungen im Licht funkelten und alte Seiten den Raum mit ihrem Duft füllten.

In der Mitte stand ein massiver Schreibtisch aus dunklem Holz, auf dem sich ordentlich gestapelte Papiere, ein moderner Laptop und eine antike Tischlampe mit grünem Glasschirm befanden. Hinter dem Schreibtisch erhob sich ein hoher Ledersessel, der eher einem Thron glich als einem

Bürostuhl, was die Autorität des Direktors unterstrich. Er knarrte, als er das Gewicht verlagerte.

An der gegenüberliegenden Wand prangte ein großes Fenster, das einen atemberaubenden Blick auf den Campus bot, fast als könnte Sterling so alles sehen, was vor sich ging. Die schweren Vorhänge, die das Fenster flankierten, waren aus einem dicken, dunkelroten Stoff, außerdem befanden sich überall Kunstwerke und Artefakte. Statuen, Gemälde, historische Karten und exotische Souvenirs aus aller Welt.

Ich richtete den Blick erneut auf ihn. Er blätterte in einigen Unterlagen. Auch wenn das College sonst recht fortschrittlich war, arbeiteten sie hier immer noch mit Studentenakten. Ich hatte überlegt, mich eines Nachts hier einzuschleichen und mir Hannahs anzusehen, war mir aber sicher, dass ich nur das las, was ich ohnehin über sie wusste. Zuverlässig, freundlich, machte keinen Ärger, passte sich perfekt an die sozialen Strukturen hier an. Anders als ich.

»Du hast also nur dein Hauptfach in englische Literatur gewechselt und bist bei Philosophie, Soziologie und Kunstgeschichte geblieben? Bist du mit deiner Wahl immer noch zufrieden?«

»Ja, auch das.«

»Was machen die ...«, er zögerte, als würde er abwägen, ob er mich nicht erneut der

Schulpsychologin überlassen sollte. »Die Alpträume.«

»Sind verschwunden.« Das waren sie tatsächlich, stattdessen waren sie dieser Leere in mir gewichen, die alles ausgehöhlt hatte wie ein Vakuum.

»Es war gut, dass du dir ein Jahr Pause genommen hast, um dir klar über alles zu werden. Es ist schön, dass du dich wieder eingelebt hast und mit Miss Cassia Marino eine neue Freundin gefunden hast.«

Als wäre es so einfach, eine alte Freundin durch eine neue zu ersetzen. Dennoch war ich froh, wenn das Gespräch hier, zu dem Direktor Sterling mich gerufen hatte, endlich vorbei war. Also versuchte ich mich an einem Lächeln und nickte wie die brave Studentin, die ich ihm vorspielte. Wusste er, was hinter den Mauern dieser Universität abging? Was sich hinter seinem Rücken abspielte? Dass einige der Dozenten Schülerinnen missbrauchten und irgendwelche seltsamen Geschäfte mit volltätowierten und gewalttätigen Männern eingingen? Sterling war nicht dumm, wenn selbst Oliver das wusste, wieso verschloss er so die Augen davor, was hier passierte?

Wir unterhielten uns noch einen Moment über Alltägliches, dann entließ er mich endlich. Ich verließ sein Büro und lief über den Campus zur Bibliothek, weil ich mich mit Cassia dort zum

Lernen verabredet hatte. Wenigstens für zwei Stunden wollte ich die Dinge vergessen, die mich quälten und mich ganz normal fühlen. Glücklicherweise schienen auch die Nachrichten des Unbekannten eine leere Drohung gewesen zu sein, oder hatte sich Caspian wirklich darum gekümmert? Er hatte mir auch für die letzten drei Tage freigegeben, weil er nachmittags Dinge außerhalb des Campus zu erledigen hatte. *Dinge.* Die alles sein könnten. Aber irgendwie war ich froh, ihn erst morgen wieder sehen zu müssen. So schaffte ich es, wenigstens ein wenig durchzuatmen und mir meinen Plan wieder und wieder vor Augen zu führen. Ich musste es irgendwie schaffen, alleine in sein Büro zu kommen, um Beweise zu sammeln, wie auch immer ich das anstellte.

Da kam mir unser Hausmeister Mr. Grant entgegen und ich schaltete blitzschnell. War das die erste göttliche Fügung? Innerlich musste ich lachen. Wenn es so etwas wie einen Gott wirklich gab, war er ein ziemlich sadistisches Arschloch.

Schnell sah ich auf meine Handyuhr. Ich hatte noch eine halbe Stunde Zeit bis zum Treffen mit Cassia und war früh dran. Innerlich gab ich mir selbst ein High Five.

»Mr. Grant! Gut, dass ich Sie treffe!«, sagte ich und stellte mich in seinen Weg.

Er hob den Kopf und eine seiner buschigen, grauen Augenbrauen. Unruhig schaute er sich um, wirkte gehetzt, ehe sein Blick zurück zu mir glitt. »Ja, wie kann ich helfen?«

»Sie wissen doch, dass ich bei Dr. Caspian Vale als Assistentin arbeite, richtig?«

»Hab davon gehört«, murmelte er und räusperte sich, als wäre ihm das Gespräch unangenehm. Musste ich mir darüber Gedanken machen?

»Und er ist ausgerechnet heute nicht da, ich habe aber dringende Lernunterlagen für eine Prüfung morgen in meinem Büro neben seinem vergessen! Sie haben doch einen Generalschlüssel, oder?«

Mr. Grant schüttelte schnell und beharrlich den Kopf. »Das ist gut gedacht, aber ich darf nicht einfach jeden in Büros lassen, vor allem nicht, wenn die Dozenten nicht anwesend sind.«

»Nur ganz kurz! Ich gehe rein, hole meine Unterlagen und bin sofort wieder raus!« Er zögerte und ich sah bereits meine Chancen. »Sie können auch schnell draußen warten, geben Sie mir zwanzig Sekunden.«

Nicht genug Zeit, um ausführlich nach Etwas zu suchen, aber zumindest einmal flüchtig in seine Schubladen zu schauen.

Doch Mr. Grant schüttelte erneut den Kopf und ich ließ die Schultern sinken. »Tut mir leid für deine Prüfungen, aber das geht nicht. Entschuldige.«

Ohne ein weiteres Wort eilte er weiter und ich schaute ihm einen Moment hinterher. Verdammt! Wäre aber auch zu einfach gewesen und sehr wahrscheinlich hätte ich ohnehin nichts gefunden, das ihn belastete. Caspian war zu klug, um Dinge, die ihn belasten könnten, einfach bei sich herumliegen zu lassen.

Also trottete ich weiter zur Bibliothek, wandte den Blick von den Flugblättern ab, auf denen das Gesicht von Celine zu sehen war und in Großbuchstaben VERMISST darüber stand. Das schale Gefühl in meinem Innern breitete sich immer weiter aus. War das ein Zufall oder würde es ein nächstes Opfer geben, wenn ich nicht endlich etwas dagegen tun konnte?

Cassia wartete bereits vor der breiten Steintreppe, die nach oben führte, und winkte mir zu.

»Hey!«, rief sie und wir umarmten uns kurz zur Begrüßung. »Uh, steht dir!«, sagte sie und deutete auf das weit ausgeschnittene Longsleeve, das bis zur Hälfte meinen Rücken freigab, dazu trug ich enge Jeans.

»Mir war irgendwie mal nach einer Veränderung«, erwiderte ich und mir fiel auf, dass ich es ganz unbewusst gestern aus der letzten Ecke meines Schrankes gekramt und heute angezogen hatte. Unbewusst weil ich mich doch irgendwie etwas freier fühlte, um mich nicht mehr unter dicken Hoodies verstecken zu wollen?

Irgendeine Änderung fand in mir statt, doch ich hatte noch keine Ahnung, in welche Richtung diese ging.

»Steht dir ausgezeichnet, vielleicht bekomme ich dich ja doch mal dazu, mit mir shoppen zu gehen«, sagte sie und hakte sich bei mir unter. »Mit deiner Figur würde dir so gut wie alles stehen!«

Wir stiegen gemeinsam die Treppe hoch. »Ich bin mir nicht sicher, ob ich einen zwei stündigen Shoppingtrip mit dir durchhalte«, erwiderte ich lächelnd.

»Keine Sorge, es gibt viele Pausen mit Champagner.« Sie zwinkerte mir zu und mir fiel mal wieder auf, wie unterschiedlich unsere Leben waren. Cassia wurde von ihrem Vater seit ihrer Kindheit überbehütet und mit Sorge und materiellen Dingen überschüttet. Während ich nur das hatte, was ich mir erarbeitete. Zumindest war das aktuell so. Es hatte eine Zeit gegeben, in der mir Cassias Lebensstil nicht ganz so fremd gewesen war, wie sie annahm. Villen. Geld. Macht. Wenigstens nach außen hin alles, was man sich wünschen konnte. Bis zu meinem achtzehnten Geburtstag, der alles verändert hatte.

18

Elodie

Die Bibliothek erstreckte sich über mehrere Stockwerke und immer, wenn ich diesen Ort betrat, fühlte ich mich furchtbar nichtig und klein. Denn schon beim Eintritt konnte man das Gewicht des Jahrhunderte alten Wissens spüren, das in den hohen, mit dunklem Holz verkleideten Wänden und den endlosen Regalreihen eingebettet war.

Das Herzstück der Bibliothek bildete das große Atrium, das sich über alle Stockwerke erhob. Ein gewaltiges, kunstvoll gearbeitetes Glasdach ließ natürliches Sonnenlicht herein und erzeugte ein Spiel aus Licht und Schatten, das den Raum in eine fast mystische Atmosphäre tauchte. Ringsum führten schmiedeeiserne Wendeltreppen und alte, knarrende Holztreppen zu den verschiedenen Etagen und Galerien, die mit Büchern bis unter die Decke gefüllt waren.

Jedes Stockwerk war ein Labyrinth aus Bücherregalen, voll mit antiken und modernen Werken, Manuskripten und seltenen Sammlungen. Die Regale waren aus dunklem Eichenholz, und in den Gängen dazwischen standen schwere Lesetische, auf denen sich Leselampen mit grünen Schirmen befanden, die ein sanftes, beruhigendes Licht verbreiteten. An den Wänden hingen Porträts früherer Gelehrter und Universitätsgründer.

In den stillen Ecken der Bibliothek gab es versteckte Studierplätze – kleine Nischen mit bequemen Sesseln und runden Tischen, ideal um sich für einen gewissen Zeitraum von allem abzuschotten. Die Luft war erfüllt von dem Duft alter Bücher – eine Mischung aus Leder, Papier und Tinte. Und tief im Inneren der Bibliothek befanden sich Spezialsammlungen und Studienräume, die wie geheime Schatzkammern waren, voller seltener Werke und historischer Dokumente. Hier herrschte eine Atmosphäre der Ehrfurcht und Gelehrsamkeit, ein Ort, an dem die Zeit stillzustehen schien. Jeder, der diese Räume betrat, flüsterte, wenn er denn überhaupt sprach.

Cassia und ich suchten uns einen Platz in der Mitte des Erdgeschosses, das weitläufig und luftig durch die hohe Decke war. Wir packten unsere Taschen aus und in kurzer Zeit herrschte ein kleines Chaos auf dem Tisch. Dokumente, Unterlagen, Bücher, Stifte und mehr waren komplett darüber verstreut.

Tatsächlich half mir das Lernen, abzuschalten und meinen Kopf freizubekommen. Abgesehen vom Dozenten mochte ich Literatur eigentlich als Hauptfach, selbst wenn es nicht meine erste Wahl gewesen war. Aber auch die Kunstgeschichte, in der wir am Ende der Woche einen Test schrieben, war mehr als interessant. Eigentlich erstreckten sich meine Interessen weit über nur ein Themengebiet hinaus. Während andere Schüler und Schülerinnen die Möglichkeit gehabt hatten, sich und ihre Vorlieben an der Highschool zu finden, war ich zu Hause unterrichtet worden. Ich lernte, was man mir vorsetzte. Eigentlich hatte ich, bevor ich an das College gekommen war, keine Ahnung gehabt, wer ich war. Und auch jetzt wusste ich es immer noch nicht, aber ich hatte die Hoffnung, noch genug Zeit zu haben, um das irgendwann herausfinden zu können.

Nach einer Stunde des Lernens fiel mir auf, dass mir eine bestimmte Quellenangabe fehlte, die uns Mrs. Fletcher, unsere Kunstdozentin, mitgeteilt hatte. »Ich bin gleich wieder da«, flüsterte ich zu Cassia und die hob nur kurz den Kopf, um mir zuzunicken, ehe sie sich erneut ihren eigenen Unterlagen widmete.

Ich studierte den Lageplan, der am Fuße einer der Treppen an der Wand hing. Vierter Stock, Reihe 21 A. Dort befanden sich die Ausgaben, in denen die Antwort stehen musste. Natürlich hätte ich diese auch im Internet finden können, doch Mrs. Fletcher hatte das genaue Buch mit Seitenanzahl benannt, weshalb es einfacher war, es hier zu suchen. Außerdem tat es gut, mich nach einer Stunde Dauersitzen ein wenig zu bewegen.

Also betrat ich eine der Wendeltreppen, die mich nach oben führte. Meine Handflächen glitten über das kühle, dunkle Metall, während ich höher und höher stieg. Oben angekommen war ich leicht außer Atem. Auch hier herrschte eine Atmosphäre, die mich sofort beruhigte. Ich war gerne hier in der Bibliothek, weil sich ein Aufenthalt so anfühlte, als wäre alles entschleunigt. Als würde das hastige, schnelle Leben draußen vor den Türen nicht zählen.

Ich wanderte durch die Reihen, strich mit dem Finger über die rauen Buchrücken und begegnete nicht sehr vielen Menschen, was mir nur recht war.

Hin und wieder zog ich eines der schweren Bücher heraus und verlor mich für einen Moment in ihnen. Fast vergaß ich, weshalb ich hier hochgekommen war, als ich einen Bildband mit Schwarz-weiß Fotografien von alten, verlassenen viktorianischen Villen entdeckte. Die Fotos zeigten imposante, doch verfallene Anwesen, deren einstige Pracht unter Schichten von Staub und Vergessenheit verborgen lag.

Die verwitterten Fassaden, umrankt von wildem Efeu, die leeren Fensterhöhlen und die verwilderten Gärten faszinierten mich. Ich blätterte durch die Seiten und verlor mich in den Bildern, bis ich eine zischende Stimme in einem Gang neben meinem wahrnahm. Oder waren es sogar mehrere? Und wieso kamen mir diese so bekannt vor?

Ich horchte auf und hörte erneut jemanden. »Willst du uns verarschen?«, flüsterte dieser rau. Irgendetwas am Klang kam mir verdächtig bekannt vor.

Ich ging einen Schritt näher zum Regal und lauschte.

»Wir hatten eine Vereinbarung«, sagte ein anderer Mann ruhig und ernst. *Caspian*. Mein Mund wurde umgehend trocken.

»Und an die musst auch du kleiner Pisser dich halten.« *Nero*. Shit.

Sofort begann mein Herz zu rasen. Ein anderer Mann antwortete, aber ich konnte die Worte kaum verstehen, weil er so leise und brüchig flüsterte.

»Wir können dich auch auffliegen lassen«, sagte Nero. »Gib mir nur einen Grund und ...« Die letzten Worte gingen in einem dunklen Gemurmel unter, das einem Knurren glich.

Das hörte sich ganz und gar nicht nach einem Gespräch unter Freunden an. Mit wem sprachen sie und wieso war Caspian nicht unterwegs, wie er es mir gesagt hatte?

Ich hob mich auf die Zehenspitzen an, hielt den schweren Bildband fester in meiner Hand und lehnte mich nach vorne, um zwischen den Büchern hindurchspähen zu können.

»Montag, kein Tag länger«, sagte Caspian und ich erkannte durch die hohen Buchrücken einen Teil seines weißen Hemdkragens. Er war es eindeutig. Nero befand sich bei ihm, ich sah die Tattoos, die sich über seinen Nacken schlängelten. Sie standen beide direkt neben mir. Nur durch das Regal und die Bücher getrennt.

»Und versuch erst gar nicht, uns zu verarschen, dein Trainer aus deinem beschissenen Hockeyteam wäre sicherlich nicht erfreut, wenn er von unserer Vereinbarung erfahren würde«, zischte Nero. »Oder von der ganzen anderen Scheiße, die du sonst abziehst.«

Hockeyteam? Ich schluckte, lehnte mich weiter nach rechts, aber konnte nichts erkennen. Stattdessen entglitt mir das schwere Buch und prallte mit einem dumpfen Schlag auf den alten Teppichboden. Ich duckte mich sofort, versteckte mich mit glühenden Wangen hinter dem hohen Bücherregal.

Die Worte, die darauf folgten, waren nicht mehr zu verstehen, doch das Gesagte schwirrte in meinem Kopf umher. Hockeyteam. Liam? Dylan? Clive? Ethan? ... Oliver? Verdammt, verdammt, verdammt! Was lief hier?

Ich musste hier weg. Sofort.

»Na, wenn das mal nicht unser kleines neugieriges Mäuschen ist.«

Ich presste die Augen zu, als ich Neros belustigte Stimme erkannte. Als ich sie öffnete, sah ich, wie er an der Ecke des Regals stand und mir den Weg zur Flucht abschnitt. Langsam richtete ich mich auf und schaute in die andere Richtung. Caspian. Der mich mit eisernem Blick anstarrte. Ein kalter Schauer lief meinen Rücken hinunter, als mir dämmerte, dass sie mich eingekesselt hatten und mir keinen Weg zur Flucht ließen. Fuck!

19

Caspian

»Ich hab nichts gehört«, wisperte sie brüchig. Nero grinste düster und breit. »Gott, wie ich drauf stehe, wenn du das unschuldige Lamm spielst, von dem wir alle wissen, dass du es nicht bist, Wild.« Er ging einen Schritt auf sie zu, während ich an Ort und Stelle blieb. Für einen kurzen Augenblick wägte ich die Optionen ab, was es bedeutete, hätte sie gehört, was wir besprochen hatten. Und ich war ziemlich angepisst, dass sie uns in so eine Situation brachte, nun zu entscheiden, wie wir damit umgehen sollten.

Nero schaute zu mir. »Hm, was machen wir nun mit dem kleinen Spitzel, Cas?«

»Ich ... bin kein Spitzel!«, erwiderte sie und drückte sich mit dem Rücken gegen das Regal, sah abwechselnd nervös von Nero zu mir und wieder zurück. Mir entging nicht, was sie trug. Ihr Oberteil war fast durchsichtig, ihre festen, kleinen Brustwarzen drückten sich durch den weißen Stoff. Ihr Rücken war halbnackt, ihre Jeans so eng, dass sie ihre Kurven perfekt umspielte. Ihre gesamte Existenz spielte mit meiner Beherrschung, was ich lange schon nicht mehr erlebt hatte. »Ich habe nur ein Buch gesucht ...« Ich trat ebenfalls einen Schritt nach vorne und steckte die Hände in meine Hosentaschen, um mich selbst davon abzuhalten, sie an mich zu ziehen. Egal, was ich tat, ich wurde den Drang nicht los, der sich in mir ausbreitete, wenn sie in meine Nähe kam. Der Drang, sie zu brechen. Der Drang, sie zu dominieren. Der Drang, sie zu ficken. Der Drang, sie zu halten, bevor sie in den Abgrund stürzte, den Nero und ich erschaffen hatten.

»Das bringt uns in eine ziemlich schwierige Lage, Vögelchen«, sagte ich und hob dann doch die Hand, berührte sanft die weichen Strähnen ihres dunkelbraunen Haares, ließ sie durch meine Finger fließen, weil ich machtlos gegen diese Kraft war, die von ihr ausging. Nero war ihr genauso nah, nur noch ein Stück und wir würden sie beide zwischen uns so einkesseln, sodass sie sich kaum noch bewegen konnte. Er und ich hatten uns in der Vergangenheit hin und wieder Frauen für eine Nacht geteilt. Nicht, weil es eine spezielle Vorliebe von uns war, eher achteten wir auf die gleichen Dinge bei unseren Eroberungen. Unsere Dunkelheit wurde von den gleichen Dingen angesprochen. Und das war definitiv gerade diese hübsche Beute genau vor uns.

Ihr schneller Atem, wenn die Angst durch ihre Venen floss, sie nicht wusste, was unser nächster Schritt sein würde. Die leichte Röte auf ihren Wangen, die schönen Augen, die immer wieder von Nero zu mir sahen, als könnte sie so abschätzen, was unser Plan sein würde. Wir liebten den Reiz der Macht, den süßen Geschmack von Dominanz, das berauschende Gefühl der Jagd. Und Elodie schrie förmlich danach, dominiert zu werden. Sie machte es uns beiden verdammt schwer, die Kontrolle zu behalten und einen kühlen Kopf zu bewahren, während wir versuchten, alles über sie herauszubekommen. Es war nicht allzu schwer gewesen, mehr über ihr früheres Leben hier am Campus zu erfahren. Doch über das, was sie davor gehabt hatte, war kaum etwas bekannt. Sie hatte ihre Spuren wirklich ausgezeichnet verwischt. Allein das war ein Indiz, dass mächtig Scheiße an ihrem Schuh klebte. Immer noch war ihr Tod keine Option, denn dann würden wir nie herausbekommen, welche Verbindung zwischen uns bestand und wie sie uns von Nutzen sein könnte.

»Was würdest du jetzt tun, wenn du an unserer Stelle wärst?«, fragte ich und ließ sie los, lehnte mich seitlich gegen das Regal und schaute zu ihr herunter. Sie leckte sich über die Lippen und augenblicklich erinnerte sich mein Schwanz daran, wie es war, tief ihren hübschen Mund zu stoßen.

»Mich gehen lassen?«

»War das eine Frage, oder eine Antwort?«, erwiderte ich hart.

»Ihr könnt mich nicht hierbehalten... ich schreie«, wisperte sie.

Nero gab ein Lachen von sich. »Du wirst aber nicht schreien, außer wir bringen dich dazu.«

Sie verdrehte die Augen, spielte die Beherrschte, doch ihre schnelle Atmung verriet sie. Es turnte sie an, alles an dieser Situation. Viel zu sehr. »Als ob ich das zulassen würde.«

»*Nochmal* meinst du. Als ob du das *nochmal* zulassen würdest«, gab Nero mit einem Grinsen zurück. Er seufzte übertrieben theatralisch. »Ach schade, es hat gerade Spaß mit ihr gemacht«, sagte er an mich gewandt.

Ich zuckte mit den Schultern. »Denkst du ich habe Lust, mir schon wieder eine neue Assistentin zu suchen?«

»Hallo?«, grätschte sie dazwischen. »Ich steh immer noch hier!«

»Ja, und?«, fragte Nero. Irgendwie machte es Spaß, sie zwischen uns herzutreiben wie einen hübschen, kleinen Spielball. Vielleicht war sie ehrlich gewesen und das Messer hatte tatsächlich ihrer Freundin gehört. Es gab immer noch die Möglichkeit, dass wir ihr unrecht taten. Okay, auch wenn sie in der Tat winzig klein war. Wahrscheinlicher war, dass ihr Geheimnis, das mit ihrem Leben vor diesem zu tun hatte, alles verändern würde. Es würde uns den passenden Schlüssel für unser Schloss geben. »Was willst du uns jetzt vorschlagen?«

Sie schloss die Augen, atmete tief durch, ehe sie uns erneut abwechselnd ansah. »Ich ... ich habe nicht viel für mein Leben zu geben, außer ...« Sie leckte sich über die trockenen Lippen. »Meiner Jungfräulichkeit«, wisperte sie rau und sofort wurde ich härter als hart.

Nero lehnte sich ein wenig zu ihr nach vorne. »Wieso bietest du uns etwas an, das wir jederzeit haben könnten? Einverständnis oder nicht.«

»Weil ihr wollt, dass ich mich euch freiwillig unterwerfe«, flüsterte sie und traf den Nagel damit mitten auf den Kopf. Kluges Mädchen.

»Okay und was sollte uns das bringen?«, fragte diesmal ich mit rauer Stimme. »Ein Fick für dein

Leben, ist das nicht etwas hochgegriffen? Und wer soll dich entjungfern, wir können es schließlich nicht beide gleichzeitig tun, oder?«

»Das ist euer Problem«, gab sie zurück und am liebsten hätte ich sie für ihren blanken Trotz bestraft. Doch wir befanden uns immer noch in der Bibliothek, es war so leise, dass man ihre Schreie bis in den Hauptbereich hören würde. Dennoch spielte ich trotzdem mit dem Gedanken, ihre enge Jeans nach unten zu schieben und meine Handfläche auf ihren blanken Arsch zu klatschen, während sie sich zitternd an einem der Regale festhielt und meine Schläge hübsche rote Male auf ihrer Haut hinterließen. Irgendwann. Seltsamerweise gab es, seitdem Elodie in unserem Leben war, viele Irgendwanns.

»Okay, wir ficken dich, abwechselnd, und dann gehst du und vergisst, was du gehört hast?«, fasste Nero zusammen und sie nickte. »Also nochmal die Frage, die ich gerne aufgreife ...« Er packte ihr Kinn grob und zog ihr Gesicht zu sich, sein Blick flog zu ihren Lippen und ich wusste genau, was er sich vorstellte. Das Gleiche, das ich mir jeden Tag vorstellte, wenn ich sie sah. Sie war unsere fleischgewordene Versuchung, unsere Lolita in diesem kranken Spiel aus Leben und Tod. Aus Zerbrechen und Überleben. Aus atmen und ersticken. »Was. Soll. Uns. Das. Bringen?«, knurrte er. »Wieso bist du so etwas Besonderes, damit wir riskieren, aufzufliegen?«

»Ihr hättet mich schon längst umgelegt, wenn es euch einfach fallen würde, mich loszuwerden«, gab sie zurück und ich konnte mir nur mühsam mein selbstgefälliges Lächeln verkneifen. Denn sie lag so was von falsch. Wenn es drauf ankommen würde, würden Nero und ich uns gegenseitig bereitwillig opfern und unsere eigenen Leben noch dazu. Niemand war irgendetwas wert auf dieser beschissenen Welt. Niemand war so wichtig, dass die Zukunft von ihm abhing oder sich verändern würde, wäre dieser Jemand nicht mehr da. Aber mit einem hatte sie recht: Nicht alle hatten auch wirklich verdient, zu sterben.

Wir konnten nur noch nicht sagen, auf welche Seite sie gehörte. Auf unsere oder die der Opfer, die wir täglich leiden sahen.

20

Elodie

Wie es mich gleichzeitig bis ins Mark ängstigte und unglaublich anmachte, dass ich der Mittelpunkt dieser zwei Männer war. Beide hatten ihre Augen und Aufmerksamkeit nicht einmal von mir gelassen. Ihre großen, muskulösen Körper kesselten mich ein, ihr männlicher Duft vermischte sich zu einer Komposition, der ich kaum widerstehen konnte.

Trotzdem hielten sie mein Leben in ihren Händen. Doch sie wussten nicht, dass wenn sie mich nur ein kleines Stück in ihres ließen, es alles zerstören konnte, was sie sich aufgebaut hatten. Ich hatte noch keine Ahnung, was alles hinter ihren

Geschäften stand, die größer und weit verbreiteter zu sein schienen, als ich angenommen hatte. Aber ich hoffte, dass ich ihr Kryptonit werden konnte, wenn ich es richtig anstellte. Mich für Hannah rächen. Und für andere Frauen, wenn es sie denn gab.

Allerdings musste ich sehr wohl vorsichtig sein, denn sie waren zu gerissen. Sie merkten, dass etwas nicht stimmte.

Nero hatte immer noch mein Kinn gepackt und starrte auf meinen Mund, während er sich wahrscheinlich seinen nächsten Schritt überlegte. Meine Lippen prickelten, erinnerten sich an alles.

»Außerdem meinte ich das ernst ...«, startete ich einen neuen Versuch, sie zu überzeugen. »Ich habe nichts gehört, nur eure murmelnden Stimmen und euch daran erkannt«, flüsterte ich.

Gleichzeitig spürte ich, wie Caspian mir hinter meinem Rücken näherkam, seine Hände sich an meine Taille legten, mich näher zu ihm heranzog. Ich seine Nähe auf meiner nackten Haut spürte, als würde sie brennen. Nero ließ mich los.

»Deine Jungfräulichkeit, also?«, hauchte Caspian mir rau ins Ohr und ich nickte. Ich fühlte mich benommen, völlig in ihrer Aufmerksamkeit gefangen, während ich Caspian hinter mir fühlte und Neros Blick mich an Ort und Stelle festnagelte.

»Sag uns, Vögelchen ...«, wisperte Caspian und ich presste mich dichter an ihn, spürte seine Erektion fest gegen mich drücken. Er überragte mich so deutlich, dass ich meinen Kopf gegen seine Brust legen konnte. Seine Finger krallten sich in den Stoff meines Shirts, fuhren dann hinab und sanft über die Naht meiner Jeans in meinem Schritt.

Nero begann ebenfalls, mich zu berühren, strich leicht über meine Arme, mein Schlüsselbein, fuhr zu meiner Kehle. Caspians Finger glitten zu meiner pochenden Mitte, seine Handfläche presste sich dagegen und ich keuchte unterdrückt auf. Alles war auf einmal zu viel, meine Haut zu eng, die Luft zu stickig, das Leben zu kurz. Fast hätte ich den Beginn seiner Frage vergessen. »Sag uns ... woher hast du die Narben? Hast du wegen ihnen noch keinen Mann zwischen deine hübschen Schenkel gelassen?«, vervollständigte er, strich über meine Innenschenkel und instinktiv verspannte sich mein Körper, als würde er sich augenblicklich und schmerzhaft erinnern. *Nein.* War alles, was ich dachte. Ich hatte es mir anders überlegt. Es war ein Trugschluss, dass ich das hier gewollt hatte. Dass ich sie gewollt hatte. Panik machte sich im Nebel meines Hirns breit, verdrängte die Lust, verdrängte das Verlangen, verdrängte jeden Funken Sehnsucht nach diesen undurchsichtigen Männern.

»Das geht euch nichts an«, zischte ich und war wieder bei Sinnen. Ich versuchte, mich von Caspian wegzudrücken und so auch Nero zur Seite zu stoßen, doch der packte nur meine Handgelenke und hielt sie fest in der Luft. Er brauchte nicht einmal viel Kraft, während ich das Gefühl hatte, alles von meiner aufwenden zu müssen.

Grinsend zeigte Nero die Reihen seiner weißen Zähne, es wirkte, als würde er sie fletschen. Das Tier war zurück. »Na na na«, sagte er und schnalzte mit der Zunge. »Was ist aus deinem Angebot geworden?«

»Ist zurückgezogen«, presste ich hervor und wandt mich in seinem unbarmherzigen Griff. Auf einmal spürte ich Caspian nicht mehr hinter mir, stattdessen drängte mich Nero gegen eines der Regale und pinnte meine Handgelenke fest über meinem Kopf an das harte, unnachgiebige Holz. Sein breiter Oberschenkel fuhr zwischen meine Beine, drückte sie gewaltvoll auseinander, sein Knie presste sich gegen meine pochende, verräterische Mitte. Die Hilflosigkeit übermannte mich und gleichzeitig wollte ich fallen. In sie. In alles, was sie mir geben würden. Konnte ich das hier überhaupt gewinnen?

»So läuft das nicht«, raunte Caspian und trat neben Nero. Ich hasste und wollte sie gleichermaßen. »Du kannst nicht ein Angebot machen und es dann direkt wieder zurückziehen. Oder sollen wir dir doch an Ort und Stelle dein Leben nehmen?« Er schob sein Jackett ein Stück zurück und ich erkannte die Lederriemen eines Waffengurtes. Der Griff der Pistole glänzte im Licht über uns, als er sich bewegte. Oh nein. Wieso hatte Caspian als Dozent eine Waffe? Das war der erste wirkliche Hinweis darauf, dass ich bei ihm nicht falschgelegen hatte. Dass mich mein Gespür richtig geführt hatte.

Ich schaute ihn mit aufgerissenen Augen an, Nero hielt mich immer noch an Ort und Stelle fest und erneut hatte ich das Gefühl, sie unterschätzt zu haben. Mich zu sicher gefühlt zu haben. Immer, wenn ich dachte, ich wäre auf dem richtigen Weg, belehrten sie mich eines besseren.

»Nenn uns jetzt deine finale Antwort.«

»Willst du mich hier erschießen? Du würdest sofort auffliegen, jeder würde es mitbekommen und du landest im Knast«, spie ich ihm entgegen.

Caspian grinste. Böse. In seinen Augen lag eine Welt voll Dunkelheit. »Nein, du hast recht, ich würde es nicht hier machen.« Er lehnte sich weiter zu mir vor, ich erkannte die Finsternis in seinem Blick, die mir Angst machte und mich faszinierte. »Ich würde dich in den Wald zerren, dich auf die Knie zwingen«, seine Stimme war rau vor Lust, zog mich in seinen Bann. Doch er lehnte sich wieder ein

Stück zurück. »Denn diese antiken Bücher mit deinem Blut zu besprenkeln wäre fast so etwas wie Blasphemie. Du sprichst hier mit einem Mann des geschriebenen Wortes.«

Ich lachte verächtlich auf. »Bist du wirklich Dozent, oder hast du dich nur hier eingeschlichen?«

Caspian griff in meine Haare und packte zu, zog mein Gesicht ganz dicht an seines, bis ich seinen Atem auf meiner Haut spürte und meine Kopfhaut lustvoll brannte. »Bist du wirklich eine Studentin, oder hast du dich nur hier eingeschlichen, Vögelchen?«

Meine Brust hob und senkte sich unter meinen schnellen Atemzügen. Ich spürte den Druck von Neros Fingern an meinen Handgelenken, wie das Blut langsam aber sich aus meinen Händen meine Arme hinunterfloss und sie taub zurückließ. Ich spürte die Angst, ich spürte die Panik, ich spürte die Kontrolle, die mir entglitt. Und ich spürte Lust. Unbändige, unkontrollierbare, unerklärliche Lust.

»Ich will, dass du es machst«, wisperte ich rau und Caspian ließ ein wenig lockerer. Er hob die Augenbrauen.

»Was mache?«

»Mich entjungfern.«

Er zögerte, als hätte er mit dieser finalen Antwort nicht gerechnet. »Du änderst wirklich schnell deine Meinung«, erwiderte er kopfschüttelnd. »Ich bin nicht der Richtige für diesen Job«, schob er nach. »Das habe ich dir bereits gesagt.«

Kurz flackerte mein Blick zu Nero, der recht amüsiert zu sein schien, ehe ich zurück zu Caspian schaute. »Ich will es trotzdem.«

»Es wird wehtun«, raunte er und ich spürte, wie das Verlangen auch seinen Körper mit sich riss.

»Ich will, dass es wehtut«, flüsterte ich und er schluckte sichtlich.

Plötzlich war es, als hätte jemand alles um uns herum gedämmt. Jedes kleinste Geräusch. Jedes Licht wurde von Caspians Anblick vor mir verschluckt. Er zögerte. Kämpfte. Und verlor. Senkte dann hungrig die Lippen auf meine. Drang mit der Zunge in meinen Mund, nahm mich in Besitz, zündete jede kleine Nervenfaser in mir an. Ich spürte, wie Nero meine Hände losließ. Sofort umschlang ich Caspians Nacken und zog ihn noch dichter an mich. Ich schmeckte Blut. Seines. Meines. Es war egal. Dieser Kuss war mehr als intensiv, er war mehr als überfällig. Er war alles, was ich brauchte, alles, was ich wollte.

Ich hörte sein Stöhnen, das tief aus seiner Brust zu kommen schien, dann löste ich mich von ihm, schaute zu Nero, dessen Blick sich ebenfalls vor Sehnsucht verdunkelt hatte. Ich lehnte mich ein Stück zu ihm und auch er fiel über meinen Mund her. Ich spürte ihre Hände überall, ihre Wärme, ihre

Dunkelheit, die sich wie eine schützende Wolke über uns legte, mich zu Asche verbrannte. Verschlang. Abschirmte vom Rest der Welt. Jeder Zentimeter meines Körpers war überreizt von Neros besitzergreifenden Küssen, von Caspians Händen unter meinem Shirt, die sich über meinen Bauch nach oben schoben, fest meine Brüste umfassten und sie grob kneteten.

Ich schrie auf, als er hart an einer meiner Brustwarzen zog, sie danach zwischen den Fingern zwirbelte und das heftige Pochen darin nur verstärkte. Nero schluckte meine Laute, seine Fingerspitzen gruben sich in meine Taille. Oder waren es Caspians? Ich hatte keine Ahnung mehr. Wir waren eins. Ein Organismus, der zusammen funktionierte, atmete, lebte, fühlte. Jeden Moment hätte uns jemand erwischen können. Jeden Moment könnten wir auffliegen und zumindest Caspian und ich mächtigen Ärger bekommen. Doch das Gefühl schien uns nur noch mehr anzuheizen.

Schweratmend löste sich Nero von mir. »Ich würde dich zu gerne in diesem Moment schmecken, Wild, meine Zunge tief in deiner hübschen Pussy vergraben«, raunte er heiser. »Aber wenn ich das tue, möchte ich deine Schreie hören.«

Er tauschte einen kurzen Blick mit Caspian, dann ließen sie beide von mir ab. Ich presste mich dichter an das Bücherregal hinter mir, nutzte es als Stütze, weil meine Beine sonst unter mir weggeknickt wären. Das Gefühl, das sie in mir hinterlassen hatten, war überall. Erfüllte mich bis in meine Haarspitzen.

»Du gehörst uns«, sagte Caspian dunkel. »Niemand anderes wird dich mehr berühren.«

Fast hätte ich über diesen Spruch gelacht, doch aufgrund ihrer Mienen und des Feuers ihrer Berührungen, das immer noch in meiner Seele und meinen Adern brannte, war mir alles andere als nach Lachen zumute.

»Das kann ich nicht versprechen«, flüsterte ich, um sie trotz allem herauszufordern. Ich wollte, dass sie ihre Beherrschung verloren, dass sie mir ihr wahres Gesicht zeigten.

Caspians Kiefer verspannte sich, während Nero die breiten Arme vor der Brust verschränkte. »Spiel nicht mit uns, du willst die Konsequenzen nicht spüren«, sagte Nero. Vielleicht wollte ich genau das? »Geh nach Hause in dein Wohnheim, wir melden uns bei dir, müssen noch was erledigen«, wies er mich an.

»Aber ... Cassia sitzt unten, wir lernen ...«

»In deinem Wohnheim«, schnitt Nero mir das Wort ab. »Nimm die Bücher mit, leih sie aus, das ist doch eine Bibliothek, oder muss ich dir das Konzept erklären?«, fragte er eisern.

Am liebsten hätte ich ihm meine Widerworte entgegengeschleudert, aber ich war noch zu benebelt von dem, was gerade passiert war.

»Denk an deine Wahl, früher oder später werden wir uns holen, was uns zusteht«, erinnerte mich Caspian. Ich hatte mich entschieden, lebte ich jetzt schon mit den Konsequenzen?

»Und wir haben kein Problem damit, immer wieder dein Gedächtnis aufzufrischen«, sagte Nero. »Geh. Sofort.«

Ich zögerte. Wie könnte ich jetzt zurück nach unten gehen und so tun, als wäre nichts passiert? Zuerst musste ich unbedingt bei den Waschräumen vorbeischauen, meine Frisur und meine Kleidung richten.

Mit einem letzten Blick auf die beiden löste ich mich und eilte den Gang zwischen den Bücherregalen entlang. Es fühlte sich an, als wollten sie mir nur einen kleinen Vorsprung geben, ehe sie mich verfolgten und hinterrücks überfielen. Und das Adrenalin in meinen Adern fühlte sich seit langem wieder nach Leben an. Ich fühlte. Oh verdammt, ich fühlte so unglaublich viel, dass ich mich in den Waschräumen angekommen, zuerst auf einem der Waschbecken abstützen musste und in den Spiegel starrte. Sah ich anders aus als sonst? Anders als früher? Ja. Meine Wangen glühten, meine Lippen waren rosig und meine Augen funkelten, in ihnen war Leben. Es war nicht mehr der kalte Blick, der mir sonst in meinem Spiegelbild begegnete. Der mich daran erinnerte, bei jedem Schnitt, bei jedem Schmerz, bei jedem Schrei ein Stück von mir verloren zu haben.

Ich brauchte diese Männer. Gleichzeitig musste ich sie zerstören und wusste, dass es auch mich zerstören würde. Vielleicht war es Zeit, endlich zu gehen, denn was hatte ich sonst für einen Nutzen auf dieser Welt, als die Frauen zu rächen? Jede Einzelne von ihnen.

21

Nero

Kurz nachdem Elodie hinter dem Bücherregal verschwunden war, schaute ich zu Cas. Auch er stand weiterhin wie versteinert an Ort und Stelle.

»Sag nichts«, brummte er, richtete sein Jackett und lief los. Ich folgte ihm. Wir hatten noch einiges zu erledigen und konnten keine Zeit verschwenden.

»Hatte ich nicht vor«, gab ich zurück und wir blieben vor dem Lift stehen, der uns in den Keller brachte, zu den Räumen, zu denen nur ausgewählte Personen Zutritt hatten, vorzugsweise Literaturdozenten, die die antiken Skripte und Schriften dort für ihren Unterricht nutzen sollten. »Aber ...«, sagte ich, als die Lifttüren aufglitten. Cas seufzte auf, als er den Aufzug betrat und den kleinen silbernen Schlüssel in das Schloss steckte, der uns Zugang zu den unteren Räumen verschaffte. »Eines musst du mir erklären ...«

Ich hörte förmlich Caspians Augenrollen. »Hast du nicht verstanden, als ich dir gerade mitgeteilt habe, die Schnauze zu halten?«, fragte er und drückte auf den letzten Knopf in der Reihe. Der Lift setzte sich in Bewegung und ich musste grinsen. Hin und wieder vergaß man aufgrund Caspians beherrschtes, seriöses Äußeres aus was für einer Gosse er gekommen war und wie viele Mühe es ihm machte, das zu überspielen. Die Menschen schauten uns an und würden Cas allein von seinem Aussehen mehr Vertrauen entgegenbringen als einem tätowierten Bastard mit Lederjacke wie ich einer war. Dabei trugen wir alle nur Masken, die uns teilweise beschützen, teilweise das verbergen sollten, was wir wirklich waren. Monster.

Während Cas starr dastand, den Blick geradeausgerichtet, konnte ich nicht anders, als noch ein wenig tiefer zu graben.

»Wieso hast du sie geküsst?« Ich fuhr mir durch die Haare, verlagerte das Gewicht von einem Fuß auf den anderen. »Ich meine ... du küsst nicht. Du fickst, aber du ...«

»Ist das das Einzige, das dich beschäftigt?«, schnitt er mir das Wort ab und drehte seinen Kopf zu mir. »Wirklich?«

Ich zuckte mit den Schultern und streckte dann die Hand in seine Richtung aus. »Zeig es mir noch-mal.«

Cas griff in die Innentasche seines Jacketts und zog das Foto heraus, das er mir reichte. Es war ein Schnappschuss, den uns unser Informant gerade gegeben hatte und der aus einer recht großen Entfernung auf dem Campus geschossen worden war.

Hannah warf ihr blondes Haar zurück und lachte. Frei. Als wäre sie die Schatten, die Narben auf ihrer Seele hinterlassen hatten, endlich losgeworden. Das Einzige, das zeigte, dass irgendetwas nicht stimmte, war das große rote Kreuz, das quer über ihr Gesicht mit viel Druck gemalt wurde. Sie wurde markiert, abgehakt, als Nummer verurteilt, deren Beseitigung abgeschlossen war.

Doch was das eigentlich Auffällige war, war das blonde Mädchen an ihrer Seite. Ein grüner Kreis markierte ihr hübsches Gesicht wie ein Plan, wer als Nächstes dran war.

Zuerst hatte ich sie nicht erkannt. Ihre Haare waren anders, die Aufnahme leicht verschwommen und wackelig, als wäre sie schnell und übereilt gemacht worden. Ob aus Erregung oder Zeitdruck.

Doch als ich näher hingesehen hatte, war es offensichtlich gewesen.

Elodie hatte ihr Haar gefärbt, vielleicht war sie uns aus dem Grund nicht direkt aufgefallen. Vielleicht war uns deshalb nicht bewusst gewesen, aus welcher Hölle sie gekommen war. Der gleichen wie Hannah. Hatten die beiden sich ein neues, freies Leben hier am Campus erschaffen wollen? Unter anderen Identitäten, die nicht darauf hindeuteten, wo sie herkamen? Ohne zu wissen, dass sie in die Arme der größeren Monster laufen würden?

Der ursprüngliche Plan würde sich nicht verändern. Mit dem Interesse an ihrer Person würde uns die Durchführung sogar noch ein wenig leichter fallen. Wenn wir sie opfern konnten.

Elodie stand ab sofort direkt vor dem blanken Lauf, wir mussten nur noch abdrücken, um an unser Ziel zu kommen, für das wir so lange gearbeitet hatten. Das Einzige, das mir Sorgen machte, waren die plötzlichen, unerwarteten Gewissensbisse, als ich in ihr lachendes Gesicht auf dem Foto sah. Gewissensbisse, die ich so nicht kannte. Die mein abgestumpftes Ich nie zuvor empfunden hatte.

Ein Sieg erforderte immer Opfer, das war das Gesetz des Lebens. Und auch wenn Cas es abgestritten hätte und so tat, als würde er sie nur benutzen wollen, er konnte mir nicht vormachen, dass sie nichts in ihm weckte. Dass sie etwas in uns beiden weckte. Dass sie einen rauen, ursprünglichen Trieb in uns ansprach, dem wir kaum etwas entgegenzusetzen hatten.

»Du wirst sie nicht mehr aus den Augen lassen«, sagte Cas plötzlich und ich gab ihm das Foto zurück.

»Hatte ich nicht vor«, erwiderte ich knapp.

»Sie wird uns früher oder später zu ihm führen, er ist immer am angreifbarsten, wenn er sich auf ein neues Opfer eingeschossen hat. Dann wird er fahrlässig und gedankenlos.«

»Und wir können ihn ein für allemal umlegen.«

»So der Plan«, sagte Cas, als der Aufzug hielt und die Türen sich öffneten. Er schaute mich kurz zur Bestätigung an.

»So der Plan«, wiederholte ich und folgte ihm in den kahlen Flur. Die Atmosphäre änderte sich hier unten schlagartig. Uns erwarteten kahle, weiße Wände und massive Türen zu einzelnen Räumen, in denen es Dokumente, Bücher und Unterlagen gab, die man nicht einmal mit bloßer Hand berühren konnte, sonst würden sie zusammenfallen. Das Licht der Neonröhren flackerte an der Decke, als wir die letzte Tür aus dickem Stahl ansteuerten.

Cas schloss sie auf und öffnete sie, ehe ich ihm in den Raum folgte. Als das Licht flackernd anging, schloss er hinter uns ab und mein Blick fiel auf den großen, schuss- und bruchsicheren Kubus aus Glas, der eigentlich als staubsicherer Aufbewahrungsort für besonders wertvolle Schätze gebaut worden war.

Glücklicherweise hatten wir einen anderen Zweck dafür gefunden.

Der Mann, der nackt und zitternd auf dem Boden kauerte, hob den Kopf und blinzelte gegen das grelle Licht an. Er schluchzte einige Male und hob den Arm vor sein Gesicht, als wolle er sich schützen.

Cas und ich traten an die gläserne Front, die uns von ihm trennte. »Guten Morgen, hast du gut geschlafen?«, fragte ich und klopfte ein paarmal gegen das Glas, als würde ich ein Tier in seinem Käfig wecken wollen. Augenblicklich rutschte er panisch zurück und riss die verquollenen Augen auf.

»Ich ... ich hab euch alles gesagt!«, flehte er weinerlich. Weichei.

»Oh, da bin ich mir nicht sicher«, erwiderte ich und ging in die Hocke, schaute ihm tief in die Augen, während Cas sein Jackett auszog und es säuberlich auf einen Stuhl legte, ehe er an den Tisch in der Ecke trat.

Das jämmerliche Würstchen in dem Glaskasten fing an zu zittern, widerliche Rotzfäden quollen aus seiner Nase, als er um sein Leben flehte, weil er entdeckte, was für hübsche Werkzeuge Cas auf der Tischplatte ausbreitete.

»Mein Freund hier hat ziemlich miese Laune«, flüsterte ich und nickte zu Cas, der eine Zange in die Höhe hob und das Metall im kühlen Licht reflektierte, als er sie drehte.

»Ich habe sie wirklich nicht angefasst!«, schrie das Würstchen.

Ich schnalzte mit der Zunge und richtete mich auf. »Wieso lügst du uns immer noch an?«, fragte ich und verschränkte die Arme. Cas trat an den Eingang, der mit einem dicken Schloss gesichert war.

»Letzte Chance, eine Lüge gegen einen deiner Finger. Und wenn keine mehr übrig sind, ist dein mickriger elfter Finger dran. Ist ein fairer Deal, wie ich finde. Also ...« Ich legte den Kopf ein wenig schief. »Sag uns alles, was du mit Elodie veranstaltet hast, Ethan.«

22

Elodie

Mit immer noch klopfendem Herzen war ich zurück zu Cassia gegangen und hatte ihr unter einem Vorwand erzählt, dass ich todmüde war und nach Hause wollte. Ich bot ihr als Entschädigung an, mit ihr gemeinsam zu kochen, während wir ein Glas Wein tranken. Das allein reichte aus, damit sie ihre Sachen zusammenpackte und wir die Bibliothek verließen.

Die Nachmittagssonne stand tief am Himmel und schickte ihre letzten warmen Strahlen über den Campus. Während wir losliefen, schaute ich mich die ganze Zeit um, weil ich das Gefühl hatte, verfolgt zu werden. War es Caspian oder Nero? Der

Unbekannte, der mir bisher nicht mehr geschrieben hatte? Oder verfolgten mich mittlerweile nur noch meine eigenen Geister?

Wir umrundeten das Gebäude der Bibliothek, während Cassia irgendetwas von Liam und seinem anstehenden Geburtstag erzählte, als sich eine Seitentür öffnete und jemand herauskam. Ein Mann mit breiter Statur, der sofort meine Aufmerksamkeit auf sich zog. Sein Gesicht war durch die hochgezogene schwarze Hoodiekapuze verdeckt, außerdem hatte er den Blick Richtung Boden gesenkt. Er wirkte gehetzt, als er förmlich losrannte, und all das machte mich mehr als stutzig und ihn ziemlich verdächtig.

Als er an einem der Wege nach rechts einbog, schaute er sich nervös um. Mir fiel es schwer, den Blick von ihm zu nehmen. War dieser jemand der, mit dem Caspian und Nero gesprochen hatten? Wieso flüchtete er durch einen Seiteneingang aus der Bibliothek?

Ich schluckte die bittere Galle hinunter, die meine Speiseröhre hinaufkroch. Und endlich. Als er sich nach rechts wandte, die Hände tief in den Taschen seiner Jeans vergraben, verrutschte für einen Moment die Kapuze. Dylan?

Fuck. War es das, wonach es aussah, oder kamen hier mehrere Zufälle zusammen?

»Also, was sagst du?«, fragte Cassia plötzlich und mir fiel auf, dass ich ihr keine Sekunde wirklich zugehört hatte. Dylan verschwand hinter dem nächsten Gebäude und ich sah zu Cassia.

»Tut mir leid, ich war irgendwie abgelenkt, kannst du deine Frage nochmal wiederholen?«

»Was ist los mit dir? Du bist komisch, seitdem du im vierten Stock der Bibliothek gewesen bist«, stellte Cassia fest und schaute mich mit einem sorgenvollen Blick an, dem ich auswich.

»Hab nur schlecht geschlafen letzte Nacht, irgendwie machen mir die Prüfungen vor den Herbstferien ein wenig Sorgen.«

»Wieso? Konntest du durch deinen Job bei Dr. Hot keine Bonuspunkte in deinem Hauptfach sammeln?«

Oh. Und wie ich das konnte, aber keine, die mir für die Prüfungen helfen würden.

»Was denkst du, was wir die Nachmittage in seinem Büro tun?«, lenkte ich ab und grinste sie an.

Glücklicherweise stieg sie darauf ein. »Hoffentlich viele schmutzige Dinge, die man nur seiner besten Freundin erzählen würde«, erwiderte sie und zwinkerte mir zu. Beste Freundin. Wir kannten uns mittlerweile einige Wochen und ich mochte sie sehr, aber ich war mir sicher, ich würde mich nie wieder so in eine Freundschaft stürzen können wie in die zu Hannah. Zu groß war die Angst vor einem erneuten Verlust. Dennoch tat ich weiterhin so, als wäre alles in bester Ordnung, obwohl alles irgendwie noch beschissener war als sonst. »Also, nochmal zu deiner Frage ...«, sagte ich.

»Liam und die anderen seiner Mitbewohner machen eine Party in ihrem Verbindungshaus. Heute Abend, und ich dachte, vielleicht willst du den Kopf einmal ein wenig freikriegen und wir gehen hin?«

»Du weißt, was ich von den Alphas halte«, sagte ich.

»Ja, aber Oliver wird auch da sein, es wird lustig, glaub mir! Nur ein paar Leute. Es ist Freitag, auch du darfst das Wochenende jetzt genießen, Workaholic!«

»Die komplette Hockeymannschaft?«, fragte ich in Anbetracht dessen, dass Dylan dann vielleicht ebenfalls dort sein würde. Nero und Caspian hatten mir eine klare Anweisung gegeben. Zuhause zu bleiben. Aber sehr wahrscheinlich ergab sich hier eine Chance, die ich nur einmal bekam. Unauffällig schaute ich mich um, doch konnte niemanden entdecken, der mir zu folgen schien. Selbst sie konnten nicht an mehreren Orten gleichzeitig sein und ich hatte den Eindruck gehabt, dass sie wirklich noch etwas erledigen mussten. Was auch immer das war.

»Klar, die meisten von denen wohnen doch dort im Haus.« Könnte ich mich davonschleichen und mir Dylans Zimmer einmal genauer ansehen? »Aber keine Sorge, Liam und Oliver werden auf dich aufpassen, die anderen sollen den Mund halten.« Cassia hakte sich bei mir unter. »Ich weiß, dass die meisten von ihnen nicht gerade deine Lieblingsmenschen sind, aber vielleicht könnten sie dich kennenlernen und ihre bescheuerten Vorurteile endlich ablegen.«

»Hm«, murmelte ich, weil ich genau wusste, dass Mobber immer Mobber bleiben würden. Es konnte sein, dass sie irgendwann einsahen, Fehler begangen zu haben, in dem sie anderen das Leben zur Hölle machten, aber so lange sie das Gefühl der Macht genossen, war das bestimmt nicht der Fall. Menschen waren alle gleich, alle waren wir Tiere, die nur versuchten, ihr eigenes Fell zu retten. Unter normalen Umständen hätte ich Cassia definitiv abgesagt, aber das Blatt hatte sich ein wenig gewendet.

»Na gut«, schob ich nach und Cassia gab einen kleinen Freudenschrei von sich. »Okay, für eine Stunde. Wird mich schon nicht umbringen, mich unter das ganz normale Volk zu mischen«, sagte ich mit einem Lächeln.

»Ganz bestimmt nicht! Dir wird es gefallen, das verspreche ich dir!«

Zumindest hoffte ich, weitere Antworten auf meine tausend Fragen zu finden. Mit allem anderen würde ich schon klarkommen.

Ich hatte mich getäuscht. Aber diesmal waren es nicht unbekannten Nachrichtenschreiber oder Männer, die mich mit ihrer bloßen Präsenz verwirrten; es lag an den Idioten, die in diesem Raum die gleiche Luft wie ich atmeten, mit denen ich nicht klarkam.

»Wahrheit oder Pflicht, Freak?«, fragte mich Tyler, der gegenüber von mir in dem gebildeten Kreis auf dem Boden saß, der aus Liam, Cassia, Oliver und einigen anderen aus der Verbindung und dem Hockeyteam, sowie zwei Mädchen, die ich nicht kannte, bestand. Popmusik lief im Hintergrund, und ich drehte die Bierflasche zwischen meinen Fingern, während ich Tyler aus verengten Augen fixierte. Am liebsten hätte ich ihm meinen Mittelfinger gezeigt, aber das hätte ihn bestimmt nur angestachelt. Doch der Einzige, der fehlte, war Dylan, und ich fragte mich, wo er heute Abend war. Sonst ließ er sich auch keine Party oder Möglichkeit entgehen, zu viel zu trinken und irgendein Mädchen abzuschleppen.

»Ty!«, mahnte ihn Liam und auch Cassia, die dicht neben ihm saß, schickte ihm Todesblicke zu.

»Halt einfach die Klappe!«, sagte sie.

Tyler verdrehte die Augen. »Okay, okay ... Also Wahrheit oder Pflicht, wunderschöne Elodie?«

Ich biss die Zähne zusammen. Bisher hatte ich noch keine Sekunde Zeit gehabt, um durch das Haus zu wandern, und nach etwas zu suchen, was mir weiterhelfen konnte. Wenigstens hatte ich niemanden auf dem Weg mit Cassia zu dem Verbindungshaus der *Alpha Veneficus* gesehen, der mich verfolgt hätte. Aber welcher gute Verfolger würde sich schon zeigen, außer er wollte es? Ich war mir allerdings sicher, hätten Caspian oder Nero mich gesehen, sie hätten mich sofort zurück in mein Wohnheimzimmer geschleift, also fühlte ich mich sicher. Einigermaßen sicher. Sobald sie bemerkten, dass ich nicht zu Hause war, war ich hoffentlich schon wieder auf dem Weg zurück in unser Wohnheim.

»Wahrheit.«

Tylers Grinsen wurde boshaft, seine Augen funkelten vor Schadenfreude. »Hast du Vale gefickt?«

»Oh mein Gott, Tyler, was bist du für ein Arschloch?«, fragte Oliver und warf eine Handvoll Chips auf ihn. Tyler gluckste vor Freude. Dennoch entging mir nicht, wie mich trotzdem jeder erwartungsvoll anschaute.

»Natürlich habe ich das nicht«, gab ich zurück, was technisch gesehen auch der Fall war.

»Du musst die Wahrheit sagen, Lügen gelten nicht«, sagte Tyler wie das Kleinkind, das er war. Ich verdrehte die Augen und stand auf.

»Ich muss pinkeln.«

»Schreibst du Vale und sagst ihm, dass wir euch durchschaut haben?«, rief Tyler mir hinterher und ich konnte es doch nicht lassen und zeigte ihm meinen Mittelfinger, den ich über meine Schulter nach hinten ausstreckte. Ich hörte nur noch sein bescheuertes Lachen, als ich aus dem Wohnzimmer lief und die Tür des Gästebads im Erdgeschoss ansteuerte. Mein Blick fiel zur Treppe, die nach oben zu den Schlafzimmern führte. Ich wusste nicht, welches Zimmer wem gehörte, weil ich noch nie hiergewesen war, aber eventuell war das meine Chance?

Vielleicht erzählte ich einfach, dass ich mir den Magen verdorben hatte und deshalb länger gebraucht hatte. Also entschied ich aus dem spontanen Impuls heraus, der mich schon so oft richtig geführt hatte, und stieg zügig die Treppe nach oben. Im Flur war kein Licht eingeschaltet. Für einen Moment brauchten meine Augen, um sich an die Dunkelheit zu gewöhnen. Ich hörte die Stimmen der anderen unten im Wohnzimmer, lauschte, doch vernahm nichts, als wären alle Zimmer hier leer. Das Licht eines vorbeifahrenden Autos warf Schatten wie gruselige Fratzen an die Wände, ehe alles erneut in tiefer Dunkelheit lag.

»Hey.« Ich zuckte zusammen, als ich die Stimme hinter mir hörte, und drehte mich schnell um. »Was machst du hier oben?«, fragte Oliver. Sein großer Körper war nur ein Schemen, der sich langsam auf mich zubewegte.

»Ich brauchte mal einen Moment zum Durchatmen für mich«, log ich und schlang die Arme um meinen Oberkörper. »Und draußen war es mir ein wenig zu kalt.«

»Tyler und die anderen können ganz schöne Wichser sein, ich weiß, aber im Grunde sind sie harmlos«, sagte Oliver und blieb vor mir stehen. Ich legte den Kopf in den Nacken und versuchte, seine Gesichtszüge in der Dunkelheit zu erkennen. Harmlos. Wusste er nicht von der Aktion im Schwimmbad, bei der sie mich am liebsten ertrunken auf dem Boden des Schwimmbeckens gesehen hätten?

»Welches Zimmer gehört dir?«, fragte ich stattdessen. Oliver nickte zu einer Tür hinter mir.

»Komm mit«, sagte er, steuerte darauf zu, öffnete sie und ließ mich eintreten. Er schaltete ein schummriges Licht auf dem Schreibtisch unter dem Fenster ein und ich erkannte ein Doppelbett, eine

Kommode, ein paar Bilder an der Wand und Pokale auf Regalen von seinen sportlichen Erfolgen. Ein Foto, auf dem er mit einer Frau mittleren Alters zu sehen war, während er noch deutlich jünger wirkte. Ich trat näher und schaute es mir genauer an.

»Ist das deine ...«

»Mom, ja«, vervollständigte er und stellte sich direkt hinter mich. »Sie ist gestorben, da war ich fünfzehn.«

»Das tut mir leid«, flüsterte ich, spürte seine Nähe in meinem Rücken und wusste nicht so recht, was ich davon halten sollte.

Also lief ich weiter, entdeckte auf seinem Schreibtisch einige Zeichnungen von Menschen, Pflanzen und Tieren.

»Wow, die sind ziemlich gut«, sagte ich und nahm das oberste Blatt in die Hand. Oliver setzte sich auf den Bettrand und beobachtete mich. »Du könntest auch Kunst studieren.«

Er lachte auf und fuhr sich durch sein Haar. Zum ersten Mal fiel mir auf, dass er irgendwie müde wirkte. »Sag das meinem Vater.«

»Wir sollten nicht für unsere Eltern lernen, sondern für uns«, erwiderte ich leise, weil ich ihn in diesem Moment auf eine Art und Weise verstehen konnte. Mein Blick fiel zu dem Fenster, zu der Nacht, die sich über das gesamte Gebiet des Campus und den angrenzenden Wald gelegt hatte.

Jede Aussicht auf die Baumgrenze schickte eine Gänsehaut über meinen Körper. Ich wandte die Augen ab, legte die Blätter zurück, drehte mich um und lehnte mich gegen den Schreibtisch.

»Schreiben deine Eltern dir nicht vor, was du zu tun und zu machen hast?«, fragte Oliver.

Die alten Narben der Erinnerungen brannten Furchen in mein Hirn. »Nein, tun sie nicht.« Weil sie es nicht mehr konnten. Weil sie tot waren und ich schuld daran trug.

»Das muss befreiend sein«, sagte er und legte sich zurück, starrte zur Decke. Ich schaute mich weiter in seinem Zimmer um, entdeckte eine Seite an ihm, die mir bisher gar nicht aufgefallen war. Vielleicht weil ich ihn bis zu diesem Zeitpunkt nie richtig angeschaut hatte. Wir sprachen über Oberflächliches, aber hatten nie tiefer gesehen. Weil ich ihn ausgeschlossen hatte und selbst kein Interesse gehabt hatte, dass mir jemand anderes etwas bedeuten könnte. Ich blockte Menschen ab, was ich verdammt gut konnte. Außer bei Caspian und Nero, zumindest körperlich.

Als ich mich erneut zum Schreibtisch umdrehte, bemerkte ich eine Schublade, die halb offen stand. Als hätte er noch schnell etwas daraus hervorgeholt oder reingeschmissen.

»Manchmal frage ich mich, ob ich nicht einfach abhauen sollte«, redete er weiter, während mein

Blick wie automatisch an dem bronzefarbenen Siegel hing, das auf einem Stapel Blätter lag.

Ich schluckte, spürte das Schlagen meines Herzens bis in meine Kehle. Zu gerne hätte ich die Schublade noch weiter aufgezogen, um richtig sehen zu können, was sich dahinter verbarg. Ob es das war, was ich dachte oder es mir nur einbildete. Ob meine Finger die gleichen Linien nachfahren würden, die mich mein gesamtes Leben bereits begleiteten, mich verfolgten.

»Würdest du mitkommen?«, fragte er und ich schaute zu ihm zurück. Er hatte sich erneut aufgesetzt und wartete auf eine Antwort. Plötzlich gab mein Smartphone in meiner Hosentasche das Geräusch einer einkommenden Nachricht von sich.

»Entschuldige«, sagte ich und zog es hinaus.

Nero: Komm verdammt nochmal aus dem Zimmer dieses Jungen und beweg deinen hübschen Arsch hier runter zu mir, Wild!

Fuck. Im Augenwinkel sah ich eine Bewegung und lehnte mich nach vorne, um aus dem Fenster sehen zu können.

Nero stand auf der Straße neben dem Haus vor einem mattschwarzen Motorrad, an dessen Griff ein Helm mit dunklem Visier hing. Er starrte nach oben, direkt zu mir hoch, direkt durch meine Augen in meine Seele.

»Was ist los?«, fragte Oliver, stand auf und spähte über meine Schulter zu Nero. Ich sah förmlich, wie er den Kiefer noch fester aufeinanderpresste und die Hände zu Fäusten ballte.

»Oh fuck«, murmelte Oliver und trat einen Schritt zurück. »Ist das jetzt dein Freund?«

»So würde ich ihn nicht unbedingt bezeichnen.«

»Er sieht scheiße wütend aus.«

Ich zuckte nur mit den Schultern. »Ist nicht mein Problem.«

»Ich habe irgendwie einen anderen Eindruck. Willst du ... willst du hierbleiben? Soll ich mit ihm sprechen?«

Für einen kurzen Moment dachte ich darüber nach, Oliver runterzuschicken, damit ich mir dieses verdammte Ding in seiner Schublade richtig anschauen konnte, doch das wollte ich Oliver wirklich nicht antun.

Ich lehnte mich zurück, versteckte mich halb in der schummrigen Dunkelheit in Olivers Zimmer. Doch auf einmal drangen Stimmen an mein Ohr. Laute Stimmen. Wütende dunkle Schreie.

23

Elodie

Oliver und ich eilten die Treppe nach unten und nach draußen. Dort hatte sich bereits eine kleine Menge Menschen versammelt und einen Kreis gebildet.

Ich drückte ein paar Leute vor mir zur Seite, bis ich die Mitte erkannte. Nero stand mit verschränkten Armen dort und wirkte mehr als genervt. Dylan befand sich ihm gegenüber, er trug immer noch den dunklen Hoodie von vorhin, nur dass die Kapuze diesmal nicht seinen Kopf und sein Gesicht bedeckte.

Er wirkte verdammt wütend und hob die Faust in Neros Richtung. »Sag mir, wo ihr ihn habt! Was ihr mit ihm gemacht habt!«, schrie Dylan und ich konnte mir keinen Reim aus seinen Worten machen.

Nero seufzte. »Keine Ahnung, was du meinst, Junge. Geh ins Haus, schnapp dir ein Bier und ein hübsches Mädchen und verbring einen schönen Abend.«

»Fick dich!«, schrie Dylan aufgebracht. Die Situation könnte jeden Moment eskalieren, auch wenn Nero nicht den Eindruck machte, als wäre er groß von Dylans Drohungen beeindruckt. »Ich weiß, dass ihr da drin steckt! In allem!«

»Gott«, murmelte Nero und seufzte. »Langsam aber sicher nervst du mich.«

»Verschwinde hier!«, schrie Dylan, er wirkte immer aufgebrachter. Die Anspannung, die in alle Umstehenden gefahren war, war förmlich greifbar.

Neros Blick fand meinen, ehe er erneut zu Dylan schaute. »Weißt du was, wenn ich es mir so recht überlege, will ich noch gar nicht gehen«, sagte Nero und zwinkerte Dylan zu. »Vielleicht nehmen wir einfach einen Drink zusammen und wenn du Glück hast, vergesse ich deinen lächerlichen Auftritt.«

Nero wandte sich ab und lief auf mich zu. Dylan zögerte. Man sah ihm an, dass er sich am liebsten auf Nero gestürzt und ihm eine verpasst hätte. Aber er traute sich nicht. Irgendwie gab mir das ein Gefühl von Genugtuung. Dylan, machtlos, sein Gesicht zu einer unsicheren Grimasse verzogen. Er hatte es so etwas von verdient. Obwohl ich nicht wusste, ob es wirklich eine gute Idee war, wenn Nero das Verbindungshaus betrat und so tat, als hätte er jedes Recht hier zu sein.

Nero kam auf Oliver und mich zu, und die Menge drehte sich zu ihm, als könnte sie nicht fassen, was hier gerade passierte. Ich hatte angenommen, dass er mich sofort zurück nach Hause schleppen würde, doch stattdessen, wandte er sich an Oliver.

»Erstens, Finger weg von ihr«, sagte er knurrend. Oliver nickte schnell und trat einen Schritt von mir weg, hob die Hände, als hätte er gar nichts gemacht. Ich schnaubte genervt. »Zweitens, kriegt man bei euch noch ein Bier?«

Oliver schaute mich nervös an und ich wusste selbst nicht, was ich erwidern sollte. »Ich ... wir ... wollen wir nicht lieber ...«, begann ich, aber Nero prustete nur belustigt.

»Gott, seid ihr jungen Leute verklemmt. Dabei trennen uns gerade mal fünf Jahre, was ist in dieser kurzen Zeit mit eurer Generation passiert?« Er verdrehte die Augen, packte meine Hand, schob sich an allen vorbei und ging in das Innere des Verbindungshauses. Ich hatte gar keine Wahl, als mich von ihm hinterherziehen zu lassen.

»Was soll das?«, zischte ich in seine Richtung, als wir die Veranda betraten.

»Nichts, ich habe Lust, auszugehen. Mit dir.« Er deutete ins Innere des Hauses und ließ mir den Vortritt, ehe er erneut nach meiner Hand griff und die offene Wohnküche ansteuerte. »Bier gibt es bestimmt hier, oder?«

Ungeniert riss er den Kühlschrank auf, lehnte sich hinein und nahm zwei Flaschen, wovon er eine mir reichte. Die Leute von eben, Cassia, Liam, Tyler und die anderen vom Team, ebenso Dylan und ein paar Weitere, die draußen gestanden hatten, kamen uns nach. Die Musik wurde wieder lauter gedreht und auch wenn sich Dylan auf der anderen Seite des Raumes postierte und misstrauisch zu uns rübersah, taten alle anderen so, als wäre das hier eine ganz normale Hausparty. Als wäre Nero nicht so fehl am Platz wie ein Fuchs im Hühnerstall.

Cassia und Liam kamen auf uns zu. Sie schaute neugierig, aber nicht ängstlich zu Nero, während Liam zurückhaltender wirkte. »Hey, du bist der Kämpfer«, sagte sie frech und Nero setzte ein unverschämtes sexy Grinsen auf, das ich ihm am liebsten aus dem Gesicht geschlagen hätte. Was völlig bescheuert war, denn Cassia war meine Freundin und Nero wollte mich sicherlich nur provozieren, wenn er mit anderen flirtete. Außerdem sollte es mich rein gar nicht stören, selbst wenn er es tat! Aber ... Gott, meine Gefühle verwirrten mich, fuhren Achterbahn.

»Das bin ich.« Er schenkte Liam nur einen knappen Blick. »Und du die, die meine Kleine zu dem Kampf geschleppt hat«, erwiderte er mit einem leicht rauen Unterton.

»Deine ... deine Kleine?«, stotterte Cassia belustigt und schaute zwischen uns hin und her.

»Das ... nein, ich bin nicht seine Kleine!«, erwiderte ich nachdrücklich und Nero hob nur grinsend die Augenbraue, ehe er an seinem Bier nippte.

»Wenn du das sagst«, murmelte er und ich verengte die Augen zu Schlitzen, als ich ihn kurz ansah.

»Ich muss mal, und du kommst mit«, sagte Cassia und zog mich hinter sich her, nachdem sie Liam und Nero ein knappes Lächeln geschenkt hatte. Ihr Freund wirkte nicht gerade erfreut, alleine mit ihm sein zu müssen.

Sie knallte die Badezimmertür zu und lehnte sich mit dem Rücken dagegen. »Du und er? Ihr zwei? Was? Wann?«, entfuhr ihr und ich verschränkte die Arme vor der Brust.

»Wir sind gar nichts.«

»Er scheint anderer Meinung zu sein.«

»Er will mich nur verarschen«, gab ich zurück.

»Habt ihr euch geküsst?« Ich zögerte, leckte mir über die trockenen Lippen und Cassia lachte auf. »Noch mehr?« Als ich immer noch nicht antwortete, riss sie die Augen auf. »Wieso erzählst du mir das nicht?«, fragte sie lachend.

»Keine Ahnung, er ist nicht hier auf dem College und älter und ...« *Gefährlich*.

»Na und, vielleicht fünf Jahre oder so, außerdem ist er super heiß und war mal hier auf dem College, zumindest sagt man sich das. Und er ist ein Freund von Vale, kennt ihr euch daher?«

Ich räusperte mich. Irgendetwas musste ich mir einfallen lassen, vor allem, um sie da nicht mit reinzuziehen. »Ja, wir haben uns ein paar Mal in Vales Büro getroffen und naja, sind was trinken gegangen und ... aber wir sind nicht zusammen!«

Cassia zuckte mit den Schultern. »Was nicht ist, kann ja noch werden.«

»Auf gar keinen Fall!«, protestierte ich, doch sie schenkte mir nur ein wissendes Grinsen.

»Ich sehe es, wenn ein Mädchen auf einen Typen steht und vor allem«, sie trat einen Schritt zur Seite. »Wenn ein Kerl noch viel mehr auf das Mädchen steht.«

Ich wollte etwas dagegen sagen, benennen was es war, das Nero und mich verband, aber ich hatte kein einziges Wort dafür als Beschreibung übrig. Es war viel zu verworren. Also blieb ich stumm.

Sie öffnete die Tür und deutete in Richtung Flur. »Na los, ich kann es kaum erwarten, mit euch beiden hier zu feiern! Was für eine Überraschung, das wird Dylan und den anderen schön das Maul stopfen.«

Zumindest das hoffte ich tatsächlich. Sie hatten es sowas von verdient und zum ersten Mal hatte ich das Gefühl, sicher zu sein. Weil ich jemanden hatte, der auf mich aufpasste. Oder zog er mich nur tiefer und tiefer in dieses ganze Schlamassel?

»Komm her.« Nero ließ sich auf einen der Sessel sinken und zog mich auf seinen Schoß. Ich hatte rein gar keine Chance, etwas dagegen zu tun. Während die Party immer ausladender wurde, die Menschen betrunkener, wollte ich einfach nur noch nach Hause. Doch Nero schien es zu genießen. Die Aufmerksamkeit, die auf uns lag, die misstrauischen und feindseligen Blicke der Kerle aus dem Hockeyteam. Vor allem Dylan, Tyler und Clive standen immer noch am anderen Ende des Raumes und schauten ständig zu uns rüber. Ich sah, wie fest sie ihre Bierflaschen hielten, wie angespannt ihre Körper waren, wie schneidend ihre Blicke.

»Hast du Probleme mit ihnen?«, fragte Nero, schlang seinen Arm um meine Taille und zog mich dichter an sich. Ich konnte nicht abstreiten, dass mein verräterischer Körper sofort auf ihn reagierte. Sein Daumen strich beständig an meiner Seite auf und ab und ich versuchte zu ignorieren, was das in mir veranstaltete. Seine andere Hand legte sich besitzergreifend auf meinen Oberschenkel und selbst der dicke Jeansstoff reichte nicht aus, um die Hitze, die von ihm ausging, zu dämpfen.

»Sie sind einfach nur Idioten.«

»Was haben sie dir angetan?« Neros Stimme war auf einmal alles andere als belustigt. Seine Muskeln spannten sich an, sein Griff wurde ein wenig fester.

Plötzlich fuhr seine Hand von meiner Hüfte zu meinem Nacken und ein Schauer erfasste mich, als er mich zwang, ihn anzusehen. »Ich frage nur noch einmal, bevor ich die kleinen Wichser selbst frage«, knurrte er. »Und meine Methoden werden bei ihnen nicht so nett sein wie bei dir, Wild.«

Ich atmete tief durch. »Sie haben bisher kaum eine Situation ausgelassen, um mich nicht zu schikanieren. Erst waren es nur dumme Sprüche, die ich gut ignorieren konnte ...« Ich verstummte und wusste nicht, was es in Brand setzen würde, wenn ich Nero davon erzählte. Aber irgendwie hatte ich den Eindruck, er wäre da. Zum ersten Mal war da jemand, der sich um mich kümmerte, als würde ich ihm wirklich etwas bedeuten. Egal, wie falsch und krank es war. Ich verlagerte das Gewicht auf seinem Schoß, spürte seinen Griff um meinen

Nacken, seine große Hand auf meinem Oberschenkel. Er war überall. Fest und warm und stark. Und selbst wenn es ein Trugschluss war, selbst wenn er nur sein Spiel mit mir trieb, für einen kurzen Moment wollte ich mich der Hoffnung hingeben, dass es jemanden geben könnte, der sich um mich kümmerte und nicht nur nett war, weil es ihm von Nutzen war. Ich senkte den Blick, konnte ihm nicht mehr in die Augen schauen.

»Cas und ich haben gesagt, dass du ab sofort uns gehörst. Wir passen auf das auf, was uns gehört«, sagte er und meine Augen ruckten zurück zu seinen. In seinem Blick lag keine Dunkelheit, ich sah nicht das Tier, sah kein Funken der offensichtlichen Lüge, die hinter seinen Worten lag. Es fühlte sich ehrlich an und ich musste schlucken.

Plötzlich drückte mich Nero an meinem Nacken näher zu ihm, und ich ließ mich bereitwillig von ihm führen. Seine Hand glitt weiter in meine Haare, an meinen Hinterkopf, legte sich fast sanft darum, als er seine Lippen auf meine presste. Vor allen anderen. Und es war mir egal. Es war mir egal, wer über uns reden würde, weil das taten sie ohnehin bereits. Nur er und ich zählten. Inmitten der Menschen, die ich bis auf Cassia, Oliver und Liam, verachtete. Seine Zunge schob sich in meinen Mund, den ich für ihn öffnete. Der Kuss intensivierte sich, ich krallte mich mit den Fingern in sein Shirt und spürte, wie er unter mir hart wurde. Sein fester Körper presste sich an meinen, ein dunkles Keuchen entwich ihm und seine freien Finger fuhren meinen Oberschenkel ein Stück nach oben in Richtung meiner pochenden Mitte. Sein Daumen war gefährlich nahe an der Stelle, die sie wie verrückt nach seiner Berührung sehnte. Es war mir egal, wer uns sah, egal, wie sie über uns lästern würden, egal, ob das alles Neros Plan war. Ich gab mich ihm hin und wäre bereit, alles zu tun, nur um weiterhin zu fühlen, was er mit mir anstellte.

Doch er löste sich von mir und schaute mich weiterhin unverwandt an. Meine Lippen fühlten sich geschwollen an und ich leckte mir darüber, schmeckte immer noch ihn. »Hör auf das zu tun«, knurrte er. »Sonst ficke ich dich an Ort und Stelle vor allen anderen.«

Sofort explodierte Verlangen in jeder meiner Zellen und ich hielt ganz still, ehe ich ihm von der Sache mit dem Schwimmbad erzählte. In knappen Worten, doch es reichte aus, dass Nero sich immer weiter anspannte und seinen Blick verdüsterte, der zu Dylan glitt. Er würde ihn umbringen. Das sah ich deutlich aus der wütenden Finsternis, die seine Augen verdunkelte. Ich wollte nicht seinen Tod, aber ich wollte dennoch, dass Dylan und die anderen für ihre Taten zur Rechenschaft gezogen werden.

»Weißt du, weshalb ich das Kämpfen angefangen habe?«, fragte Nero auf einmal und schaute mich erneut an.

»Nein«, flüsterte ich, aber ich konnte es mir denken.

»Wegen solchen Arschlöchern wie denen da drüben.« Er nickte zu ihnen, damit sie unmissverständlich wussten, dass wir über sie sprachen. »Ich war es leid, schwach zu sein, herumgeschubst zu werden, und aus dem ...« Er zögerte und ich sah ihm sichtlich an, dass es ihm schwerfiel, darüber zu sprechen. Ich fuhr mit der Hand über seine Brust zu seinem Nacken, strich sanft über den Übergang seines Haaransatzes. War da. So wie er es für mich war. »Aus dem *Ort*, aus dem ich komme, wird Schwäche bestraft. Jedes einzelne Mal, wenn du sie zeigst.«

Ich erinnerte mich an die kleinen Narben, die Neros Körper übersähten, die Tattoos, mit denen er versuchte, sie zu verstecken. Meinte er das damit? Was hatte er erlebt, um so zu werden, wie er war? Was hatte Frankensteins Schöpfung erlebt, um ein Monster zu werden?

»Als ich stark genug war, habe ich jeden einzelnen büßen lassen und auch wenn es Menschen gibt, die behaupten, man ist nicht besser als sie, wenn man das gleiche tut ... das ist Bullshit. Stärke, Macht, all das ist unser Motor, unser

Antrieb.« Ich schaute zurück zu Dylan, hörte Neros flüsternde Stimme in meinem Ohr wie der Teufel, der auf einer meiner Schultern saß. »Wenn du könntest, würdest du ihn zerquetschen, ihn leiden lassen für das, was er dir angetan hat, was er anderen antut, das sehe ich in deinem rasenden Blick. Und es tut gut, das herauslassen zu können. Lass mich dein Werkzeug sein«, wisperte er rau, und ich widmete ihm wieder meine Aufmerksamkeit. »Ein Wort von dir und ich lasse ihn büßen.«

Verdammt. Was bot mir Nero hier an? Wollte er ihn töten? Oder ihn nur ein wenig aufziehen, ihm zeigen, dass Dylan keine Macht hatte? Ich war kurz davor, ja zu diesem Angebot zu sagen, ohne mir Gedanken über die Konsequenzen zu machen. Die Leute um uns herum tanzten, feierten, lachten, tranken, während ich überlegte, was für ein schlechter Mensch ich wäre, wenn ich Nero diese Freigabe gab. Wenn ich das Tier an Ort und Stelle freilassen würde, das auf meine Befehle hörte.

Doch ich schüttelte den Kopf. »Er ist es nicht wert«, flüsterte ich.

Nero nickte. »Alles, was du wünschst«, erwiderte er rau und stand plötzlich auf. »Komm, lass uns nach Hause gehen, ich habe genug von hier.«

Er griff nach meiner Hand und ich verschränkte meine Finger bereitwillig mit seinen. Heute hatte er sich ein Stück vor mir offenbart, mir etwas anvertraut und ich schenkte ihm dafür ein kleines Lächeln. Er hielt inne, strich mit dem Daumen über meine Lippen, während die Finger seiner anderen Hand meine fester drückten. »Ich mag es, wenn du lächelst«, sagte er rau und lehnte sich zu mir, führte seinen Mund an mein Ohr, sein Atem kitzelte auf meiner heißen Haut. »Auch wenn mein krankes Ich deine Tränen noch ein wenig mehr mag, Wild.« Sofort reagierte mein Körper wieder auf seine Stimme, seinen Duft nach Leder und seinem herben Parfüm. Er lehnte sich zurück und schmunzelte wissend, ehe wir zu Cassia, Liam und Oliver gingen, um uns zu verabschieden.

Oliver warf mir einen seltsamen Blick zu, den ich nicht deuten konnte. »Kann ich dich morgen anrufen?«, fragte er mich leise.

Ich ignorierte, dass Neros Finger sich fester um meine anspannten. »Klar, jederzeit«, erwiderte ich und versuchte, so zu tun, als wäre diese ganze Situation nicht total verrückt.

Danach durchquerten wir das Wohnzimmer, bis ich meinen Namen hörte, der wie ein Schimpfwort klang. »Thorn!«

Und plötzlich ging alles wahnsinnig schnell.

24

Nero

Dylan hatte Elodies Arm gepackt. Hart. Und ich drehte mich ruckartig zu ihm um. Hätte er es auf sich beruhen lassen, ich hätte zumindest heute Abend so getan, als würde ich mich zurückhalten. Auch wenn ich ihn sicherlich die kommenden Tage noch einmal alleine besucht hätte, egal, was Elodie sagte.

Doch das war ein Schritt zu viel.

Elodie versuchte, ihren Arm aus seinem Griff zu winden, ihr Gesicht war schmerzverzerrt. »Ihr werdet alles zugeben, jetzt sofort«, schrie Dylan, als wäre er besessen. Lästige kleine Fliege, die keine Ruhe gab.

»Lass. Sie. Los«, erwiderte ich ruhig, beherrscht, auch wenn es in mir ganz anders aussah. Ich würde ihn töten. »Sofort.«

Ich drehte mich zu ihm, stand ihm gegenüber und glücklicherweise löste er seinen Griff und stolperte einen Schritt zurück. Hinter ihm befanden sich seine jämmerlichen Freunde, diese kleinen Idioten, die dachten, die Welt gehörte ihnen, weil sie beliebt an einer Schule waren und ihnen Daddy ein ordentliches Taschengeld gab. Dabei wussten sie einen Scheiß von dieser Welt. Sie kannten nicht die Dunkelheit, die Schatten, sie wussten rein gar nichts darüber, was Menschen für Dinge wie Macht, Sex oder Geld taten. Oder nur, um ihre inneren Triebe zu befriedigen. Mein innerer Trieb war es, ihm die Knochen aus seinem Leib zu prügeln.

»Komm doch!«, sagte er tatsächlich zu mir, hob die winzigen Fäuste und ich musste lachen.

»Sind dir in fünf Minuten Eier gewachsen, oder was soll das?«, fragte ich und die Menge bildete erneut einen sensationsgierigen Kreis. Menschen waren alle gleich, blutdürstige Tiere, die von dem Leid anderer lebten. Ich schloss mich da nicht aus.

Ich schob Elodie ein Stück hinter mich, als ich sah, dass Dylan das Gewicht verlagerte. Ein eindeutiges Indiz dafür, dass er einen Angriff starten würde, was er auch umgehend tat. Er holte aus, doch er war so langsam, dass es für mich wirkte wie in Zeitlupe. Ich wich ihm aus, musste erneut lachen und hob die Hände.

»Ist das dein verdammter Ernst? Das ist alles?« Wut verzerrte Dylans Gesicht. Ich liebte es, wenn ich mein Gegenüber reizen konnte. Wut konnte ein guter Motor sein, aber war auch der größte Feind eines Kämpfers. Wut machte kopflos, rasend, man verlor den Fokus auf das große Ganze.

Dylan holte erneut aus und seine kleinen Freunde feuerten ihn an. Ich lehnte mich zur Seite und schubste ihn an seiner Schulter, sodass er zurücktaumelte und seine Leute ihn auffingen.

»Nur fürs Protokoll«, sagte ich laut in die Menge, die uns beobachtete. »Ich habe nicht angefangen, ich möchte, dass ihr das bemerkt.«

»Nero!«, rief auf einmal Elodie hinter mir und ich drehte mich zu ihr. Einer von Dylans Freunden hatte sie gepackt und hielt ihr ein Messer an die Kehle. Er zitterte, als sein Blick meinen traf. Er hatte Angst und das war eine verdammt schlechte Ausgangslage. Er könnte sie aus Affekt schneiden. Der Spaß war vorbei, ich merkte, dass die eine Hälfte meines Seins wich, Platz machte für etwas Dunkleres, etwas Ursprünglicheres, das mit langen Klauen an der dicken Mauer meiner Kontrolle kratzte. Meine Instinkte verschärften sich, ich hörte Dylan hinter mir, der gleich einen neuen Angriff starten würde, sah Elodie, die angsterfüllt die

Augen aufriss und diesen Typen, der sie umfasste. Es fühlte sich an, als würde ich in einem dunklen Tunnel stehen. Es gab nur zwei Seiten. Alles andere blendete ich aus wie bei meinen Kämpfen im Käfig.

»Lass sie jetzt sofort los und ich werde mich zurückhalten.« Es war eine Lüge. Ich würde sie töten. Alle.

Sein Blick ruckte zu Dylan hinter mir. »Nein! Du wirst sofort von hier verschwinden und nie wiederkommen! Ohne deine kleine Freundin, sie bleibt hier, sonst ist sie tot!«, schrie dieser.

Ich drehte mich zu ihm um und schenkte ihm ein eiskaltes Lächeln. »Wenn dein Freund sie nicht gleich loslässt, dann passiert das mit ihm«, sagte ich, packte Dylan blitzschnell, der überrascht aufschrie. Meine Faust krachte ohne Vorwarnung in seine hässliche Visage. Knochen knackten, Blut quoll aus seiner Nase, Panik brach in der Menge aus. Ich schlug erneut, wieder und wieder, Dylans Körper prallte auf den Boden und ich stürzte mich auf ihn. Er versuchte, mich mit seinen Armen abzuwehren, aber er hatte keine Chance. Der Geruch seines Blutes füllte den Raum, meine Lungen. Ich sah rot. Nur noch rot. Meine Hände prasselten auf ihn nieder, alle schrien, während das Blut mir ins Gesicht spritzte, ich fühlte, wie das Leben aus Dylans Körper wich. Fühlte die Macht, die ich über ihn hatte. Fühlte die Stärke, die meine Muskeln zum Zerreißen anspannte.

Es war, als hätte jemand einen Schalter betätigt und etwas in mir geweckt, das sonst schlief, sich nun reckte und gähnte, während der Durst nach Blut größer und größer wurde.

»Nero!«

Ich schlug weiter. Dylans Gesicht war eine groteske Maske aus Blut, Fleisch und knirschenden Knochen. »Nero!« Immer wieder hörte ich eine Stimme hinter mir, leise, immer lauter werdend. Eindringlich. Meine Schläge wurden langsamer. Stoppten. Dylan war bewusstlos geworden, doch sein Brustkorb hob sich immer noch leicht. Er war nicht tot. Wie schade.

»Nero«, wisperte Elodie und griff nach meinem Arm, mein Blick ruckte zu ihr. Der Typ, der sie bedroht hatte, war zurückgewichen. Alle schauten panisch und geschockt auf uns.

»Lasst euch das eine Lehre sein«, sagte ich schweratmend und sah jedem dieser kleinen Wichser ins Gesicht. »Wenn ihr sie noch einmal ansprecht, sie nur einmal anschaut, endet ihr genauso wie er, vielleicht noch ein wenig schlimmer.« Ich stand auf, schaute auf meine aufgeplatzten, blutigen Fingerknöchel. Es war mir egal. Auch dass ich unüberlegt etwas riskiert hatte, nur um Elodie zu schützen. Ich würde es wieder tun.

»Komm, wir müssen hier weg«, sagte sie mit zitternder Stimme.

»Und keine Videos, ich finde euch«, knurrte ich erneut und wandte mich auch an die anderen. Doch selbst wenn etwas im Umlauf war, ich nahm nicht an, dass Sterling irgendwas gegen uns unternahm. Wieso sollte er auch?

Ich packte Elodies Hand und zog sie nach draußen zu meinem Motorrad, gab ihr den Helm, der am Lenker hing. »Aufziehen.«

Sie tat endlich einmal sofort das, was ich ihr befahl und ich stieg auf, rutschte nach vorne, sodass sie auf dem Sozius hinter mir Platz nehmen konnte. Das Adrenalin peitschte immer noch durch meine Venen, füllte mein Blut und meine schwarze Seele.

»Festhalten«, sagte ich und fasste nach ihren Händen, führte sie um mich und legte sie auf meinen Bauch. Ich spürte ihren Körper, der sich an mich drückte, ihren rasenden Herzschlag an meinem Rücken, ihren schnellen Atem. Gott, war es krank, dass mich das Adrenalin, das Blut und das Gefühl, ihres festen, kleinen Körpers an mir mich hart machte? Ziemlich. Aber es lebte sich einfacher, wenn man sich eingestand, dass man kaputt war und rein gar nichts mehr dagegen ausrichten konnte.

25

Abgrund

Caspian

Schwere Schritte vor der zerkratzten Holztür wurden lauter. Isabella drückte sich dichter an mich, ich spürte das leise Schluchzen, das ihren ausgemergelten Körper zum Beben brachte. Fest schlang ich meine Arme um sie und hob den Kopf, mein Blick war ohne zu Blinzeln auf die Tür gerichtet. Als könnte es irgendetwas ändern, wenn ich mich vorbereitete. Es würde verdammt nochmal nichts ändern.

Mir war kalt und ich spürte die ausgefransten Wunden der Peitschen immer noch auf meinem Rücken. Sie hatten sie extra nicht versorgt, weil sie mich für das letzte Mal büßen lassen wollten. Nur weil ich meine Schwester hatte schützen wollen, dennoch hatten sie ihr Ziel verfehlt. Ich würde es jederzeit wieder tun. Ich würde jederzeit wieder diesen brennenden Schmerz ertragen, der mich innerlich zerriss, wenn ich wusste, dass ich es wenigstens versucht hatte. Sie würden mich nicht brechen. Nicht, so lange Isabella noch hier an meiner Seite war.

Der Schatten ging vorüber und leise atmete ich erleichtert aus. »Sch.« Ich strich über Isabellas strähniges, blondes Haar. »Alles wird gut«, sagte ich mehr für mich selbst als für sie.

Die Feuchtigkeit des Lochs, in dem wir auf dünnen Matratzen auf dem Boden saßen, durchdrang alles. Sie überzog unsere Haut und hielt die dreckigen Klamotten klamm und kalt an unseren dürren Körpern. Auch das würde mich nicht brechen. Sie konnten es gerne versuchen, es schürte meine Wut auf sie nur noch mehr.

Neue Schritte erklangen. Schritte von mehreren Menschen. Erneut spannte sich jeder brennende Muskel in mir an und ich drückte Isabella fester an mich. Sie hielten vor unserer Tür und ihr entwich ein neues Schluchzen.

Das Holz gab mit einem Knarren nach, als die Tür geöffnet wurde. Für einige Herzschläge musste ich gegen das Licht aus dem Flur blinzeln, das die Eindringlinge als Schemen umfloss.

»Hallo Caspian«, sagte eine Stimme wie rauer Samt. Ein Mann trat in den Raum, hinter ihm folgten zwei weitere. Die Schlächter.

»Wie geht es euch?«, fragte er und ich spuckte ihm vor die Füße, während das Zittern in Isabellas Körper zunahm. Sie drückte ihren Kopf fest gegen meine Brust. Uns trennten gerade mal zwei Jahre. Ich war dreizehn. Sie deutlich zu jung, um so etwas wie hier durchmachen zu müssen. Ich hätte sie besser schützen müssen.

Der Mann lachte rau. »Immer noch so viel Temperament? Ich bin beeindruckt.« Er stellte sich vor uns, verschränkte die Hände vor sich und betrachtete uns, als wollte er die Ware prüfen, ehe er sie verkaufte. Als wollte er sichergehen, dass wir noch etwas Geld wert waren.

»Du kannst dich uns immer noch anschließen, wir brauchen starke Männer wie du einer werden wirst.«

»Eher werde ich sterben«, antwortete ich verächtlich.

»Schade, was wird dann aus deiner Schwester?«

Gänsehaut zog sich über meinen Körper und ich unterdrückte den Schwall der Angst, der mich für einen Augenblick lähmte. Es war ein Wunder, dass sie uns überhaupt so lange zusammengelassen hatten.

Einer der Schlächter betrat ebenfalls den Raum. Ich machte mich bereit. Alessandro und ich hatten einen Plan. Wir würden es schaffen. Es war ihr Fehler, dass sie uns alle für eine Stunde am Tag zusammen rausließen. Sie wollten sehen, wer von uns der Stärkere war, wer überlebte, während sich die anderen zerfleischten. Doch Alessandro und ich hatten das früh kapiert. Wir hatten einen Plan geschmiedet, den wir bald umsetzen würden. Wenn sie uns keinen Strich durch die Rechnung machten.

»Mir ist da etwas zu Ohren gekommen«, sagte der Mann und ich schluckte die Säure hinunter, die sich in meinem Mund ausbreitete. »Stimmt es, dass du denkst, du könntest abhauen?«

Ich antwortete ihm nicht, mein Blick bohrte sich mit heißer Wut in seine Augen. Ich wünschte, ich könnte ihn damit verbrennen.

Plötzlich ging es ganz schnell. Einer der Schlächter stürzte sich auf mich, schlug mir direkt ins Gesicht und zog mich von Isabella weg. Sie schrie. Ohrenbetäubend. Angsterfüllt. Während der andere sie packte und von mir wegzerrte.

Meine Stimme gehörte nicht mir, das Knurren kam tief aus meiner Brust, als ich mich wehrte, um mich schlug, trat, versuchte, zurück zu meiner Schwester zu kommen. Der Mann lachte, als wir auseinandergetrieben wurden wie dumme Schafe.

»Nein! Nein! Lasst sie hier!«, schrie ich, als ich sah, wie sie Isabella nach draußen zogen. Sie wandte sich in dem festen Griff, aber sie hatte keine Chance. Heiße Tränen liefen meine Wangen hinunter, Verzweiflung packte mich, füllte mich aus, ließ mich stärker werden als sonst. Ich schlug meine Faust in den Magen des fetten

Schlächters. Er sackte für einen Moment zusammen, doch der Mann stellte sich vor mich, schnitt mir den Weg mit dem Lauf seiner Waffe ab. Ich könnte es beenden. Ich könnte sterben. Aber was würde dann aus Isabella werden?

Also blieb ich stehen. Meine Zähne knirschten so laut, dass ich dachte, sie würden zerbrechen.

»Na na na, du wirst doch nicht so dumm sein, oder?«, zischte er. Der Schlächter packte mich von hinten, griff in meine Haare und drückte mich auf den Boden. Ich ließ es zu. Der Mann hielt mir seine Hand hin. Ich sah den Ring, der im schwachen Licht glänzte. Ich sah das Siegel. Die verschlungenen Linien, die ineinanderfanden.

»Küss ihn«, sagte er rau, als würde ihn der Sieg über einen heruntergekommenen, hungrigen Jungen erregen. »Los. Küss ihn, zeig uns deinen Dank.«

Ich spuckte erneut vor seine Füße und kassierte einen Tritt des Schlächters in meine Nieren. Der Schmerz explodierte in meinem Körper. Der Schmerz und die Wut.

»Küss ihn, und vielleicht bekommst du deine Schwester wieder.«

Brennender Hass floss durch meine Venen, ließ die Ränder an meinen Augenwinkeln rot glühen. Meine Finger verkrampften sich zu Fäusten. Irgendwann würde meine Zeit kommen. Irgendwann würde meine Rache kommen.

Ich lehnte mich langsam nach vorne. Presste meine trockenen, rissigen Lippen auf den Siegelring. Es fühlte sich an, als würde er mich einäschern.

»Gut so, braver Junge«, lobte er mich und ich zog mich sofort wieder zurück. »Aber leider warst du viel zu kratzbürstig seitdem du hier bist«, sprach er weiter »Du brauchst eine weitere Lektion.«

Der Schlächter zog mich an den Haaren hoch und ich unterdrückte einen Schmerzensschrei. »Zehn Peitschenhiebe, vielleicht änderst du dann deine jämmerliche Einstellung. Und deine Schwester bleibt eine Nacht im Abgrund.«

»Nein!«, schrie ich. »Gebt mir dreißig Schläge und lasst sie zurück zu mir!«

Der Mann lachte. Ich würde sein Lachen nie wieder vergessen. Es verfolgte mich am Tag wie in der Nacht. »Na gut, dreißig Schläge«, sagte er und ich wollte schon erleichtert ausatmen, als er meine Wange tätschelte. »Aber deine Schwester bleibt trotzdem bei uns. Vielleicht behalte ich sie sogar für immer, als mein persönliches Spielzeug.«

26

Elodie

Ich hatte keine Ahnung, wohin Nero in rasendem Tempo fuhr, aber definitiv nicht zu meinem Wohnheim. Wir verließen den Campus und befuhren eine düstere Straße, die sich durch den Wald schlängelte, hinauf auf einen Berg, der außerhalb der Stadt und der Universität lag. Ich klammerte mich fest an ihn, konnte immer noch nicht fassen, was er mit Dylan gemacht hatte, wie er ihn zugerichtet hatte. Obwohl ich doch wusste, wie er seine Gegner bei seinen Kämpfen verwundete.

Einerseits machte ich mir Sorgen, was es für Konsequenzen haben würde, für ihn und auch für mich. Aber andererseits ... hatte ich rein gar kein schlechtes Gewissen. Nero hatte sie gewarnt, mehrmals. Er hatte ihnen die Chance gegeben, unbeschadet aus der Sache rauszukommen, aber sie hatten sie nicht genutzt. Im Gegenteil. Ich spürte immer noch die kalte Schneide des Messers an meiner Kehle und das war im Gegensatz zu dem, was Nero mit mir machte, alles andere als ein gutes Gefühl gewesen.

Ich drückte den Kopf an seinen Rücken, duckte mich hinter ihm gegen den harten Fahrtwind, der sich anfühlte wie der Druck einer festen Mauer aus Eisen. Nero beschleunigte erneut, legte sich mit seinem Motorrad und mit mir tief in die Kurven. Es war, als suchte er immer noch vergeblich nach dem Rausch des Adrenalins, aus Angst davor, dass es irgendwann abflachte.

Ich hatte keine Ahnung, was mich auf einmal erfüllte. Aber die Bewegungen seines harten Körpers, das Spiel seiner Bauchmuskeln, als er sich in eine weitere Kurve legte, so tief, dass ich das Gefühl hatte, wir rutschten weg, ließ mich mutig werden. Verlangen schoss durch mich hindurch wie brennende Pfeil, die alles befeuerten. Er hatte sich für mich eingesetzt. Für mich.

Meine Hände fuhren tiefer über den dünnen Stoff seines Shirts, seine offene Lederjacke flackerte im Wind. Nero spannte sich an, als ich den Bund seiner Jeans fand und über die Beule darunter strich. Er war hart. Und beschleunigte auf einer Geraden so heftig, dass ich mich an ihm festklammerte, weil ich das Gefühl hatte, auf der Stelle von dem Motorrad zu rutschen. Mein Magen sank kribbelnd ab, als säße ich in einer Achterbahn. Dennoch presste ich meinen Handballen enger auf seine Erektion, seine eine Hand löste sich von dem Lenker und legte sich darauf, rieb mit mir gemeinsam fest auf und ab, als konnte er es nicht erwarten, mit mir an seinem Ziel angekommen zu sein.

Ich nahm an, dass er uns auf direktem Weg zu seiner Hütte fuhr, und es war mir egal. Ich wollte das hier. Auch wenn ich Caspian meine Jungfräulichkeit versprochen hatte, würde ich alles tun, was Nero von mir verlangte, nur um das Gefühl, das er mir gab, weiter spüren zu können.

Es fühlte sich an wie fliegen und ich schloss die Augen, während die Lust träge wie Gift durch meine Venen floss, mich in Besitz nahm wie Nero und Caspian es vom ersten Moment an getan hatten.

Doch plötzlich verlangsamte er das Tempo und nahm unsere Hände gemeinsam von seiner Hose, drückte meine zurück auf seinen Bauch, als er abbog und vor einem eisernen Tor stehenblieb. Okay, das war definitiv nicht seine Blockhütte.

Er tippte einen Zahlencode in ein Terminal ein und das verschnörkelte Eisentor schwang auf. Langsam rollte er auf eine Kieseinfahrt, während es sich hinter uns wieder schloss.

Vor mir erstreckte sich ein Anwesen, das mich augenblicklich sprachlos machte. Es war eine eindrucksvolle Mischung aus moderner Architektur und klassischer Herrschaftlichkeit. Das Gebäude bildete eine perfekte Harmonie aus Glas, Stahl und Stein.

Die Fassade wurde durch eine Beleuchtung hervorgehoben, die vom Boden ausgehend die architektonischen Highlights betonte und dem gesamten Anwesen eine surreale Optik verlieh. Das Mondlicht spiegelte sich im raumhohen Glas und die Kieseinfahrt führte an sorgfältig gestalteten Gärten vorbei. An einer Seite des Hauses erhaschte ich einen Blick auf eine moderne Terrasse, die einen schimmernden Außenpool umgab.

Nero steuerte eine Garage auf der rechten Seite eines gigantischen Hauses an. Als wir weiterfuhren, konnte ich nicht anders, als die Atmosphäre zu bewundern, die von diesem Ort ausging. Er schien dunkle Geschichten zu erzählen, Geschichten von Macht, Rätseln und einer Welt, die mir bisher unbekannt war. Ich spürte eine Mischung aus Ehrfurcht und Neugier, als wir uns der Garage näherten, und fragte mich, welche Geheimnisse hinter diesen imposanten Mauern lauerten. Es konnte nur Caspian gehören, denn alles hier schrie förmlich nach ihm.

Auch die Garage glitt auf und Nero parkte das Motorrad darin. Ich stieg ab und zog den Helm von meinem Kopf, während ich unbeholfen dastand und den weißen, makellosen Boden und die Wände betrachtete. Wie erwartet, stand Caspians schwarzer Tesla hier, also war meine Vermutung bestätigt.

»Komm«, sagte Nero und fasste erneut nach meiner Hand, nachdem er den Helm an den Lenker gehängt hatte. Wir betraten das Haus durch eine breite Stahltür, die ebenfalls durch ein Zahlenterminal gesichert war. Alles hier wirkte undurchdringlich, als könnte man sich hier im Wald verschanzen, wenn die Welt unterginge.

»Schatz, ich bin zu Hause, und ich hab Essen mitgebracht!«, rief Nero in das stille Innere. Ich musste mir ein Augenrollen unterdrücken.

Der Eingangsbereich allein war schon beeindruckend, ich wollte nicht wissen, wie das ganze Haus aussah. Die Decke zwei Stockwerke hoch und das Glas überall ließ am Tag sicherlich genug Licht hinein. Es gab eine schwebende Treppe, nur mit der Wand verbunden, die zu den oberen Räumlichkeiten führte. Moderne Kunstwerke und Skulpturen zierten den Bereich und den Flur, als wir weiterliefen und das offensichtliche Herz des Hauses betraten.

Der Raum war gigantisch, mit einem offenen Kamin, der ihn in Wohn- und Essbereich teilte, und eleganten, schwarzen Möbeln. Jedes Stück schien sorgfältig ausgewählt zu sein, die wandhohe Glasfront bot einen atemberaubenden Blick über die Lichter der Stadt, die man von dem kleinen Hügel, auf dem sich das Haus befand, fantastisch sehen konnte. Der Wald fasste den Garten ein wie eine Begrenzung.

»Du siehst beschissen aus«, sagte plötzlich Caspian hinter uns und wir drehten uns um. Nero ließ mich immer noch nicht los, und ich hatte keine Ahnung, wie ich nun reagieren sollte. Das Verlangen war abgeflacht, und mir wurde bewusst, was hier gerade passierte. Ich war geradewegs in die Höhle des Raubtiers gelaufen, ich hatte mich nicht einmal gewehrt.

Nero schaute auf die Knöchel seiner freien Hand. »Ich kann nichts dafür, frag Elodie.«

Caspian verdrehte die Augen, als wäre er genervt. »Hast du dich bei dem, was du getan hast, erwischen lassen?«

Nero schürzte die Lippen. »Definiere erwischen lassen.«

»Grundgütiger«, seufzte Caspian und sein Blick ruckte das erste Mal zu mir. Sofort spannte sich jeder kleinste Muskel in mir an, als er auf mich zuging. Doch bevor er vor mir stehenblieb, umrundete er uns und lief die schmale Treppe nach unten in den Wohnbereich zu einer Bar in einer Ecke. Das Kaminfeuer flackerte und mir fiel auf, wie durchgefroren ich durch die Fahrt war. Ein leichtes Zittern der Kälte mischte sich in die Aufregung.

»Na los, geh dich waschen«, sagte Caspian, ohne sich umzudrehen, während er eine bernsteinfarbene Flüssigkeit in ein Glas füllte. »Ich habe keine Lust auf fremdes Blut auf meinen Möbeln.« Ich konnte nicht fassen, mit was für einer Leichtigkeit das Caspian sagte.

Nero drückte meine Finger. »Ich würde dich ja einladen, mit zu duschen, aber ich nehme an, Caspian und du habt noch etwas zu klären.« Er ließ mich los, zwinkerte mir noch einmal zu und verließ den Wohnbereich über den Flur. Ich stand wie ein Reh im Scheinwerferlicht inmitten des Raumes, als Caspian sich umdrehte und an seinem Glas nippte. Mich von oben bis unten betrachtete, quälende, endlose Sekunden lang.

»Ein Gästebad ist im Flur, du kannst dich ebenfalls frisch machen.« Das war kein Angebot, sondern ein Befehl. Den ich nur zu gerne nutzte, um seiner Präsenz zu entkommen.

Ich zögerte nicht, drehte mich um und fand die Tür zum Bad. Anthrazitfarbene Fliesen, ein moderner Waschtisch aus hellem Eichenholz, eine Toilette und eine ebenerdige Dusche befanden sich in dem quadratischen Raum. Ich stellte mich vor den breiten Spiegel und inspizierte mein Äußeres. Der Wind hatte meine Haarspitzen, die unter dem Helm herausgeschaut hatten, völlig zerzaust. Ich wusch mir die Finger und versuchte, die Knoten in meinen Haaren und das aufgeregte Zittern meiner Hände einigermaßen zu bändigen. Ich warf einen letzten Blick in den Spiegel und redete mir ein, dass ich genau das gewollt hatte. Ich wollte ihnen näherkommen, um sie von innen heraus zu zerstören. War es mir gelungen?

Mein Blick klebte an den Kunstwerken, ehe ich zurück ins Wohnzimmer ging, doch dieses war nun leer. Stattdessen erkannte ich Caspian, der draußen auf der Terrasse stand und Richtung Stadt schaute. Er hatte die Hände in die Tasche seiner Anzughose geschoben, die Ärmel seines weißen Hemdes waren hochgekrempelt. Seine Silhouette wurde durch den beleuchteten Pool besonders in Szene gesetzt, aus dessen Wasser warme Rauchschwaden aufstiegen, als wäre er beheizt.

Nero war immer noch nicht zu sehen, ich sammelte meinen gesamten Mut und ging auf die breite Fensterfront zu. Mein Herz schlug heftig gegen die Alarmglocken in meinem Innern an. Doch ich trotzte diesen, auch wenn sie bei jedem Schritt, den ich näher zu Caspian trat, lauter wurden.

Ich schob die Terrassentür zur Seite und betrat die hellgrauen Steinfliesen, ging zu Caspian, der mich immer noch nicht eines Blickes würdigte. Irgendwie hatte ich das Gefühl, etwas beschäftigte ihn, aber ich hatte keine Ahnung was. Irgendetwas schien ihn nach unten zu drücken, so weit, dass er noch stiller, noch düsterer wirkte als sonst. Schatten zeichneten seine Züge.

Ich stellte mich neben ihn, umklammerte meinen Oberkörper, was mich ein wenig gegen die Kälte und das Zittern schützen sollte. »Ist ... alles in Ordnung?«, fragte ich leise. Es erfolgte keine Reaktion. »Es tut mir leid, dass Nero mich hergebracht hat, ich kann verstehen, wenn dich das stört.« Ich trat von einem Bein auf das andere. »Ich bestelle mir gleich ein Uber, dann bin ich in zehn Minuten weg.« Weil er immer noch nicht reagierte, zog ich mein Handy aus meiner Jackentasche und entdeckte eine Nachricht von Cassia.

Cassia: »Süße, sag bitte Bescheid, dass es dir nach allem, was passiert ist, gut geht!«

Ich schrieb umgehend zurück.

Elodie: »Ja, alles in Ordnung, ich komme gleich nach Hause, du brauchst dir keine Sorgen machen!«

Außerdem entdeckte ich eine Nachricht von Oliver. In dieser stand nur: *»Sei vorsichtig«*. Ich schrieb ihm nicht zurück. Stattdessen erschien eine neue Nachricht von Cassia, doch diesmal war es nur ein Link zu einer Webseite. Mit rasendem Herzen klickte ich darauf und gelangte auf die Seite unserer Schulzeitung.

Ich überflog den Artikel und Worte setzten sich in meinem Hirn fest, die eine Übelkeit in mir verursachten. *Celine. Tot. Leichnam. Gedenkfeier.*

Noch ein Mädchen. Ich schaute zu Caspian, der sich immer noch nicht rührte, gedankenverloren gerade aus starrte. War Nero nur sein Ablenkungsmanöver, damit er Celine unauffällig aus dem Weg schaffen konnte? War das alles geplant gewesen, war ich ihr Alibi und deshalb heute Abend hier? Irgendetwas hatte er mit dem Verschwinden der Mädchen zu tun. Ich musste nur endlich dahinterkommen was. Um Hannah zu rächen, um alle, denen es gleich gegangen war, zu rächen.

Plötzlich war es, als ginge ein Ruck durch Caspian. »Hast du dir ein Uber gerufen?«, fragte er und sah mich direkt an.

Mein Mund wurde trocken. »Ja«, erwiderte ich langsam. »Es wird gleich kommen.«

Er kam auf mich zu, packte mein Kinn und zog mein Gesicht nach oben zu ihm. »Du bist eine schlechte Lügnerin, ich glaube, das weißt du.«

Wussten sie es? Wussten sie alles? Meine Finger verkrampften sich, meine Nägel drückten sich tief in meine Haut. »Du bleibst heute Nacht hier.« Damit ließ er mich los und ging an mir vorbei ins Innere. Perplex schaute ich ihm nach und erkannte Nero, der zurück ins Wohnzimmer kam. Er trug frische Klamotten, ein schwarzes Shirt und dunkle Jeans. Die beiden unterhielten sich kurz, Caspian wirkte wütend und auch Neros Züge zeichnete plötzlich Besorgnis. Aber nur kurz, als Nero an die Terrassentür trat, war er wie immer. Locker. Entspannt.

»Komm rein, es ist scheißkalt. Ich mach dir etwas zu essen.« Verflogen war das Gefühl der Lust, verdrängt von den vielen Fragen, die mich beherrschten, von der Angst, die durch meine Venen rauschte, von der Ungewissheit, ob ich die nächste war, ob ich diese Nacht überleben würde. Wenigstens konnte ich mit Nero ein wenig besser reden als mit Caspian. Würde er mir einige meiner Fragen beantworten? Ich hatte keine Ahnung, aber ich musst es versuchen. Also schrieb ich Cassia noch schnell, dass ich doch erst morgen heimkam und ging auf Nero zu, der mir seine Hand hinstreckte.

27

Elodie

Nachdem Nero mir ein Sandwich in der Küche gemacht hatte, die größer war als unsere Wohnung im Wohnheim, hatte er mir eines der Gästezimmer im oberen Stockwerk gezeigt. Ich hatte mich oberflächlich mit ihm unterhalten, wir hatten nicht mehr über heute Abend gesprochen, aber auf dem Weg nach oben fragte ich ihn, ob er wüsste, was Caspian bedrückte. Er antwortete nur, dass es da einiges gab.

Außerdem wollte ich von ihm wissen, ob er Celine kannte, aber er verneinte. Natürlich tat er das.

Auf dem Bett lag ein Nachthemd aus Seide und ich fragte mich, wieso Caspian so etwas hier hatte und wer es vor mir getragen hatte. Doch als ich das Schild eines teuren Kaufhauses sah, das mir zeigte, dass es neu war, zog ich es an. Ich hatte kurz überlegt, mich zu weigern, hier zu bleiben, und zurück ins Wohnheim zu fahren, aber vielleicht war das hier die einzige Chance, die ich bekam, meine Fragen zu beantworten. Endlich einen Schritt weiterzugehen und mich nicht mehr im Kreis zu drehen.

Also hatte ich mich brav in das gigantische Kingsize Bett unter die weichen Laken gelegt, hatte gehört, wie jemand einige Male auf dem Flur auf- und abgelaufen war, als würde er kontrollieren wollen, dass ich noch da war. Meine Tür öffnete sich zwar nicht, dennoch konnte ich nicht schlafen. Ich wälzte mich von links nach rechts, lauschte auf jedes Geräusch, auf jedes Ächzen der Holzbalken, auf jedes Knacken der Äste, die durch den Wind gegen die Fenster und die Hauswand schlugen. Regen prasselte an die Scheiben, ein Sturm war herangerauscht, genauso wild, genauso ungezähmt wie der in meinem Innern.

Ich blickte auf mein Smartphone und erkannte, dass es kurz nach Mitternacht war. Also schlüpfte ich aus dem Bett und drückte die Klinke meines Zimmers nach unten, seufzte vor Freude leise auf, weil es nicht abgeschlossen war. Sie hielten mich also nicht wie eine Gefangene fest. Das alles passte irgendwie nicht zusammen. Keiner der Männer hatte mich heute Abend noch berührt, nicht einmal Nero hatte sich mir körperlich genähert und mir nur einen Kuss auf die Stirn gedrückt, als er mein Zimmer verlassen hatte. Wollten sie mich in Sicherheit wiegen? Ganz bestimmt.

Ich lauschte einige Herzschläge lang ins Innere des Hauses, doch vernahm kein Geräusch von Caspian oder Nero.

Auf Zehenspitzen schlich ich über den weichen Teppichboden. Hier oben gab es vier Türen, aber das Risiko war zu groß, dass ich in einem der Schlafzimmer landete, in denen Caspian oder Nero schliefen. Also begann ich meine Suche im Erdgeschoss. So leise, wie ich konnte, zog ich Schubladen von Kommoden im Flur auf und kramte mich durch Krempel und für mich nutzlose Dinge, die es in jedem Haushalt zu finden gab. Auch wenn mir erneut auffiel, dass Caspian ein unglaublicher Pedant war, der jedes kleinste Teil in Fächern einsortierte, jedes Vorratsglas in seiner Küche mit dem Inhalt beschriftete. Ich war kurz davor alles durcheinanderzubringen, nur um ihn zu ärgern.

Ich ging weiter ins Esszimmer, nichts. Im Wohnzimmer glimmte immer noch der Rest des

Feuers im Kamin, der Holzgeruch erfüllte den gesamten Innenraum des Hauses und verbreitete eine wohlige Atmosphäre. Trügerische Sicherheit.

Auch hier war nichts Verdächtiges, aber neben dem Wohnzimmer führte noch ein weiterer, schmaler Flur ab. Im ersten Zimmer war eine Bibliothek zu finden, die ich mir später anschauen musste, denn im Zweiten stand ich in einem Arbeitszimmer. Bingo.

Für einen Moment hatte ich das Gefühl, oben Schritte gehört zu haben, aber als ich innehielt, war es so ruhig wie eben. Leise betrat ich das Zimmer und schloss vorsichtig die Tür hinter mir. Wo sollte ich anfangen? Ich umrundete den dunklen Schreibtisch, der dem in Caspians Büro in Ashford ähnelte. Ich zog Schubladen auf, wühlte mich durch haufenweise Papierkram, doch hier gab es nichts, das ihn auf irgendeine Art und Weise belastete. Auch die Kommode und der Aktenschrank gaben rein gar nichts preis. Ich fand Lernunterlagen, Prüfungsvorbereitungen und weiteres Zeug, das er für seinen Job als Dozent brauchte.

Ich hatte keine Ahnung, wie lange ich schon gesucht hatte, aber langsam wurde die Zeit knapp. Irgendwann wären die beiden wach und ich hätte vielleicht nie wieder die Gelegenheit, irgendetwas zu suchen.

Ich lehnte mich gegen das Bücherregal, schloss kurz die Augen und erinnerte mich an den Moment, als Caspian zum ersten Mal seine Maske fallen ließ. Wir uns zum ersten Mal körperlich nähergekommen waren.

Ich drehte mich um, legte die Hände an das Regalbrett und versuchte, mich zu erinnern. Hatten sie irgendwann einmal irgendetwas gesagt, dass mir hier weiterhalf? Irgendeine Anmerkung, irgendein Spruch?

Doch mir fiel nichts ein. In meinem Kopf herrschte eine unglaubliche Leere.

Ich ließ den Blick über das Bücherregal schweifen, über die Klassiker der Literatur, die Caspian hier sammelte. Ich zog hier und da ein Buch heraus und schlug es auf, in der Hoffnung, dass dort etwas zu finden war. Nichts. Verdammt. Meine Zuversicht schwand. Bis meine Augen etwas erfassten, dass irgendwie nicht zu passen schien. Ich trat einen Schritt zurück. Die Bücher waren nach Größe angeordnet, was zu Caspians extrem ordentlichem Charakter passte. Aber da, in einem Regal über meinem Kopf gab es eine Reihe, die nicht zusammen zu passen schien. Ich stellte mich auf die Zehenspitzen und fuhr über das Regalbrett, spürte leichte Kratzer auf dem Holz, als ob die Bücher dort oft herausgezogen wurden. Ich griff nach dem ersten, aber da war nichts, auch das zweite und dritte war leer, doch dann. Mein Herz schlug schneller, als ich das vierte, eine schwere Enzyklopädie, herauszog und sie mir förmlich entgegenfiel. Die Seiten klafften auf. Mein Atem stockte. Mein Mund wurde trocken.

Bilder segelten auf den Boden. Fotografien. Verschwommen. Teilweise markiert. Rote Kreuze über Gesichter. Frauen. Studentinnen. Viele Studentinnen. Ich ging in die Hocke und griff nach den anderen Bildern, legte das Buch zur Seite. Der Wind peitschte den Regen gegen die Fenster, ich zuckte zusammen, als ein Donnerschlag die Scheiben vibrieren ließ. Doch meine Augen hingen fest an den Bildern. Geschockt presste ich meine Hand auf meinen Mund, um nicht loszuschreien. Frauen auf dreckigen Matratzen in irgendeinem Keller. Fast nackt, nur in Unterwäsche bekleidet. Sie schauten angsterfüllt in die Kamera, saßen auf dem Boden und hatten die Arme hilflos um ihre Beine geschlungen, ihren Rücken fest gegen die Wand gepresst. Es wirkte wie ein Katalog oder eine Trophäensammlung. Ich griff nach dem nächsten Bild. Mein Herz blieb für einige Sekunden stehen, ehe es noch schneller weiter schlug. Hannah. Blaue Flecken schimmerten auf ihrer hellen Haut. Ein Schluchzen entfuhr meiner Kehle, Tränen brannten in meinen Augen, ich strich sie hastig weg, wollte meinen Blick nicht von ihr abwenden. Da hatte ich meine Antwort, ob sie vor ihrem Tod gelitten hatte. Ja. Hatte sie.

»Du hättest nicht hier schnüffeln sollen, Vögelchen«, hörte ich auf einmal Caspians raue Stimme hinter mir und schreckte zusammen. Blitzschnell drehte ich mich um, der Teppich kratzte über meine nackten Knie.

Caspian lehnte am Türrahmen, hatte die Arme verschränkt. Zum ersten Mal sah ich ihn in einer legeren dunklen Jogginghose und einem schwarzen T-Shirt, doch das war nicht das, was mich irritierte. Es war sein Blick. Eiskalt. Nero erschien neben ihm, das Tier war zurück, all die Wärme, die er mir heute Abend gezeigt hatte, war der dunklen Leere gewichen.

»Ach, Wild ...«, seufzte er gequält.

»Ihr Monster«, flüsterte ich schluchzend.

»Wir sind alle Monster«, erwiderte Caspian, als wäre das offensichtlich.

»Aber nicht so wie ihr. Diese Frauen ...« Ich packte die Bilder, schmiss sie ihnen entgegen, sie segelten vor ihre Füße auf den Boden. »Ihr wart es, ihr wart es die ganze Zeit!«, schrie ich und stand auf. Mein Blick suchte eine Fluchtmöglichkeit. Die Tür führte raus auf die Terrasse, wenn ich schaffte, sie zu erreichen, dann könnte ich entkommen. Ich könnte weglaufen und allen hiervon erzählen. Es endlich beenden. Vielleicht war ich die Einzige, die das konnte.

»Sprich nicht über etwas, von dem du keine Ahnung hast«, sagte Caspian kalt.

Nero ging einen Schritt auf mich zu. »Wir haben dich mehr als einmal gewarnt, dass du bei uns nicht sicher bist, du wolltest trotzdem nicht hören.«

»Celine ... sie ... war eure Letzte, oder? Deshalb warst du vorhin so nachdenklich, oder? Du hast sie heute umgebracht und sie dann wie Abfall in den Wald geschmissen! Wie Hannah!« Meine Stimme war laut und schrill und kratzte in meinem Hals, doch ich konnte mich nicht mehr zurückhalten.

»Sag uns, Vögelchen.« Caspians Stimme klang ruhig und beherrscht, scharf, als könnte er damit Glas zerschneiden. »Wie bist du uns auf die Schliche gekommen? Sag uns wenigstens das.«

Ich dachte an den Beweis, der gut verstaut in der hinteren Ecke meines Schrankes darauf wartete, ausgepackt zu werden. Hannahs Tagebuch. Das einzige Indiz, das ich gegen sie in der Hand hatte und wusste, es würde trotzdem nicht ausreichen.

Nero näherte sich mir, doch ich reagierte umgehend. Ich stürzte los, hörte schwere Schritte und ein Fluch hinter mir. Mit zitternden Händen zog ich die Terrassentür auf, tauchte in den Regen ein, der wie kleine Geschosse auf mich niederprasselte. Ich rannte los, war in wenigen

Sekunden durchnässt. Meine nackten Füße traten patschend in tiefe Pfützen auf dem Rasen des Gartens. Ich spürte ihre Anwesenheit hinter mir, hörte ihr Rufen, meinen Namen, doch ich rannte noch schneller, versuchte, den Wald zu erreichen, ehe sie mich erreichten. Dort hatte ich eine Chance, dort konnte ich mich irgendwie verstecken.

Meine Lungen brannten wie Feuer, das Adrenalin und die Angst kochten in meinem Blut.

Endlich. Ich tauchte in den dunklen Wald ein, sprang über Wurzeln und Äste, die meine Fußsohlen aufrissen, doch ich rannte weiter. Ich musste. Diesmal würde ich schlauer sein, nicht wie beim letzten Mal stürzen. Ich! Durfte! Unter! Keinen! Umständen! Stürzen!

Für einen Moment drehte ich mich um und schaute hinter mich. Ich hatte sie abgehängt. Oder war auch das nur ein Trugschluss?

Der Regen war so stark, dass er selbst durch das dichte Blätterdach der Bäume drang. Schlamm klebte an meinen Füßen, als ich weiterlief. Meine Muskeln schmerzten, mein Körper zitterte vor Kälte, doch meine einzige Chance war dieser Moment. Auch wenn ich keinen Beweis hatte, ich musste es zurück nach Ashford schaffen.

Als ich dachte, weit genug gerannt zu sein, wurde ich ein wenig langsamer, stützte mich an den rauen Baumstämmen der massiven Kiefern ab, meine Atmung sprengte förmlich meine Lungen. Ich drang immer tiefer in den Wald, es wurde dunkler, kälter. Das Seidenhemd war komplett durchnässt, meine Haare hingen mir in Strähnen ins Gesicht und ich schob sie fahrig zur Seite.

Und plötzlich hörte ich sie. Stimmen. »Flieg Vögelchen, ich habe dir schon einmal gesagt, dass wir dich mit Freuden immer wieder einfangen werden und es kaum erwarten können, deine Flügel zu stutzen.«

Ein tiefes, raues Lachen erklang und Panik schob sich meine Kehle hinauf, hinterließ ein Schluchzen, das ich unterdrückte. Ich presste mich gegen einen der dicken Stämme, versteckte mich. Hatte keine Ahnung mehr, wo ich war. Wo sie waren. Alles sah gleich aus. Alles war gleich, die Schwärze verschluckte mich.

»Macht es dir genauso viel Spaß wie uns?« Nero. Dunkel und böse, Erregung ließ seine Stimme zittern.

Ich musste weiter. Kraftlos drückte ich mich von dem Stamm weg und lief weiter, schaute mich immer wieder überall um, doch ich konnte niemanden erkennen. Sie konnten unmöglich wissen, wo ich mich befand. Es war zu düster und ich bewegte mich vorsichtig, durch das leicht knackende Laub, das mir die Füße und die Knöchel zerkratzte.

Plötzlich trat eine dunkle Gestalt hinter einem der Bäume hervor und stellte sich vor mich. Sein breites Kreuz, die dominante Haltung, der Blick, der mich innerlich zerriss und trotz meiner Angst etwas in mir auslöste. Ich hasste mich selbst dafür in diesem Moment. »Na, Kleines, wohin willst du denn?«, fragte Nero und mein Blick wanderte weiter, auf der Suche nach Caspian. Er musste irgendwo sein.

»Wenn ihr mich umbringen wollt, dann macht es wenigstens schnell!«, schrie ich gegen das prasselnde Rauschen des Regens an und hob das Kinn. Obwohl die Angst in jede einzelne meiner Poren drang, würde ich nicht flehen. Ich würde auch ihnen nicht das geben, nach was sie sich verzehrten.

»Willst du nicht betteln, dass wir dir dein Leben lassen?«, fragte Nero belustigt und kam einen weiteren Schritt auf mich zu. Ich entdeckte einen massiven Ast vor meinen Füßen und hob ihn auf, hielt ihn wie einen Baseballschläger in meiner Hand. Nero lachte, das Geräusch hallte dröhnend durch den Wald, prallte an den dicken, grauen Baumstämmen ab. »Was willst du denn damit?«

»Mal sehen, komm näher und du wirst es herausfinden.«

»Oh, Wild«, sagte er mit einem Zungenschnalzen. »Vorhin warst du so anschmiegsam, so angeturnt, was ist passiert?«

»Was passiert ist?«, fragte ich und lachte ungläubig auf. »Ich weiß jetzt, dass ihr Mörder seid!«

»Natürlich sind wir das.« Nero schüttelte grinsend den Kopf. »Ich hätte Dylan getötet. Für dich. Und das hätte dich nicht gestört, also wieso ist das etwas anderes?«

»Ich will nicht, dass du jemanden für mich tötest! Ich will nicht, dass du überhaupt jemanden tötest!«, schrie ich und hob den Ast in seine Richtung, als er immer näherkam.

»Der Tod gehört zum Leben dazu, oder nicht? Genauso wie die Lügen, bittersüße Lügen, die dir doch gefallen haben, oder? Zumindest so lange, wie du sie für dich benutzen konntest, oder Catalina?« Mein gesamter Körper spannte sich bei dem Namen an. Übelkeit kroch meine Speiseröhre hinauf, brannte sich ätzend seinen Weg nach oben. Ich hasste hasste hasste diesen Namen. »Oder soll ich lieber Cat zu dir sagen? Wir sind uns schließlich so nahe, dass wir Spitznamen benutzen können.«

»Halt den Mund«, flüsterte ich und schloss für einen Moment die Augen. Ich wollte nichts mehr hören, vor allem nicht diesen Namen. *Catalina. Catalina. Oh du süße Catalina.* Ich unterdrückte ein

Würgen, spürte, wie mir vorsichtig der Ast aus meinen Fingern gezogen wurde. Ich ergab mich. Ich konnte nichts mehr tun. Der Wunsch erfüllte mich. Ich wollte sterben.

»Ach, Wild«, wisperte Nero und strich mit dem Daumen eine Träne von meiner Wange, die sich mit dem Regen über uns mischte. Langsam öffnete ich die Augen, in seinen stand immer noch die gleiche Kälte wie gerade eben.

Auf einmal schlang sich eine andere Hand von hinten um meine Taille, legte sich auf meinen Mund, drückte mich an seinen festen Körper. »Außerdem«, wisperte Caspian mir in mein Ohr und ein Schauer zog sich durch meinen Nacken. »Hast du uns doch schon etwas im Gegenzug für dein Leben versprochen, vergessen?« Seine Hand fuhr von meiner Taille zu meinem Bauch, wieder zurück und grub sich tief in die Haut meiner Hüfte. Schmerzhaft. Mein Keuchen brach an seiner Handfläche.

Plötzlich zog Nero ein Messer hervor. Mein Messer. Er fuhr damit sanft über meine Schläfe, meine Wange, während Caspian mich von hinten immer noch an sich gedrückt hielt. »Also, willst du uns etwa sagen, dass du keine Geheimnisse hast?«

Ich erstarrte, unterdrückte ein Schluchzen und gleichzeitig sehnte sich mein Körper nach mehr. Mehr. Ich wollte, dass Caspians Finger tiefer glitten.

Ich wollte, dass Nero die Schneide des Messers drehte und diese meine angespannte Haut durchdrang. Ich wollte so viel, so viel was keinen Sinn ergab.

Caspian löste seine Hand von meinem Mund und strich hinab zu meiner Brust, berührte erst sanft, dann fester meine Brustwarzen durch den dünnen Stoff des Nachthemdes.

»Es steht dir, ich habe es gewusst«, raunt er und zwickte fest in meine Brustwarze, was mir einen Schrei entlockte. Die Gefühle explodierten in einer undurchdringlichen Masse in meinem Körper, breiteten sich überall in mir aus wie ein todbringender Virus. Das Pochen zwischen meinen Schenkeln war kaum auszuhalten, während Nero mit dem Messer hinunter zum Stoff des Hemdes fuhr und ihn über der Schneide spannte. Das Geräusch, nachdem er zerriss, ließ mich zusammenzucken, als wäre es ohrenbetäubend laut gewesen.

»Du hast uns etwas geschenkt, liebste Elodie«, wisperte Caspian erneut den Namen, den ich für mich ausgesucht hatte. Der mir ein neues Leben beschaffen sollte. Der alles besser machen sollte. »Und wir nehmen dieses Geschenk dankend an«, vervollständige Nero und schnitt oberhalb meiner Brust in meine Haut. Ich spürte das Brennen, als das Messer meine Haut durchdrang und als Nero seinen Mund an die Stelle legte und mit der Zunge mein Blut kostete, während er genüsslich summte, war es um mich geschehen.

28

Elodie

»Du hasst es, wie sehr du uns willst«, wisperte Caspian und fuhr mit seiner Hand endlich tiefer, raffte den Stoff des Hemdes, das mir nur bis knapp zu den Oberschenkeln reichte, zusammen. »Und wir hassen es, wie sehr wir dich begehren, dennoch …« Nero zerriss den Stoff weiter, legte meine gesamte Vorderseite frei, der Regen prasselte auf meine nackte, überreizte Haut, meine aufgestellten Brustwarzen, meinen Bauch, durchnässte das Höschen, das ich trug. »Sind wir alle Tiere und können unsere Triebe oft äußerst schlecht in Zaum halten«, sagte Caspian und strich am Bund meines Slips entlang. Ein Keuchen entwich mir, als Nero sich nach unten lehnte und eine meiner

Brustwarzen hart in seinen Mund saugte. Die Empfindungen, die davon ausging, verteilten sich explosionsartig in meinen Körper, zogen fast schmerzhaft in meine Mitte. Ich wollte das hier. Und gleichzeitig wollte ich es nicht. Ich war zwei Seiten einer Medaille, die sich schwindelerregend im Kreis drehte und drehte und drehte.

Mir wurde schwindelig, als Caspian seine Finger in mein Höschen schob und mich zum ersten Mal berührte, fast sanft über meinen Kitzler zu meiner Spalte strich. »Fuck, du bist so nass für uns, kleine Jungfrau«, raunte er keuchend und teilte meine Schamlippen mit seinem Zeigefinger. Ich wollte ihm entkommen und gleichzeitig presste ich mich fester gegen seine Hand.

Erneut zuckte ich zusammen, als ich einen neuen Schnitt an meiner anderen Brust spürte, dessen Blut Nero auch diesmal aufsaugte. Gott, ich sollte diese unbändige Erregung nicht fühlen, während ich zum Spielball dieser beider Männer wurde, aber ich konnte nicht anders. Ich wandt mich in ihrer Umklammerung, aber nicht mehr, weil ich entkommen wollte, ich wollte mehr. Viel mehr.

Caspian schob gleich zwei Finger in mich, stöhnte leise in mein Ohr, als er tief in mich eindrang. »Ich kann es kaum erwarten, deine Schreie zu hören, wenn du zum ersten Mal meinen Schwanz spürst.«

Nero widmete sich der zweiten Brustwarze, ehe er sich nach oben streckte, meine Haare packte und mich küsste. Ich schmeckte ihn, schmeckte mein Blut auf seiner Zunge und küsste ihn genauso stürmisch zurück, während Caspian es mir immer heftiger mit seinen Fingern besorgte, seinen harten Schwanz von hinten gegen mich presste. Nero schluckte mein Keuchen, als Caspian mit der anderen Hand mein Höschen von meinen Beinen zerrte, zu meinem Arsch wanderte und leicht über den engen Ring des Eingangs strich. Die Empfindungen wurden auf einmal zu viel, ihre Aufmerksamkeit zerriss mich, sprengte mich, bedrängte mich, erstickte mich und gleichzeitig wollte ich nichts lieber als das.

Als ich die kalte Schneide des Messers über meinen Bauch kratzen spürte, war es zu viel. Ich kam in Wellen, die über mir zusammenbrachen, pulsierte um Caspians Finger in mir, während meine Schreie in Neros Küssen untergingen. »Braves Mädchen«, flüsterte Caspian und ließ plötzlich von mir ab. Auch Nero trat einen Schritt zurück und mein Körper gab fast kraftlos unter mir nach. »Los, renn«, raunte Nero mit vor Erregung heiserer Stimme. »Oder hast du es dir anders überlegt? Möchtest du endlich von uns gefickt werden?«

Die Realität schlug zu wie eine Faust. Ich stand hier, förmlich nackt. Ich hatte mich schneiden lassen, mich berühren lassen, ich hatte über all die Lügen hinweggesehen, die sie mir aufgetischt hatten, wusste immer noch nicht, was die Bilder bedeuteten, die ich gefunden hatte. Und dennoch. Dennoch wollte ich in Stücke gerissen werden. Wollte, dass sie es waren, die mich danach wieder zusammensetzten.

»Ich will es immer noch«, meine Stimme war kaum ein Flüstern, doch die beiden hatten mich über den nächsten Donnerschlag nur zu gut verstanden. Neros Blick funkelte dunkel vor Erregung, während Caspian erneut von hinten an mich trat.

»Du wirst deine Entscheidung bereuen, dass ich es war, der dich entjungfert, kleines Vögelchen«, wisperte er und packte mich grob an den Haaren, drückte mich daran auf die Knie auf den Boden und folgte mir. Auf allen vieren kniete ich vor ihnen. Nero strich mir den Fetzen des Nachthemdes von den Schultern. »Stütz deine Hände auf dem Baumstamm vor dir ab«, sagte Caspian, während er über meinen Hintern fuhr. Er nahm plötzlich seine Hand von mir, doch nur kurz, sie prallte mit einem lauten Klatschen auf meine Haut und ich schrie auf. »Fuck, das wollt ich die ganze Zeit schon tun«, keuchte er und ich presste die Augen zu. Der brennende Schmerz verteilte sich von meinem Po, zog in meine überreizte Pussy, die sich nichts mehr wünschte, als endlich ausgefüllt zu werden. Ein neuer Schlag, auf eine andere Stelle, wieder entwich mir ein Schrei.

»Oh ja«, sagte Nero, der immer noch vor mir stand und hob mein Kinn an, damit ich ihn ansehen musste. »Schrei für uns, halt nichts zurück, dich wird hier niemand hören.«

Ich spürte, wie sich Caspians Finger tief in meine Pobacken gruben, er sie auseinanderzog. Sein Mund schob sich dazwischen, seine Zunge teilte meine geschwollenen Schamlippen, drang unbarmherzig tief in meine Enge, während Nero uns weiterhin beobachtete. Das Gefühl staute sich in mir auf, doch Caspian ließ mir keine Zeit für einen zweiten Höhepunkt, kurz vorher zog er sich zurück.

Als ich den Kopf in seine Richtung drehte, sah ich ihn kniend hinter mir, sein Blick verlangend auf meine Pussy gerichtet. Er zog seine Hose samt Boxershorts hinunter, pumpte einige Mal seinen harten Schwanz, ehe seine Augen zu mir glitten, mich förmlich verbrannte.

»Schenk uns deine Schreie«, wisperte auch er dunkel, testete noch einmal meine Feuchtigkeit, in dem er zwei Finger in mich schob, diese aber sofort durch die Spitze seines Schwanzes ersetzte. Er drückte gegen mich, erst nur leicht, während Nero meinen Kopf zurück zu sich zog. Auch er hatte seine harte, mit Venen durchzogene Erektion befreit. »Öffne deinen hübschen Mund für mich, Wild«, wisperte er und ich tat es. Ich ließ mich bereitwillig auf dieses Spiel ein. Nero schob sich im gleichen Moment wie Caspian vor.

»Fuck«, keuchte Caspian. »Sie ist so eng.« Mein Unterleib stand in Flammen, weigerte sich einen kurzen Atemzug gegen Caspians Eindringen in ihn. Als er sich ein Stück zurückzog, atmete ich kurz durch, was mir kaum gelang, weil Nero meine Haare packte und seinen Schwanz noch tiefer in meinen Mund schob.

Caspians Finger gruben sich in meine Hüften, und der Schmerz befeuerte mein Innerstes, ließ mich lichterloh brennen. Brach mich in zwei Teile. Schweiß brach aus meinen Poren aus, als Caspian raunte: »Du machst das gut, verdammt gut.« Nero zog sich zurück, ich schnappte nach Luft, als Caspian sich mit einem tiefen Stoß ganz in mir vergrub. Ich schrie auf, vor Schmerz, vor Lust, vor Scham, vor Verlangen. Caspians Hüfte klatschte grob und rücksichtlos von hinten in mich. Immer wieder trieb er sich in meine Enge, ließ den brennenden Schmerz in meinem Unterleib explodieren. Nero strich über mein Kinn und ich hob den Blick. Sanft fuhr er mit dem Daumen über meine Wange, wischte über Tränen, die sich mit dem Regen vermischt hatten.

»Du bist so ein braves Mädchen«, wisperte er und ich wollte es aushalten. Für ihn. Für sie beide. Für mich selbst. Ich war völlig krank, besessen, völlig in der Lust und dem Schmerz gefangen, während Caspian mich mit harten, tiefen Stößen fickte. Feuchtigkeit lief zwischen meinen Schenkeln meine Beine nach unten, der Regen prasselte unbarmherzig auf uns herunter, doch mir war alles andere als kalt. Ich stand in Flammen. Neros dunkelbraunes Haar klebte ihm feucht in der Stirn, als er weiterhin meinen Blick gefangen hielt, während Caspian mich nahm. »Wunderschön.«

»Gott, du bist perfekt«, keuchte Caspian hinter mir und die Laute, die aus meinem Mund drangen, waren fremd in meinen Ohren und schienen tief aus meinem Innern zu kommen. Tief aus meiner Seele, die zwischen Nero und Caspian in tausend Einzelteile zersprang. Die Intensität meiner Empfindungen waren kaum zu ertragen und dennoch alles, was ich in diesem Moment und für alle Ewigkeit wollte, nach was ich mich sehnte. Caspian lehnte sich ein Stück nach vorne, umfasste meine Taille und führte seine Finger zu meinem Kitzler, den er im Rhythmus seiner schneller werdenden Stöße umkreiste. Ich stöhnte lauter, als der Schmerz einer unbändigen Lust wich, die ich noch nie zuvor so stark empfunden hatte. Nero umfasste meine linke Brust, knetete sie fest und zog an meiner überreizten Brustwarze, was mich erneut zum Schreien brachte.

Sie verdarben mich für diese Welt. Für jeden einzelnen Mann da draußen, der nicht sie war.

Ich schaute Nero tief in die Augen und öffnete meine Lippen als stumme Aufforderung. Er gab ein Keuchen von sich. »Oh fuck, Elodie«, wisperte er und führte seinen Schwanz erneut zu meinem Mund, schob ihn tief in meine Kehle. Immer, wenn Caspian mich stieß, drückte er mich tiefer auf Neros Härte. Sie berührten mich überall, an und in meinem Körper, in meinem lodernden Herzen, meiner brennenden Seele.

Der Schmerz ließ nach, das dunkle Keuchen der beiden Männer brachte mich um den Verstand und ich spürte das erste Zucken meiner Pussy. »Komm, komm für uns, kleines Vögelchen«, knurrte Caspian, sein Körper bebte an meinem, seine Stimme war so tief und zitternd vor Lust, dass ich nicht anders konnte. Ich krallte mich tiefer in den rauen Baumstamm, auch wenn meine Fingernägel keinen Halt fanden und meine Finger schmerzten. Nero zog sich zurück, seine geschlossene Hand pumpte seine Länge, während er Caspian und mir zusah. Caspians Kreise um meinen Kitzler wurden immer schneller, seine Hand presste sich fester gegen mich.

Ein Zittern überkam mich, als Caspians andere Hand erneut auf meinen Arsch sauste, ihn markierte, brandmarkte. Ich stöhnte laut auf, als er mich wieder und wieder mit der flachen Hand schlug und jeder Schlag härter war als der vorherige, mich entzweiriss, während ich Neros dunklen, anerkennenden Blick hielt.

Caspian zog meinen Oberkörper ein Stück nach oben, trieb sich immer schneller in mich und ich spürte Neros heißes Sperma auf meiner Brust, hörte sein dunkles Keuchen, das gegen das Rauschen des Regens aufwallte. Das Kribbeln wurde stärker, Caspian schwoll in mir an, und ich konnte es nicht mehr zurückhalten. Sterne tanzten vor meinen zusammengepressten Augenlidern und ich schrie meinen Orgasmus in die Weite des dunklen Waldes hinaus, verging an dem Krampfen meines Unterleibes, das sich verzweifelt an Caspian klammerte. Sein Atem strich warm durch meinen Nacken, ich spürte seinen Mund auf mir, seine Zähne, die sich tief in die Haut meiner Schulter gruben und meinen Höhepunkt somit nur noch verlängerten. Ich hatte keine Macht mehr über meinen Körper oder meine Gedanken, schrie, wimmerte, schluchzte und stöhnte, bis auch Caspian sich tief in mir ergab. Das Gewitter über uns wütete durch den Himmel, während der Nachhall meines heftigen Höhepunktes durch mich rauschte.

Mein Körper gehörte mir nicht mehr. Er gehörte ihnen. Kraftlos sank ich zusammen, spürte starke Arme, die mich hielten. Caspian zog sich aus mir heraus und ich zuckte aufgrund der Leere zusammen. Mein Blick wanderte an mir herunter, erkannte die dunklen Flecken meiner Unschuld an meinen Innenschenkeln kleben. Sanft, als wäre ich zerbrechlich, hob mich jemand hoch, drückte mich an sich. Zuerst dachte ich, dass es Nero war, doch ich erkannte die markanten, scharfen Gesichtszüge von Caspian, der mich zurück zu seinem Haus trug, Nero an seiner Seite. Und ich ergab mich. Vollständig. Was hatte ich jetzt noch zu verlieren?

29

Elodie

Zurück in dem Haus, aus dem ich vor kurzer Zeit noch geflüchtet war, trug mich Caspian in das Zimmer, in dem ich geschlafen hatte und weiter in das angrenzende Badezimmer. Nero ließ warmes Wasser in eine gigantische Wanne und kippte etwas hinzu, das weichen, duftenden Schaum erschuf.

Mein gesamter Körper zitterte, schmerzte und ich spürte das wunde Gefühl zwischen meinen Beinen. Dennoch fühlte ich mich so lebendig wie noch nie in meinem Leben. Nun war es also passiert. Ich war keine Jungfrau mehr. Caspians Sperma hatte sich mit dem Blut meiner Unschuld und meiner eigenen feuchten Lust vermischt und ein kranker Teil in mir weigerte sich, diese Zeichen abzuwaschen. Doch Caspian nahm meine Hand und half mir in das warme Wasser, in das ich mit geschlossenen Augen sank.

Keiner von uns hatte ein Wort gesprochen, niemand hatte sich getraut, irgendetwas zu sagen, etwas zu fragen. Es war einfach passiert und es fühlte sich an, als wäre es unausweichlich gewesen und als hätte es so sein müssen. Als würden die kaputten Teile unserer geschundenen Seelen zusammenpassen wie ein Puzzle.

Caspian trat einen Schritt zurück, lehnte sich mit verschränkten Armen an die Wand und beobachtete Nero, der sich auf den Rand der Badewanne setzte. Er nahm sich einen Schwamm, drückte ihn in das Wasser und danach auf meinen Hals, hinunter zu meinen Brüsten. Mein Blick folgte ihm und ich erkannte die blassroten Schnitte, die er mir verpasst hatte. Sie waren kaum zu sehen, hatten sich in meiner Ekstase viel tiefer angefühlt, als sie waren.

Doch selbst wenn Nero mich tiefer geschnitten hätte, ich hätte es geduldet, ich hätte es sogar gewollt.

Mit seinen großen Händen, die Pranken glichen, wusch er sanft meine Haare und wickelte mich nach meinem Bad in ein weiches Handtuch, nachdem er die Schnitte mit einer Salbe bestrichen hatte. All das beobachtete Caspian, ohne irgendetwas zu sagen. Er wirkte noch nachdenklicher als zuvor.

Mein Blick streifte seinen, als ich vor ihn trat, auf die Tür zu, die zu dem Schlafzimmer führte. Ich war unfassbar müde, erschöpft, aber dennoch irgendwie zufrieden.

Hätten sie mich umbringen wollen, hätten sie es nicht schon längst getan? Wäre in diesem Wald nicht der beste Zeitpunkt gewesen? Ich erinnerte mich an Caspians Worte. Sie hassten, wie sehr sie mich begehrten. War das der Grund, weshalb sie es nicht tun konnten?

Aus einem inneren Impuls blieb ich vor ihm stehen, stützte meine Hände an seinem harten Bauch ab und stellte mich auf die Zehenspitzen. Ich hauchte ihm einen Kuss auf die Lippen. »Danke«, flüsterte ich und löste mich von ihm, ehe ich in das Schlafzimmer ging. Nero folgte mir, hob die Decke an und ich krabbelte darunter, er schob sich ebenfalls zu mir und zog mich dicht an sich. Ich presste mich an ihn, an seinen starken Körper, der mich beschützen konnte. Vor allen Dingen dieser Welt, nur nicht vor ihnen selbst.

Caspian betrat den Raum, zögerte, und ging dann ohne ein weiteres Wort hinaus. Irgendwie hatte ich mir gewünscht, dass er ebenfalls zu mir kam, sich zu mir legte, mich hielt, genauso wie es

Nero getan hatte. Doch anscheinend waren seine Dämonen noch größer als all unsere zusammen.

»Jetzt schlaf«, wisperte Nero, löschte das Licht und mein Körper ergab sich auch jetzt augenblicklich seiner Anweisung.

Am nächsten Morgen erwachte ich alleine in dem breiten Bett. Die Sonne schien durch die offenen Vorhänge, als wäre gestern nicht fast die Welt ohne ihr Licht untergegangen. Ich streckte meine Arme und spürte, wie sehr meine beanspruchten Muskeln schmerzten, außerdem das leichte Wundsein zwischen meinen Schenkeln. Das war das einzige Indiz, das mir zeigte, dass ich all das nicht geträumt hatte.

Am liebsten hätte ich mich den ganzen Tag in den weichen Bettlaken verkrochen, denn ich hatte keine Ahnung, wie es nun weitergehen sollte. Aber ich brauchte Antworten, immer noch.

Also stand ich auf, machte mich im Badezimmer frisch, putzte mir die Zähne mit einer neuen Zahnbürste, die ich aus einer durchsichtigen Folie zog, und nahm mir meine Kleidung von gestern.

Vorsorglich hatte ich sie zum Trocknen auf einen Stuhl in der Ecke des Zimmers gelegt.

Angezogen ging ich aus dem Zimmer und betrat die Treppe nach unten. In der Küche hörte ich Geräusche und mein Herz begann umgehend zu rasen. Wie würde ich den beiden Männern nach allem, was passiert war, begegnen? Oder würden sie so tun, als wäre nie etwas geschehen? Zumindest Caspian hatte den Eindruck gemacht, es zu bereuen, was mich immer noch beschäftigte.

Als ich um die Ecke der Küche bog, erkannte ich Neros breiten Rücken, der vor dem Herd stand und etwas anbriet. Ich blieb kurz im Türrahmen stehen und genoss das Spiel seiner Muskeln unter dem schwarzen Shirt. Er trug nicht mehr die Jogginghose von gestern, stattdessen eine Jeans. Die Tattoos über seinem Bizeps spannten sich an, als er etwas aus einem der oberen Hängeschränke nahm. Irgendwann hätte ich Zeit, mir jedes einzelne davon anzusehen.

»Willst du reinkommen, oder brauchst du noch ein paar Minuten, um mich anzustarren, Wild?«, raunte er auf einmal dunkel, ohne sich umzudrehen und ich zuckte ertappt zusammen.

»Hm, ich habe mich noch nicht entschieden«, gab ich zurück, löste mich aber dennoch und ging zu einem der Hocker vor der breiten Kochinsel in der Mitte. Nero drehte sich zu mir um, auf seinen

Lippen ein anzügliches Grinsen. »Gut geschlafen?«, fragte er.

Ich konnte nicht anders, als ihn ebenfalls anzulächeln. Er wollte also nicht so tun, als wäre nichts passiert. »Das kann man sagen.« Ich nahm einen tiefen Atemzug. »Dennoch habe ich nicht vergessen, was ich gesehen habe«, wisperte ich. Nero stellte sich gegenüber von mir hin, stützte die Hände auf der Theke ab und musterte einige Sekunden lang mein Gesicht. Der Spaß war auf einmal aus seinen Zügen gewichen.

»Das ist schade«, erwiderte er. »Wir konnten es dir also nicht aus deinem Hirn vögeln?«

Hitze breitete sich auf meinem Gesicht aus und Nero schmunzelte wölfisch, ein begieriges Funkeln lag in seinen Augen. »Ich meine das ernst, das ... was ich gefunden habe, es ....«

»Vertrau uns, okay?«, stieß er aus. »Das ist das Einzige, das wir von dir verlangen.«

»Ich soll euch vertrauen? Wie soll das funktionieren, wenn ihr mir nichts erzählt?«

»Sagen wir so ...« Er zögerte einen kurzen Augenblick. »Wir sind über verdammt viele Leichen gegangen um jetzt hier zu sein.«

Plötzlich stieß er sich ab, umrundete die Kochinsel und stellte sich vor mich. Er griff nach meinem Kinn und drückte es ein Stück hoch, sodass ich ihn ansehen musste. »Aber wir haben dir schon einmal gesagt, wir beschützen das, was uns gehört. Das war kein leerer Spruch.« Sein Daumen fuhr über mein Kinn, sofort breitete sich wieder diese Wärme in mir aus, die mich jeden Zweifel über Bord werfen ließ. Ich wollte ihnen vertrauen, das wollte ich wirklich, aber konnte ich das tatsächlich irgendwann? »Vertrau uns«, wiederholte er noch einmal. Ich atmete tief durch, dann nickte ich leicht in seinem Griff und er ließ mich los.

Er ging zurück zum Herd, schaufelte eine unanständig große Portion Rührei auf zwei Teller und stellte einen vor mich. »Und jetzt iss, danach fahre ich dich zurück zum Campus.«

Ich konnte nicht verstecken, dass ich ein wenig enttäuscht war. Hatte ich gedacht, ich konnte den ganzen Tag hier mit ihnen verbringen? Als hätten sie nichts anderes zu tun, als Babysitterin für eine Studentin zu spielen.

»Wo ist Caspian?«, fragte ich, als Nero sich neben mir auf den Stuhl schob.

»Hat zu tun«, sagte er ausweichend und schaufelte Ei auf seine Gabel.

Ich verstand seine versteckte Botschaft. *Frag nicht weiter nach.*

War das der Preis für meinen Schutz und für das Gefühl, das ich nur in ihrer Gegenwart hatte? Dass ich den Mund hielt und sie machen ließ.

Ich war fast mein gesamtes Leben auf mich allein gestellt gewesen, ich hatte keine Ahnung, ob ich das wirklich konnte. Keine Fragen stellen. Den Mund halten. Mich von ihnen dabei in Brand setzen lassen und der Gefahr trotzen, dabei zu verbrennen.

Ein Jahr hatte mich der Gedanke an Rache angetrieben. Es war das Einzige gewesen, das mich vor dem Untergang bewahrt hatte. Konnte ich Hannah einfach so vergessen? Es auf sich beruhen lassen? Neros Worten trauen, dass sie auf mich aufpassten, weil ich ab sofort zu ihnen gehörte?

Vielleicht konnte ich einfacher entscheiden, wenn ich diese beiden undurchdringlichen Männer besser kennenlernte. Ich schob mir eine Gabel des Rühreis in den Mund und seufzte zufrieden auf.

»Schmeckt es?«, fragte er mich mit einem stolzen Lächeln.

»Wahnsinnig gut«, erwiderte ich, nachdem ich hinuntergeschluckt hatte. »Auch das Sandwich gestern war ausgezeichnet. Ich hätte nicht gedacht, das so etwas einfaches so gut schmecken kann.«

Er wirkte sogar ein wenig verlegen, als er mit den Schultern zuckte. »Man kann aus wenig ziemlich viel machen«, erwiderte er, als wüsste er, wie es sich anfühlte, nicht viel zu haben.

»Als ich dich das erste Mal gesehen habe, hätte ich nicht angenommen, dass du gerne kochst.« Hätte er einen anderen Weg für sein Leben gewählt, wenn er die Wahl gehabt hätte? Wahrscheinlich. Denn das würden wir alle, auch wenn ich noch keine Ahnung hatte, wohin meiner führen würde.

»Essen ist kostbar, es wäre eine Verschwendung, nicht auch so damit umzugehen. Wenn du einmal wirklichen Hunger gespürt hast, schmeckt selbst das schimmeligste Brot wie ein Fünf-Sterne-Dinner«, sagte er und schenkte mir erneut einen tieferen Einblick in seine Persönlichkeit. Aus einem spontanen Impuls heraus legte ich meine Hand auf seine. Er schaute auf unsere Finger, die sich miteinander verschränkten, sein Blick wanderte zu meinen Augen. Ich konnte lernen, ihnen zu vertrauen. Aber ich wusste nicht, ob ich den Drang abstellen konnte, Fragen zu stellen. Die Zeit würde das zeigen.

30

Elodie

Nero hatte mich mit seinem Motorrad zurück in das Wohnheim gefahren. Da es Samstagmorgen war, war Cassia immer noch zu Hause. Es wirkte fast so, als hätte sie darauf gewartet, ob ich wirklich unversehrt und in einem Stück zu Hause ankam.

Ich versicherte ihr, dass es mir gut ging, auch wenn ich keinen Schimmer hatte, ob das nicht eine Lüge war.

In meinem Zimmer atmete ich einige Male durch und kuschelte mich unter dem Vorwand in mein Bett, Kopfschmerzen zu haben und Schlaf zu brauchen. Doch in Wirklichkeit dachte ich nur daran, was in einer einzigen Nacht alles passiert war. Was sich in einer einzigen Nacht alles geändert hatte. Oder auch nicht.

Mit diesen Gedanken driftete ich irgendwann weg in einen unruhigen Schlaf, in dem ich von einem dunklen Wald träumte und von Verfolgern, die mich nicht kriegen sollten.

Montagmorgen kreisten meine Gedanken immer noch und fanden keine Ruhe. Keiner der Männer hatte sich am Wochenende bei mir gemeldet und ich hatte versucht, mich abzulenken. Ich hatte mit Cassia zu Abend etwas gekocht, hatte Sonntag gelernt, etwas gelesen und in meinem Bett Serien geschaut. Doch ich konnte mich nicht für immer verstecken.

Der erste Kurs Kunstgeschichte lenkte mich wenigstens ein wenig ab. Als ich aus dem Gebäudeteil an die frische Luft ging, um zu meiner nächsten Vorlesung zu gehen, schaute ich mich nervös um. Ich wusste nicht, was ich tun sollte, wenn ich Nero oder Caspian begegnete, oder sogar Oliver. Cassia hatte mir erzählt, dass Dylan im Krankenhaus lag, aber sein Zustand nicht lebensbedrohlich war. Als man ihn danach fragte, was passiert sei, hatte er ausweichend geantwortet. Er hatte Nero nicht verraten, oder mich. Aus Angst? Dennoch spürte ich die Blicke, die auf mir lagen. Ängstliche genauso wie verächtliche, als hätte ich etwas dafür gekonnt. Ich versuchte, sie so gut es ging, zu ignorieren.

Das beste wäre es gewesen, wenn ich das Studium abgebrochen hätte und in einen anderen Ort ziehen würde. Unter neuem Namen, mit erneut neuem Aussehen, weg von allem hier, das mich jeden Tag ein bisschen mehr zerbrach.

Nicht nur, dass ich immer mehr das Gefühl hatte, in einen Strudel gezogen zu werden, aus dem es kein Entkommen gab, alles hier an diesem verdammten Ort erinnerte mich an Hannah. Ich konnte sie nicht einfach vergessen, konnte nicht das ruhen lassen, was sie mir genommen hatten.

Ich lief vorbei an einer Grünfläche, auf der Studenten und Studentinnen auf dem Rasen an massiven Eichenstämmen gelehnt saßen, lachten, sich unterhielten oder lernten, genauso wie es Hannah und ich getan hatten.

Kam vorbei an dem Eingang zur Kantine, in der wir jeden Mittag gegessen hatten.

Durchquerte den kleinen Innenhof mit seinen großen Säulen und verwinkelten, dunklen Ecken, den wir nachmittags genutzt hatten, um heimlich zu rauchen.

Jeden Tag versuchte ich, die Hilflosigkeit wie bittere Medizin herunterzuschlucken, doch der Geschmack lag immer noch auf meiner Zunge. Jeden Tag versagte ich, wenn ich mir einreden wollte, das alles unter Kontrolle zu haben.

Ich war mit einem Plan zurückgekommen, der mir helfen sollte, dieses Gefühl endlich abschütteln zu können, doch was war passiert? Ich steckte noch tiefer in der Sache drin als zuvor.

War es Hannah so auch gegangen, als sie immer ruhiger geworden war? Als sie nicht mehr mit mir lachte, sich mittags nicht mehr mit mir traf und ich alleine in der Kantine saß, während sie mir nicht erzählen wollte, wo sie gewesen war? Wieso sie völlig zerzaust und durcheinander zurück in unser Zimmer gekommen war? Immer öfter?

Sie hatte sich noch mehr als ich nach einem sicheren Leben gesehnt. War sie Caspian und Nero aus diesem Grund genauso zum Opfer gefallen wie ich gerade? Würde ich genau wie sie einfach verschwinden, als hätte es mich niemals gegeben? Nutzten sie gebrochene Mädchen aus, um ihr Spiel mit ihnen zu treiben und sie dann umzulegen, wenn sie genug von ihnen hatten?

Nachdem man sie verletzt, vergewaltigt und leblos im Wald gefunden hatte, hatte es in der Aula eine Trauerfeier gegeben mit einem hübschen Bild in einem matten schwarzen Rahmen und einer dunklen Schleife. Studenten und Studentinnen, die Hannah gar nicht gekannt hatten, hatten geweint, an jeder Ecke hatte ich bitteres Schluchzen gehört. Doch um was hatten sie wirklich geweint? Um die Angst, selbst Opfer zu werden? Hatten sie nur geweint, weil man weinen musste, wenn ein einundzwanzigjähriges Mädchen gewaltvoll starb?

Sie kannten weder sie noch mich, sie wussten rein gar nichts darüber, dass der Tod nicht das Schlimmste war, was einem Menschen passieren konnte. Vielleicht war es für Hannah eher eine Erleichterung gewesen. Vielleicht trauerte ich nur um meine einzige Freundin, weil ich egoistisch war und nicht alleine auf dieser beschissenen Welt sein wollte? Es ging auch mir nicht um Hannah, es ging mir um mich selbst, wie es allen hier um sich selbst ging.

Jeder war sich selbst der Nächste. Das war das Gesetz des Lebens, denn wenn es drauf ankam, war niemand für einen da.

Ich zuckte zusammen als jemand an mir vorbeirannte und ich Tyler erkannte, der mich nicht eines Blickes würdigte. Eine Art Deja Vu erfasste mich. Er wirkte genauso atemlos wie Dylan, als dieser mich vor einiger Zeit in das Schwimmbad gelockt hatte, doch seine Haut war bleich und schwitzig.

»Was ist los?«, rief ich ihm hinterher und packte den Riemen meines Rucksacks mit einem unwohlen Bauchgefühl fester.

»Geht dich einen Scheiß an«, erwiderte er und rannte weiter an mir vorbei in Richtung Schwimmhalle. Verdammt. Ich schaute ihm hinterher, wie er hinter der nächsten Ecke abbog.

Plötzlich hörte ich das laute Geräusch von weit entfernten Sirenen, Schreie von anderen Studenten und Studentinnen und kurzerhand eilte ich ihm nach. War es wieder passiert? Hatten sie wieder ein Mädchen gefunden? *Cassia.* Das war der einzige Name, der mir durch den Kopf schoss, als ich auf die Schwimmhalle zurannte, sah, wie Tyler gerade hinter der Eingangstür verschwand. Ein Typ übergab sich in eine Hecke neben dem Gebäude, andere weinten und hielten sich in den Armen. Was zur Hölle war hier passiert?

Jemand wollte mich aufhalten, doch ich ignorierte die Rufe. Drückte die Tür auf, roch sofort wieder den Geruch des Chlors, aber diesmal war da noch etwas anderes. Eisen. Blut.

Mein Puls schlug mir bis zum Hals, der sich immer weiter zuzog, als ich die Umkleiden hinter mir ließ und die Schwimmhalle betrat. Überall standen Leute. Alle starten auf die Mitte der Wasserfläche. Für einen Augenblick wurde mir schlecht und ich hatte das Gefühl, mich genauso wie der Typ draußen übergeben zu müssen. Ich presste die Hand auf meinen Mund. Ethans nackter Körper war mit ausgebreiteten Armen an eine massive Metallkette gebunden und schwebte über der Wasseroberfläche. Sein Kopf war zur Seite gekippt, seine Augen weit aufgerissen, als hätte er seinem Mörder in seinen letzten Sekunden direkt in seine Seele gesehen. Dickflüssiges Blut tropfte von seinem Gesicht, seinen Armen, seinen Beinen, sammelte sich in dem Wasser unter ihm und bildete ein groteskes Kunstwerk. Ein Zeichen war in seine Brust geritzt worden und ich schluckte hart die Säure herunter, die sich durch meinen Körper fraß. Es war das Zeichen, das sich auch auf dem Griff meines Messers befunden hatte.

Ich blinzelte, kämpfte die Übelkeit nieder, die sich in meiner Kehle festsetzte. Schloss für einen Augenblick die Augen, ehe ich sie wieder öffnete und wie automatisch an Ethan vorbeischaute. Auch auf der anderen Seite hatten sich Menschen versammelt, ehe die Polizei eingetroffen war. Studierende, Dozenten, Lehrkräfte. Ich schaute direkt in die Augen von Caspian und er erwiderte meinen Blick mit all seiner Härte. All seiner Rauheit. All seiner Dominanz. Seine gesamte Haltung war angespannt, warnend, drohend.

Doch etwas direkt neben ihm erregte genauso meine Aufmerksamkeit. Oder jemand. Sein Gesicht war durch die dunkle Kapuze kaum zu sehen, nur sein Mund. Geschwungene, schöne Lippen, die sich zu einem grauenvollen Grinsen verzogen, als er den Kopf in meine Richtung wandte. Mein Blick wanderte an seiner dunklen Kleidung nach unten, entdeckte die schwarze Rose, die er in seiner Hand hielt und zwischen seinen Fingern zerdrückte. Einzelne Blätter segelten auf den schimmernden Kachelboden. Wieso stand er neben Caspian? Als ich zurück zu ihm schaute, fixierte er mich immer noch.

Und ich dachte nur an den einen Satz, den ich an dem Abend erhalten hatte, als Ethan mich geküsst hatte.

»Du hast Ethans Schicksal besiegelt, sag nicht, ich hätte dich nicht gewarnt, liebste Elodie.«

So geht es weiter …

Das kleine Vögelchen hat seine Flügel gespreizt und ist in einen dunklen, wilden Sturm geflogen. Du hast dich gut geschlagen, bist wilden Böen ausgewichen oder hast dich ihnen entgegengestellt. Aber warst du auch darauf vorbereitet, dass der Himmel voller Raubvögel sein würde?

Deine Wege sind mit Dornen gesät, unsere Seelen beladen mit Sünden, doch wir werden alles tun, um das zu beschützen, was uns gehört. Denn in diesem Spiel aus Schatten und Lügen weiß niemand mehr, wer der Jäger ist und wer die Beute.

Elodie

Gerade als ich glaubte, die Dunkelheit in meinem Leben verstehen zu können, zerriss ein neuer, unbekannter Schrecken den Vorhang der Sicherheit. Jemand beobachtet mich, ein Echo aus der Vergangenheit oder eine neue Bedrohung?

In den Schatten der gotischen Universität habe ich eine gefährliche Nähe zu den zwei Männern gefunden, die ich fallen sehen wollte. Sie stehen an meiner Seite, doch kann ich ihnen wirklich vertrauen?

Denn als ein neuer Spieler das Feld betritt, nicht mehr als ein dunkles Echo, das in den Schatten auf mich lauert, muss ich mich erneut fragen, ob Caspian und Nero wirklich meinen Schutz bedeuten oder meinen Untergang.

Mit jedem Geheimnis, das ich aufdecke, und jeder Wahrheit, die ans Licht kommt, wird mir klar, dass die Gefahr näher ist als je zuvor. Denn in Ashford ist niemand das, was er zu sein scheint, und der Preis für mein Überleben könnte meine Seele sein.

Lies auch

Unter meinem anderen Pseudonymen schreibe ich New adult, Romance und ab Herbst 2024 Dark Romantasy. Schau gerne mal vorbei, wenn du Lust hast!

www.rose-bloom.de
www.instagram.com/bloom_booksandlove
www.tiktok.com/@bloom_booksandlove

New Adult
New Hope Band 1 bis 5 – Rose Bloom

Dark Romance
Lost in Fire – Rose Bloom
Bane – Lost in Fire

Romance
Meet me under the Stars – Lena Herzberg

Dark Romantasy
coming soon